I0643344

Friedrich Scherl

Die trockene Guillotine

Neufranzösische Gerechtigkeit - Cayenne

Friedrich Scherl

Die trockene Guillotine
Neufranzösische Gerechtigkeit - Cayenne

ISBN/EAN: 9783743361195

Hergestellt in Europa, USA, Kanada, Australien, Japan

Cover: Foto ©Andreas Hilbeck / pixelio.de

Manufactured and distributed by brebook publishing software (www.brebook.com)

Friedrich Scherl

Die trockene Guillotine

Die trockene Guillotine.

Neufranzöſiſche Gerechtigkeit — Cayenne,

oder:

Phraſe und Wirklichkeit.

Tagesgeſchichtlicher Roman

Herausgegeben

von

Friedrich Scherl.

Erſte Abtheilung.

Berlin.

Verlag von Möſer & Scherl.

Ritter-Straße Nr. 71.

Inhalts-Verzeichniß.

Erste Abtheilung.
Der zweite Dezember.

Zweite Abtheilung.

Cayenne oder die trockene Guillotine.

Dritte Abtheilung.

Das Gelingen der Flucht.

Erste Abtheilung.
Der zweite Dezember.

Erstes Kapitel.

Die Katakomben.

Die Glocke der Notre-Dame-Kirche verkündete mit gewaltigen, weithin tönenden Schlägen die zehnte Abendstunde.

Die vielen Kirchen von Paris wiederholten den Ruf, und über Stadt
und Vorstädten bis weit hinaus vor den Barrièren schwebte einige Augenblicke lang ein tönendes, verworrenes Klingen und Schallen, das sich allmählich
in dem Paris eigenen und stets über demselben lagernden Gesumme und
Gebrause verlor.

In dem Augenblicke, als der letzte Glockenschlag der Kirche St. Etienne
du Mons im Faubourg St. Germain verhallte, konnte ein geübtes Ohr ein
anderes Getöse vernehmen, welches sich zur Nachtzeit nicht gerade oft hören läßt.

Es ist das Rasseln der Trommeln, der Ton der Signal-Hörner, welche
außerhalb der Barrière laut werdend, nur leise und gedämpft bis in die
Vorstädte dringen.

Aus einem jener dreizehn detachirten Forts, die einen weitgedehnten Gürtel
um Paris ziehen, tönt dieser militairische Ruf. Es ist der Generalmarsch.

Die seit einigen Tagen schon in die Kasernen consignirten Soldaten ergreifen ihre Waffen. Die Offiziere nehmen ihre Plätze ein. Die Trommeln
verstummen, und tiefe Ruhe lagert wieder um den Umkreis von Paris.

„Wer da! — Halt! — Die Parole, wenn's beliebt!"

„Der Tag von Austerlitz."

„Paſſirt!“

Der Poſten am Eingange des äußerſten Walles eines dieſer Forts hat eine Geſtalt angerufen, die tief in einen weiten, dunklen Mantel gehüllt, das Geſicht unter einem breitkrämpigen Hute verborgen, im tiefen Nebel-Dunkel der Nacht und unter dem Schatten der Böſchungen an dem wacheſtehenden Soldaten vorüberſchlüpfen wollte.

Die Antwort ſcheint dieſen befriedigt zu haben. Die vermummte Geſtalt ſchreitet nun mit feſtem Tritte über die Brücke des ſchmalen Grabens und verſchwindet in der Dunkelheit.

„Bougre! Ich hätte doch den Bürger nicht paſſiren laſſen ſollen. Wer weiß? ... Aber er kannte die Parole. Nichtsdeſtoweniger ſcheint es mir, es wäre für mich beſſer geweſen, ihn aufzuhalten. Es geht etwas vor heute Abend; es liegt etwas in der Luft, das mir nicht recht gefallen will! Vive la République!“ Und das Gewehr feſter in den Arm ſchließend, geht der Soldat, mit dieſem Rufe ſich Troſt zuflüſternd, gemeſſenen Schrittes auf und nieder.

Es mögen fünf Minuten vergangen ſein, da tönten abermals Schritte aus dem Innern des Forts gegen den Wall zu. Es ſind ihrer Mehrere, welche kommen. Der feſte, gleichmäßige Schritt zeigt Soldaten an.

Es iſt die Ronde. Der wacheſtehende Soldat ruft ſie an. Die Mannſchaft hält. Der Offizier tritt vor und ſpricht mit dem Poſten.

„Es darf ſich Niemand mehr aus dem Fort entfernen, auch nicht wenn er die Parole kennt.“

„Gut, Bürger Kapitän.“

„Iſt nichts vorgefallen, hat ſich nichts Verdächtiges gezeigt?“

„Nein, Bürger Kapitän.“

„Zum Teufel mit Deinem „Bürger!“ Du mußt Dir das Wort abgewöhnen, mein Junge! Die Zeiten ſind glücklicherweiſe vorüber. — Mir war's doch, ich hörte Dich erſt ſprechen. Sprichſt Du vielleicht mit Dir ſelbſt? Es müßten dies köſtliche Monologe ſein.“

„Nein, Bürger Kapitän! Ich ſprach nicht mit mir ſelbſt.“

„Sacre! — Mit wem ſprachſt Du dann?“

„Mit einem Bürger, der die Parole kannte und den ich deshalb paſſiren ließ.“

„Diable! Was fällt Dir ein, Burſche? Das kann Dir theuer zu ſtehen kommen!

In dieſem Augenblicke krachte aus dem Innern des Forts ein Musketenſchuß.

Aus der Ferne, von der baſtionirten Ringmauer her, die außerhalb der

Octroi-Linien Paris umgiebt, hört man von vielen Kehlen gesungen, gedämpften Schalles die Töne der Marseillaise.

Man kann deutlich den Refrain vernehmen:

„Aux armes citoyens!"

Bei dem Schalle des Schusses war der Offizier mit neugieriger und
bestürzter Miene einige Schritte gegen das Innere des Forts geeilt, aus
welchem her Lärmen und das Getöse vieler Stimmen vernehmlich wurden.

Den Posten schien dies weniger zu bekümmern. Mit starrem Ernste
in den narbigen, wettergebräunten Zügen blickte er gegen die Stadt hin.
Aber ein höhnisches Lächeln spielt jetzt um seine Lippen, da er den Offizier
wieder auf sich zu kommen sieht, und seine Waffe heftig schulternd, wiederholt er:

„Aux armes citoyens!"

Eilige Schritte näherten sich. Eine Gruppe Soldaten, darunter einige
mit Fackeln, wurde sichtbar. Sie kamen auf den Offizier zu.

„Hélas, Kapitän Rocheblanc! Habt Ihr ihn vielleicht wieder einge-
fangen?" fragte der diese Truppe anführende Lieutenant den Kapitän der
Ronde.

„Wen meint Ihr? Was ist vorgefallen?"

„Lieutenant Bernard ist entflohen. Er kann noch keine tausend Schritt
weit sein."

„Verdammt! Wie ist das möglich gewesen?"

„Der Wachtposten vor seiner Thür hat, als der Generalmarsch die
Truppen zu den Waffen rief, seiner Pflicht vergessend, — nun, er soll seine
Neugierde büßen — statt auf den Gefangenen Acht zu haben, in den Hofraum hinab, auf die Bewegungen seiner Kameraden gesehen. Bernard benutzte diesen Moment — wenigstens, sacre bleu! als der Posten sich wieder gegen die Thür wendete, war diese geöffnet, und der Lieutenant — verschwunden."

„Diable!"

„Dann freilich, als es schon zu spät war, feuerte der dumme Teufel
um uns zu allarmiren; aber — wie konnte der Lieutenant an Dir vorbei-
kommen, Mann! wenn Du Deiner Pflicht bewußt warst?"

Mit diesen Worten trat der junge Offizier, der dem Kapitän die Nachricht gebracht, vor den alten Soldaten, der ihm aufmerksam zugehört hatte
und in dessen Mienen sich eine gewisse Befriedigung offenbarte.

„Ich wiederhole, wie konnte der Lieutenant das Fort verlassen, wenn
der äußere Posten seine Schuldigkeit gethan?"

„Kein Offizier ist vorbeigekommen, Bürger Lieutenant!"

1*

„Dann muß er noch innerhalb der Mauern sein."

„Einen Bürger allerdings ließ ich passiren; er kannte die Parole, und einen andern Befehl hatte ich noch nicht erhalten."

„Dann ist er uns entwischt. Tölpel! Löst den Burschen ab und bringt ihn in Gewahrsam! — Das ist auch einer von den republikanischen Starr-köpfen. Aber man wird Euch diese verrückten Ideen austreiben. Mort de ma vie! Wer weiß, ob Du und jener andere Pflichtvergessene nicht Eure Hände dabei im Spiele hattet!"

Während dieser Zwiegespräche und der darauf folgenden Ablösung des Postens war der ersterwähnte Kapitän mit seiner Mannschaft und den fackeltragenden Soldaten, die sich ihm anschlossen, über die Brücke geeilt, um der Spur des Flüchtigen zu folgen.

Einige Augenblicke herrschte noch reges Leben in dem von den Fackeln grellroth beleuchteten Umkreise des Forts, dann verlor sich der Lärm gegen die Stadt zu; die Fackeln wurden verlöscht, um dem Verfolgten die Annähe-rung und Stellung der Suchenden nicht zu verrathen, und tiefe Ruhe la-gerte wieder über dem Außenwerke.

Dieser Ruhe, welche die Garnison in Schlaf vermuthen ließ, ungeachtet stehen vollkommen gerüstet, nur des Aufbruch-Signales harrend, zwei Ba-taillons in den Verschanzungen des Forts.

Die eben beschriebene Scene ereignete sich am Abend des 1. Dezem-ber 1851.

Es war eine kalte, nebelfeuchte Nacht. Bleigrau, schwer und drückend lagerten dichte Wolkenmassen über der ungeheuren Seine-Stadt, der vor-römischen „Stadt der Schiffer." Mächtige Nebelschwaden wurden von einem scharfen Ostwinde über die Seine-Inseln, über die Stadt und Faubourgs getrieben und verhüllten deren Gebäude mit dichtem Schleier.

Eine für die frühe Abendstunde ungewöhnliche düstere Stille schwebte über Paris. Zwar machte sich immerhin noch ein reiches, vielgestaltiges Leben und Treiben auf den Boulevards und Straßen bemerkbar. Das Rollen der Wagen, die Schritte der Fußgänger, ein wirres Getöse, hundert-fältigen, verschiedenen Ursachen entspringend, bildeten zusammen jenes dumpfe Lärmen, welches man nicht mit Unrecht dem Rauschen der brandenden Wogen vergleicht. Aber einem mit Paris und seinen Verhältnissen Vertrauten konnte es nicht entgehen, daß dieses Tosen, so bedeutend es auch an und für sich sein mochte im Verhältniß zu dem gewöhnlichen Lärm sich auf ein

Nichts reduzirte. Die frohe Lust, das laute Reden, Singen und Lachen, die den Parisern eigenthümliche, sich stets Bahn machende Lebhaftigkeit scheinen verschwunden. Die Leute gehen wie sonst ihren Geschäften, ihren Vergnügungen nach; aber Jeder scheint sich zu beeilen; eine allgemeine gedrückte Stimmung macht sich bemerkbar.

Durch die Rue de Chatillon, welche in die Grande Rue ausläuft und von den äußeren Befestigungsmauern in gerader Linie zur Barrière d'Enfer führt, eilte beflügelten Schrittes eine verhüllte Gestalt.

Es ist dieselbe, welche eben das Außenwerk verlassen und zur oben beschriebenen Scene Veranlassung gegeben hatte.

Nur wenigen, vereinzelten Fußgängern begegnete der Flüchtige in jenen vom Centrum so entfernten Straßen. Dessenungeachtet hielt er sich möglichst im Schatten der Gebäude und von den Gaskandalabern entfernt.

An dem Kreuzwege, welchen die Chaussée du Maine mit der erwähnten Straße bildet, hielt er erschöpft einen Augenblick an.

Er lehnte sich gegen die Mauer im tiefen Schatten eines Hauses und wischte sich, tief aufathmend, den Schweiß von der glühenden Stirn. Der Mantel hatte sich durch die heftigen Bewegungen von der einen Schulter gelöst und ließ, soviel es das Dunkel gestattete, die Offiziers-Uniform eines Linien-Infanterie-Regimentes sichtbar werden.

„Gott sei gelobt," flüsterte er leise vor sich hin, „daß ich diesen Elenden entkommen bin. Nun wird es ihnen nicht mehr so leicht sein, mich einzuholen. Der Straßen giebt es viele und — doch halt, da kommt ein Trupp Soldaten — es ist keine Zeit zu verlieren."

Und in der That, die Rue de Chatillon herauf kamen im eiligen Laufe einige jener Soldaten, die zu seiner Verfolgung aufgebrochen. Die Truppe hatte sich anscheinlich getrennt, um die ganze Umgegend zu durchstreifen. Jetzt hielten die drei oder vier Mann, um mit einem Stadtsergeanten zu sprechen, der ihnen entgegengetreten war. —

Dem Hause gegenüber, vor welchem Lieutenant Bernard — denn dies ist der Verfolgte — stand, erhebt sich ein niederes altes Gebäude mit einem jener hohen Mansarden-Dächer der Renaissance. Dieses Haus ist durch einen schmalen Garten von der Straße getrennt. Ein Eisengitter schließt diesen ein, und dort, wo man auf einigen Steinstufen zur Eingangsthür gelangt, stehen auf beiden Seiten derselben Bosquets von Jasmin- und Hollunder-Sträuchen.

Hinter einem dieser Sträuche hervor wurde ein menschliches Antlitz sichtbar, und zwei feurige Augen durchbohrten das Dunkel der Nacht, um auf dem Lieutenant Bernard haften zu bleiben. Keine seiner Bewegungen konnte dem Lauernden entgehen. Gebeugt und zum Sprunge bereit, gleich dem seine Beute erwartenden Jaguar, stand er, den Augenblick erwartend, um sein Opfer zu ergreifen.

Wie gesagt, hatte Lieutenant Bernard das Nahen der Verfolger bemerkt. Er stand einen Augenblick im Zweifel, welche der hier sich trennenden Straßen er wählen solle, bog aber dann zur Linken in die Chaussée du Maine ein.

Aber noch hatte er nicht drei Schritte gemacht, als sich eine schwere Hand auf seine Schulter legte und er, umblickend, sich einem Sergeant de ville gegenüber fand.

Ein halb unterdrückter Ausruf des Schreckens entfuhr seinen Lippen.

„Ah, mein Freund! darf man fragen, wo Ihr hineilt?" redete ihn der Stadtsergeant an, indem er ihn zugleich fest beim Arme packte und einige Schritte gegen die nächste Laterne zu zog.

Kaum noch hundert Schritte von diesen beiden entfernt, näherten sich eilig die Soldaten und jener Stadtsergeant, der durch ein Zeichen mit der Pfeife seine in der Nähe postirten Kameraden zur Aufmerksamkeit gerufen hatte.

Bernard antwortete dem Polizeimanne keine Silbe, suchte sich aber mit Heftigkeit von ihm loszumachen.

„Ah, gut gemeint, Bursche, dafür laß aber nur mich sorgen. Herbei Ihr da vorn!"

Es entspann sich nun ein kurzes Ringen. Bernard war augenscheinlich der Schwächere. Die übrigen Verfolger nur noch wenige Schritte entfernt. Keine Aussicht zum Entrinnen.

Da, in diesem verhängnißvollen Augenblicke, stürzte jene lauernde Gestalt hinter den Hollunderbüschen hervor und auf die Kämpfenden zu. Mit einem heftigen Faustschlage traf er den Sergeanten gegen die Brust, daß dieser taumelnd zurückschwankte. Mit der andern Hand hatte er den Arm Bernard's gefaßt und suchte ihn mit sich fortzureißen.

„Muth, Bürger! Schnell fort von hier!"

Der Stadtsergeant hatte den Mantel Bernard's fest in der Hand behalten. Dieser suchte sich nun dieses Kleidungsstückes eiligst zu entledigen, indem er die Schließe öffnete und es von sich abstreifte. Aber schon hatte sich der Sergeant von dem Schlage erholt und stürzte sich neuerdings auf ihn.

„Beim Jupiter! Schlag den Schergen nieder, Bürger!' rief ihm sein Retter zu, indem er sich den Anstürmenden entgegenwarf.

Ein wildes Lärmen und Geschrei erhob sich nun. Ein kurzer Kampf erfolgte. Die beiden Angegriffenen machten sich aber mit dem Muth und der Kraft der Verzweiflung von den Armen der Nächststehenden los, unterliefen mit einer geschickten Bewegung den Stadtsergeanten, so daß dieser dröhnend zur Erde fiel, und diesen Augenblick der Verwirrung benutzend, faßte der Unbekannte Bernard's Arm und lief mit ihm, so schnell sie die Beine tragen konnten, die Straße hinab.

Die Soldaten und Polizisten ihnen nach. Die Verfolgten hatten allerdings einen kleinen Vorsprung; aber wird dieser hinreichen, sie zu retten? Nicht sehr wahrscheinlich! Umsoweniger, als durch den Lärm und die Signale herbeigerufen sich weiter unten in der Chaussée du Maine andere Stadtsergeanten zeigten, die ihnen ohne Zweifel den Weg versperren werden.

An den Fenstern der Häuserfronte wird hie und da ein Kopf sichtbar, der nach der Ursache des Lärmes forscht.

Die Verfolgten haben beinahe die Ecke einer jener kleinen Straßen erreicht, die in die Chaussée einmünden.

Aber die Meute ist dicht hinter ihnen. Bernard sieht die neue Gefahr, welche ihnen entgegenkommt. Er sieht mit einem zagenden Blick seinen Gefährten an, und eine Verwünschung schwebt auf seinen Lippen.

„Nur Muth, Bürger — noch einen Augenblick, und wir sind in Sicherheit!" antwortet sein Retter auf die stumme Frage.

Sie sind jetzt an der erwähnten Ecke. Der Unbekannte voran, Bernard ihm nach, dringen sie in die Straße, in welcher der Mangel jeder Beleuchtung die Dunkelheit in ihrer vollen Macht herrschen läßt.

Sie mögen kaum zwanzig Schritt zurückgelegt haben, so erscheinen die Verfolger ebenfalls an der Ecke.

Ein gellendes Hohngelächter wurde von diesen ausgestoßen. „Bravo! Sie haben sich selbst gefangen! Nun sind sie unser!"

Bernard bemerkt zu seiner Verzweiflung, daß die Rufenden Recht haben. Am entgegengesetzten Ausgange der schmalen und kurzen Straße lassen sich ebenfalls die Gestalten einiger Polizisten erkennen.

Keine Hülfe mehr, keine Rettung! —

Die kleine Gasse, in welcher sie jetzt sind, schneidet die Chaussée du Maine in einem spitzen Winkel und mündet auf der andern Seite in die Rue de Chatillon, so daß der von diesen drei Straßen eingeschlossene Grund ein fast gleichseitiges Dreieck formirt. Dieser Grund ist fast ganz mit einem Garten bedeckt, aus welchem gegen die Seite der Chaussée du Maine zu jenes Gebäude hervorragt, dessen wir zuerst erwähnten. Ein dem an der Vorderfronte gleichendes Eisengitter umschließt den ganzen Raum, ohne daß auf der Seite der kleinen Straße ein Eingang sichtbar gewesen wäre.

Bernard sucht umsonst nach einem Ausweg. Er hält erschöpft an. Mit tonloser Stimme flüstert er die Worte; „Wir sind verloren!"

„Wir sind gerettet!" entgegnet sein Gefährte.

In diesem Augenblicke sind die Verfolger auf beiden Seiten keine zwanzig Schritt mehr von ihnen entfernt. Mit wüstem Gelächter kommen sie langsam näher. Ihre Opfer können ihnen ja nicht mehr entrinnen.

„Schmiege Dich fest an mich!" raunt sein Gefährte Bernard in's Ohr. Dann faßt seine Hand einen der Eisenstäbe. Ein Druck, und eine schmale Pforte öffnet sich. Mit der Schnelligkeit des Wiesels winden sich Beide hindurch. Das Gitter schließt sich wieder, ohne Geräusch, ohne das geringste Knarren.

Dichtes Gebüsch wuchert innerhalb desselben. Es scheint ihnen das Vordringen wehren zu wollen. Aber der Unbekannte scheint die Lokalität zu kennen. Er tritt einen Schritt vor, wählt eine Stelle, deren Zweige sich leicht öffnen und auseinander biegen lassen, und welche ihnen freien Durchgang gewährt. Auf der andern Seite des Gebüsches angelangt, läuft der Gefährte Bernard's, diesen immer nach sich ziehend, einer Fontaine zu, welche malerisch zwischen Baumgruppen gelegen ihren weißen Strahl in die Nachtluft emporsendet.

Dies Alles ist so schnell vor sich gegangen, daß die Verfolger, durch den jetzt viel dichter gewordenen Nebel an weiterer Aussicht verhindert, das Verschwinden ihrer Opfer kaum noch bemerkt haben können.

Aber nun tönt ein Schrei der Ueberraschung von vielen Lippen. Eine Art Wuthgeheul folgt diesem nach kurzer Pause.

Der Sergeant de ville mit den Soldaten, von einer Seite kommend, von der andern ebenfalls mehrere Stadtsergeanten und Polizei-Offizianten stehen sich nun einen Augenblick in sprachlosen Gruppen gegenüber.

Da sind die Jäger, aber wo ist das Wild?

Sie glaubten ohne Zweifel eine Zeit lang zu träumen. Denn es ist ja unmöglich, daß ihnen die Flüchtlinge entkommen sein können. Sie sahen deren Gestalten ja so eben noch — undeutlich freilich und von Nacht und Nebel fast verhüllt — aber dennoch sie sahen sie vor ihren Augen; und nun? — Es ist unmöglich, denn die Gruppen der Verfolger schlossen auf beiden Seiten die Straße, es ist unmöglich, daß sie an diesen vorbei und so entkommen sein könnten. Das Gitter des Gartens ist enge und von starken Eisenstangen und mehr als zehn Fuß hoch; es ist auch nicht möglich, daß sie durch dieses geschlüpft seien oder es überstiegen hätten. Diesem Garten gegenüber auf der andern Seite der Gasse erhebt sich die Rückseite eines hohen massiven Gebäudes, das gegen diese kleine Gasse zu weder Parterre-Fenster noch eine Thür hat. Kleine, hochgelegene, vergitterte Fenster zeigen, daß diese Räumlichkeiten einen Stall in sich schließen; also auch hier eine Flucht unmöglich! —

Man kann bei solcher Sachlage selbst einem Polizeimanne einen Ausruf der Ueberraschung zu gute halten. — Aber man würde sich täuschen, wenn man annähme, daß sie nun die Verfolgung aufgeben und unverrichteter Dinge nach Hause kehren würden. Nein! Das thut kein Polizeimann, in keinem Lande der Welt. Sicher nicht in Frankreich, noch weniger in Paris, am allerwenigsten unter Napoleon's III. glorreicher Präsidentschaft. —

Zuerst erholte sich von seinem Staunen jener Stadtsergeant, der in blauen Flecken und schmerzenden Gliedern noch so frische Andenken der Entschwundenen mit sich trug. Er verschmähte es für den Augenblick, viele Worte zu machen; aber er setzte seine Pfeife an die Lippen, welchem Beispiele seine Kameraden alsogleich folgten und nun unisono einen langen, gellenden, anhaltenden Pfiff in die Nacht hinaussendeten.

Wie aus dem Boden gewachsen stürzten in wenigen Augenblicken von allen Seiten andere Stadtsergeanten und gewisse Herren in Civilkleidern, welche aber ebenfalls nach der Pfeife der Polizei zu tanzen haben, herbei.

Die Thatsache wurde diskutirt und sogleich zu den nöthigen Vorkehrungen geschritten.

Vor Allem wurde das Gebäude und der Gartenraum auf den drei Seiten, die ihn umschlossen, mit Soldaten, Stadtsergeanten und Vigilanten umgeben, so daß den in die Falle gegangenen Vögeln, wenn sie sich wirklich dort befanden, das Ausfliegen benommen ward.

Dann schritt man zu einer genauen Untersuchung des Gartengitters in jener schmalen Straße, in welcher die beiden unsichtbar geworden.

Man hatte Blendlaternen herbeigebracht. Ein höherer, alsogleich benachrichtigter Polizeibeamter leitete das Unternehmen. Es war vielleicht kaum der Mühe werth, für die Verfolgung der Flüchtlinge solche Kräfte aufzubieten. Lieutenant Bernard hatte sich vielleicht blos eines Subordinations-Vergehens schuldig gemacht. Die Polizei wußte es nicht. Sie erkundigte sich auch nicht danach. Für sie genügte es, daß einer der Ihrigen, ein Stadtsergeant, von den Verfolgten insultirt worden. Das Geheimnißvolle ihres Verschwindens reizte den Point d'honneur der Polizei.

Man täuscht sich in Frankreich über Manches. Aber die Polizei läßt sich durch die Construction eines Gitters, einer Thür, eines Schlosses nicht täuschen. Nach kurzer Frist hatte die kundige Hand des Beamten denn auch bald jenen Stab des Gitters entdeckt, an welchem die Anwendung eines gut verborgenen Mechanismus ein schmales Pförtchen öffnete. Aber für die Pariser Polizei ist nichts gut verborgen. Ein höhnisches Lächeln spielte um die Lippen des Beamten, als er die Feder berührte. Die Thür erschloß sich. Man schritt in den Garten.

Währenddessen war von der andern Seite Einlaß in das Innere des Gebäudes verlangt worden. Man befand sich im Faubourg St. Germain, im Stadttheile des alten Adels. Das Haus gehörte dem Marquis de P.... Man wußte aber, daß die Herrschaft verreist und nur ein alter Diener zurückgelassen sei. Dieser wurde nun von den Stadtsergeanten aus seiner Ruhe aufgestört und gezwungen, das Thor zu öffnen. — Es sollte dies nicht die einzige nächtliche Ruhestörung, nicht das einzige Eindringen in Privathäuser in dieser Nacht bleiben. — Es ist ja die Nacht vom ersten auf den zweiten Dezember.

Das Gebäude wurde nun vom Keller bis zum Bodenraum auf das Genaueste durchsucht. Kein Zimmer, kein Kabinet, kein Bett und kein Kasten blieb uneröffnet, undurchwühlt. Man ging mit jener systematischen Sicherheit und Genauigkeit, welche die Pariser Polizei auszeichnet, zu Werke. Allein umsonst. Von den beiden Gesuchten zeigte sich keine Spur.

Im Garten trafen die beiden Abtheilungen wieder zusammen. Die andere hatte unterdessen den Gartenraum durchforscht. Jedes Bosket, jeder Baum, jeder Pavillon wurde durchsucht. Man suchte auf dem Kieswege, auf den Rasenplätzen nach Spuren von Fußtritten. Solche waren allerdings vorhanden; aber alte und neue, nach allen Richtungen, von allen Größen. Der Garten war augenscheinlich vernachlässigt und lange Zeit nicht frisch bekiest worden. Die Spürnase der Pariser Polizei verdient eine ausgezeichnete genannt zu werden; aber sie vermag sich nicht mit dem Scharfblicke eines wilden Volksstammes zu messen. Die Indianer der Prairien, die Kaffern des südlichen Afrika hätten die frischen Spuren von den früheren genau zu unterscheiden und den Weg, den die Verfolgten genommen, zu bestimmen gewußt.

Man vereinigte sich in der Nähe der Fontaine, welcher wir schon erwähnt. Man hatte überall auf dem Boden, im Sande und im Grase nach einer verborgenen Fallthüre gesucht. Man ging jetzt sogar so weit, das Wasserbecken der Fontaine zu untersuchen. Aber das Bassin war tief; über sieben Fuß. Dahinein konnten sich die Verfolgten unmöglich gewagt haben. Dessenungeachtet durchwühlte man das Wasser mit langen Stangen. Man wartete sogar eine Zeit lang, ob nicht doch plötzlich das Gesicht eines der

Verfolgten daraus auftauchen würde. — Was thut man nicht Alles, ehe man einer festgewurzelten Idee — und die Gesuchten müssen sich ja hier befinden — entsagt!

Allein die Zeit verstrich, die Nachforschungen, zehnmal wiederholt, führten zu keinem Resultate. Mit langen Gesichtern sahen sich endlich die Herren an und zogen ohne viel Lärm, aber innerlich zürnend und fluchend ab. In der Nähe des Gebäudes aber und auf allen Seiten wurde eine hinlängliche Anzahl von Stadtsergeanten wohl verborgen zurückgelassen. Die Verfolgten müssen sich ja doch noch zeigen, da sie unmöglich die Gabe besitzen, sich unsichtbar zu machen.

———

Wir haben den Lieutenant Bernard und seinen ihm so wunderbar zur Hülfe gekommenen Gefährten an der Fontaine verlassen. Wir kehren nun zu ihnen zurück.

Als sie eiligen Schrittes an dem Bassin angelangt waren, sah Bernard seinen Begleiter fragend an.

„Wohin wollen wir nun? Hört Ihr das Geschrei unserer Verfolger? Sie werden uns nach in den Garten dringen."

„Gewiß, Bürger. Aber sie werden erst den Eingang finden müssen. Das giebt uns Zeit genug. — Der Nebel lichtet sich. Kauert Euch hier neben dem Rande des Bassins zusammen, damit man Eure Gestalt nicht erblickt, und wartet einen Augenblick."

Bernard that, wie ihm geheißen, und der Unbekannte, ebenfalls niederknieend, suchte mit den Händen einen Moment auf der Marmorbrüstung nach einem Gegenstande.

Bernard folgte all seinen Bewegungen mit der größten Aufmerksamkeit.

„Aber hört, Bürger, was macht Ihr Euch doch mit der Fontaine zu schaffen? Wollen wir uns denn hier verbergen, im Wasser? Das würde uns kaum vor der Entdeckung sichern."

„Geduld, Bürger Offizier! Ihr werdet gleich sehen."

In diesem Augenblicke haben seine Hände gefunden, was sie suchten. Ein Druck an einer verborgenen Kapsel, und der hohe, glänzende Strahl der Fontaine verschwand mit einem leisen Kollern.

Bernard hatte den Kopf über die Brüstung erhoben und sah, wie mit unendlicher und unerklärbarer Geschwindigkeit das Wasser des Beckens schwand; es können noch nicht zwei Minuten verschwunden sein, und schon ist die Fluth soweit gesunken, daß sein Begleiter, der jetzt in das Innere des

Bassins gestiegen ist, kaum mehr bis zu den Knien im Wasser steht. Er winkte Bernard, und dieser gesellte sich zu ihm. Ein lautes, gluckerndes und schlürfendes Geräusch tönte von jeder Seite des Marmor-Achteckes.

Der Unbekannte suchte mit der Hand am Boden des Beckens. Das Wasser hatte sich jetzt gänzlich verlaufen. Ein glattes, nur ganz wenig mit Schlamm überzogenes Marmorvlies zeigte sich. Aber auch dem schärfsten Auge wäre es unmöglich gewesen, daran eine Fuge, die geringste Spur einer Oeffnung zu erblicken.

Und doch, in dem Augenblicke, als die Verfolger schon in das Haus gedrungen waren und die Flüchtigen das Geräusch der Schritte, das Zu-schlagen der Thüren hörten; in dem Augenblicke, als von der andern Seite ein frohlockender Ruf ihnen verkündete, daß das Geheimniß des Gitters entdeckt sei: in diesem Augenblicke sprang, durch die Berührung einer Feder getrieben, eine der Marmorplatten mit gewaltigem Schwunge in die Höhe, und eine schwarze Oeffnung starrte Bernard entgegen.

„Kein Augenblick ist zu verlieren; schnell! Bürger, wenn Euch Euer Leben lieb ist!"

Mit diesem Rufe drängte der Unbekannte Bernard zu der Oeffnung.

„Eine Leiter führt hinab. So, setzt Eure Füße vorsichtig auf die Sprossen und haltet Euch mit den Händen am Rande fest! bien! Und nun ich; aber schnell, ich höre sie kommen!"

Bernard war in dem gähnenden Schlunde verschwunden. Jetzt folgt ihm sein Gefährte. Nur dessen Kopf blickt noch über die Oeffnung. Nun verschwindet auch dieser. Die Platte schließt sich mit leisem Knarren, und in demselben Augenblicke rieselt auch schon wieder die Fluth, von allen Seiten aus der Erde dringend, in das Becken. Die Wasser strömen herein, das Bassin füllt sich, der weiße Strahl steigt mit erneuter Kraft empor in dem Momente, wo der Beamte aus dem Gebüsche vordringend, seinen Blick auf die Fontaine richtet. — Sie sind gerettet!

Als Bernard und sein Begleiter in der Tiefe verschwunden waren, hielten sie einen Augenblick an, um Athem zu schöpfen. Der Kampf, das schnelle Laufen und die Aufregung der letzten Augenblicke hatte Bernard gewaltig angestrengt. Er hielt sich mit Händen und Füßen an der Leiter. Völlige Dunkelheit umgab ihn.

Ober seinem Haupte stand der Unbekannte. Dieser suchte nach einer Drathschlinge und zog, als er sie erhascht, mit aller Kraft daran. Dann erst, als er die Wasser über sich rauschen, den Springquell sprudeln hörte, ließ auch er erschöpft die Hände sinken und lehnte sich gegen die Sprossen.

Man konnte jetzt deutlich, wenn auch gedämpft durch die dazwischen liegende Marmor- und Wasser-Schicht und durch das Murmeln der Fontaine, die Stimmen der Verfolger hören. Aber ein solches Gefühl der Sicherheit flößte den Beiden ihr neuer Zufluchtsort ein, daß sie nicht im Geringsten erbebten bei Anhörung der zu ihrer Habhaftwerbung in Vorschlag gebrachten Mittel, noch als sie über ihren Häuptern das Geräusch der Stangen hörten, mit welchen man das Bassin untersuchte.

Im Gegentheil, der Unbekannte lachte leise vor sich hin, und sich an Bernard wendend, fragte er diesen:

„Nun, Bürger, wie gefällt Euch diese Situation? So sicher wie das Kind im Mutterleibe, und die Feinde nicht zehn Schritt entfernt! ha, ha! aber" — fügte er ernster hinzu — „wir sind auch in der That im Mutter-leibe, im Leibe der guten Mutter Erde. Und im Namen dieser heiße ich Euch, Bürger Bernard, in meiner Behausung willkommen!"

Bernard stieß einen Schrei der Ueberraschung aus.

„Wie, Ihr wißt meinen Namen, Bürger?"

„Gewiß. — Aber wenn es Euch gefällig ist, laßt uns weiter gehen. Die da oben entfernen sich auch", wie ich bemerke, und somit ist es keine Pflicht der Höflichkeit, länger hier zu weilen. — Wartet noch einen Augen-blick. Ihr seid nicht so an die Dunkelheit gewöhnt wie ich, da Ihr ja oben lebet in der Stadt, von der das Licht ausgehen soll über die ganze Erde."

Mit diesen Worten hatte er von der Wand des Schachtes eine kleine Blendlaterne genommen und sie angezündet.

Bernard bemerkte nun, daß er sich in einem schmalen und, allem An-scheine nach, tiefen Schachte befinde, der durch Kalkstein-Schichten gebrochen worden. Schwarz und verwittert starrten ihn die feuchten Wände an. Beinahe senkrecht in die Tiefe führten lange Leitern, welche in regelmäßi-gen Zwischenräumen auf vorspringenden Felsen feststanden, die schmal und glatt kaum einen Haltepunkt für den Fuß gewährten. Kriechendes Gewürm hängt an dem schimmelnden Geklüfte der Wandungen; aufgeschreckt durch den Schein des Lichtes regt und bewegt es sich in allen Ecken und Winkeln und schleicht und schießt zischend und pfeifend dahin, im dämmernden Halb-dunkel scheußliche Gestalten zeichnend. Ein Moder-Geruch steigt aus der Tiefe auf, beengt die Brust und hemmt das Athmen.

Ein leiser Schauer durchrieselte den Körper Bernard's.

Der Unbekannte bemerkte es, und ein Lächeln flog über seine nichts weniger als schönen Züge.

Bernard hatte jetzt erst Gelegenheit, seinen Retter von Angesicht zu Angesicht kennen zu lernen. Bis nun hatte er erst Bekanntschaft mit seinem

Muthe, seiner Entschlossenheit und Geistesgegenwart gemacht; aber die Dunkelheit der Nacht, der Nebel und die dringende Gefahr hatten ihn am Erkennen seiner Gestalt und Gesichtszüge verhindert.

Der Unbekannte war von kolossaler, mächtiger Leibesgestalt. Seine breiten Schultern, seine hochgewölbte Brust, seine nervigen Arme konnten einem Riesen zur Zierde dienen. Auf einem ungemein starken Nacken sitzt ein Kopf, aus dessen dichtem schwarzen Haar- und Bart-Gewirre eine gebräunte breite Stirne, eine Adlernase und glühende, stechende Augen sichtbar werden. Von Gesichtszügen kann eigentlich keine Rede sein, da der verwilderte, struppige Bart, der fast bis an die Augen reicht und die Wangen beinahe gänzlich verdeckt, sowie die wirr an die Stirn hängenden zottigen Haare von solchen nichts erkennen lassen. Viele und starke Falten durchkreuzen die Stirn, zwei tiefe Furchen ziehen sich von der Nase gegen den Mund, dessen schmale Lippen fest zusammengepreßt sind; dichte Augenbrauen, die sich ober der Nase berühren, beschatten die tief liegenden Augen, und eine gewaltige Narbe zieht sich auf der linken Seite über Stirn und Wangen.

Dieses Gesicht machte einen fast abschreckenden Eindruck. Dessenungeachtet mochte man sich bei näherer Betrachtung und gewissermaßen Analysirung der Züge gestehen, daß es einst und in einem etwas mehr cultivirten Zustande interessant, vielleicht schön gewesen sei.

Weite Beinkleider von starkem Segeltuche und unbestimmbarer Farbe, tüchtige, grobe und genagelte Schnürschuhe und eine blaue Blouse mit einem Ledergürtel zusammengehalten, in welchem ein langes Messer steckt, bilden die Kleidung des Mannes. Die Blouse, vorn auseinandergeschlagen, läßt, da auch das grobe Hemde geöffnet ist, die gewaltige dichtbehaarte Brust des Unbekannten sehen.

Neben diesem bartigen Riesen machte Bernard fast den Eindruck eines Knaben. Seine zarte, schmächtige Gestalt entbehrt zwar nicht des Charakters der Männlichkeit, aber sie ist zu elegant, um neben diesem Kolosse nicht weichlich zu erscheinen. Der Lieutenant ist von Mittelgröße und in die Interims-Uniform der französischen Infanterie gekleidet, die die Vorzüge seiner Gestalt — die schlanke Taille, die schön geformten Glieder und die gewölbte Brust — auf das Vortheilhafteste hervortreten ließ. Er hat keinen Säbel, aber aus der geöffneten Uniform schaut der Kolben einer Pistole. — Die Züge Bernard's sind hübsch, gebräunt und zeigen einen entschlossenen, männlichen Charakter; seine klaren, offenen, dunklen Augen Verstand und Herzensgüte. Ein kleiner, schwarzer Schnurbart ziert seine festen, rothen Lippen. Indessen ist über diese Züge ein Ausdruck von Me-

lancholie und Schmerz gebreitet, der zu auffallend ist, um nicht sogleich bemerkt zu werden.

Wie gesagt, hatte Bernard beim Anblicke seiner Umgebung ein gewisses Gefühl des Grauens beschlichen, das bei näherer Betrachtung seines
Kameraden nicht eben gemildert wurde. — Wo befand er sich? Wer war
dieser Mann, der ihm als Retter beigesprungen war? Welchen Grund hatte
dieser — einem Räuberhauptmann ziemlich ähnelnde — Unbekannte, ihn
mit Gefahr seiner eigenen Sicherheit zu beschützen?

Diese Fragen, die sich in Bernard's Gehirne drängten, schien der Unbekannte von seiner Stirne zu lesen.

Sein Lächeln wiederholte und vermehrte sich.

„Wollt Ihr so gefällig sein, voranzuschreiten, Bürger! Der Aufenthalt
in diesem allerdings etwas feuchten Vorgemache zu meiner Wohnung scheint
Euch nichts weniger als behaglich zu sein. Ich würde Euch gern, wie es
einem Wirthe geziemt, voranleuchten; aber Ihr seht ein, daß es unmöglich
ist, auf dieser etwas schmalen Haupttreppe zu meinem Palais an Euch vorbei zu kommen."

Bernard stieg noch in Gedanken versunken die Leiter hinab. Aber er
mußte bald all seine Gedanken für seine nächste Umgebung concentriren, da
das Hinabsteigen auf der schmalen, gebrechlichen, feuchten Leiter, auf welcher
hie und da zur Verzierung eine Kröte und Unke saß, nicht ganz ohne Gefahr war.

Der Unbekannte, der an solche Wanderung schon gewöhnt zu sein
schien, leuchtete ihm mit der größten Zuvorkommenheit, machte ihn auf gefährliche Stellen aufmerksam und war ihm überhaupt möglichst behülflich,
hinabzukommen, ohne vorher den Hals zu brechen.

Endlich hatten sie festen Grund erreicht. Sie befanden sich in einem
schmalen und niederen Gange. Der Modergeruch hatte sich vermehrt und
drückte nun fast erstickend auf die Athmungsorgane. Der schlüpfrige Boden
machte es für Bernard nöthig, langsam zu gehen und sich, wenn er nicht
fallen wollte, an seinem Gefährten zu halten. Kein Wort wurde gewechselt.
Bernard war zu sehr mit seiner neuen, ungewohnten und äußerst unbehaglichen Umgebung beschäftigt, als daß er für etwas Anderes Sinn gehabt hätte.

Bei dem rothen Scheine der Laterne, der an dem feuchten Gesteine
glänzt und flackert, sieht er ober seinem Haupte, kaum eine Handbreit davon
entfernt, vielgestaltiges Gewürm sich regen; schaudernd beugt er, um diesem
Anblicke zu entgehen, sein Haupt; aber am Boden glotzen ihm Molche und
Unken entgegen, und Schlangen winden sich unter seinem Tritte. Dabei
fallen, wo der Gang stellenweise niedriger wird und sein breiter Hut an

die Decke streift, Spinnen und andere Insekten auf ihn herunter und kriechen auf seinem Leibe fort. Von Zeit zu Zeit erhob sich, bald von rechts, bald von links kommend, eine heftige Zugluft, und ein eigenthümliches Klappern und Stöhnen ließ sich um ihn vernehmen. Wenn er dann zur Seite sah, gähnte ihm eine schwarze Oeffnung entgegen, und er machte den Schluß, daß dies einmündende Gänge sein müßten.

Nicht jedem Menschen ist es gegeben, in solcher Umgebung, in solcher Unkenntniß über seine Situation sich gleich zu bleiben und seine sonstige Ruhe zu erhalten. Bernard war ein muthiger Soldat. Er hatte dies schon bei mehr als einer Gelegenheit bewiesen. Dessenungeachtet konnte er ein gewisses Grauen nicht unterdrücken. Der Ekel vor dem kriechenden Gewürme, die beengende Todtenluft, die ihn umgab, das Geheimnißvolle seines Führers wirkten zusammen, um seine Nerven im höchsten Grade zu überreizen. Dazu gesellte sich noch ein anderes Motiv, das ihn unruhig machte. Der Zweck seiner Flucht bestand hauptsächlich darin, heute noch, diesen Abend, Jemand aufzusuchen, um ihm dringende, unaufschiebliche Mittheilungen zu machen. Die Zeit verstrich, und er sah immer noch nicht, wie er diesen seinen Zweck erreichen könne. Seinem Gefängnisse war er entflohen, und nun befand er sich abermals in einem Kerker, in einer Gruft, wo, weiß er leider durchaus nicht, tief unter der Erde, in der Gewalt eines Mannes, den er nicht im geringsten kennt, dem er sich zwar einerseits zur Dankbarkeit verpflichtet fühlt, vor dem er aber andrerseits ein unbestimmtes Bangen empfindet.

So mochte er, immer seinem Begleiter folgend, der jetzt voranschritt, vielleicht eine halbe Viertelstunde gegangen sein, als er plötzlich bei einer Biegung des Ganges, heftig in sich zusammenschauerte und einen lauten Ausruf des Schreckens nicht unterdrücken konnte.

Sein Fuß war über einen Gegenstand gestrauchelt, der jetzt nach so heftiger Berührung klappernd und polternd in Stücke ging. Sein Blick war zugleich auf die gegenüberliegende Wand gefallen — seit einiger Zeit schon war der Gang breiter und höher geworden, — an welcher fünf bis sechs menschliche Gerippe lehnten, deren Todtenköpfe ihn grinsend anstierten. Beim matten Lichte der Laterne bemerkte er nun, daß der Gegenstand, über welchen er strauchelte, ebenfalls ein Knochengerippe gewesen. Nun lag dieses in einzelnen Knochentrümmern vor ihm. Aus den Augenhöhlen des Schädels zu seinen Füßen züngelte der Kopf einer Natter.

„Aber wo, beim Himmel! wo befinden wir uns denn?" konnte sich Bernard nicht enthalten auszurufen.

„Und das fragt Ihr noch, Bürger?" entgegnete der Unbekannte, indem er stehen blieb und mit einem gewaltigen Stoß seines Fußes den Todten-kopf gegen die Felsen schleuderte, daß dieser in Trümmer zerschellte und die Natter, von der scharfen Kante der zersprungenen Hirnschale an die Wand gepreßt, wie mit dem Messer entzwei geschnitten in zwei sich krümmenden Theilen zur Erde fiel. „Ha, ha! du Kopf eines Aristokraten hast endlich gethan, was du bei Lebzeiten versäumtest, die giftgeschwollene Natter des Hochmuthes und der Ueberschätzung in deinem Innern zu ertödten! — Seht Ihr, Bürger, den Halswirbel hier von scharfer Klinge durchschnitten! Alle diese Gerippe hier und jene dort auf dem großen Haufen haben intime Bekanntschaft mit der Guillotine gemacht. Diese Libertins küßten zuletzt noch das blanke Eisen der Bürger, nachdem sie früher blos schöne, warme Bürgerskinder geküßt hatten. Hélas! Wer weiß jetzt, ob dieser Knochen einem Fürsten oder einem Bettler, diese Rippe einer Gräfin oder einer Bauerndirne angehört hatte! Hélas! lernt nun den Satz der Gleichheit aller Menschen kennen, den ihr mit eurem Blute bezahlen mußtet! —

Bernard hatte dem Thun des Unbekannten mit Befremden zugesehen. Seine Rede trieb ihm das Blut zu den Schläfen. Er sah ihn mit zornigem Blicke an.

„Laßt die Todten ruhen, Mann! Es ist genug, was sie lebend gelitten; sie sollten sich dadurch von Insultirungen nach dem Tode losgekauft haben!"

„Wie Ihr's nun eben versteht, Bürger! Kann das die Todten beleidigen, wenn ich ihnen eine Lehre predige, deren Befolgung während ihres Lebens sie eben vor der Guillotine gerettet hätte? Mein Junker Heißsporn, Ihr wollt Eure Sache gegen Jemand verfechten, der sie gar nicht angegriffen hat. Lieutenant Bernard, der Ritter der Legitimität, braucht nicht zu besorgen, daß ihn sein Gastfreund, wenn er auch Republikaner ist, mit dem geringsten Worte beleidige. Aber nun kommt, Bürger! Wir sind meiner Wohnung nahe; dort mögt Ihr Euch ausruhen."

Etwas beschämt folgte Bernard dem Vorausschreitenden. Dieser Mann, der sich selbst als Republikaner kennzeichnete, der zuerst mit Heftigkeit, dann aber mit edler Ruhe, mit Ueberlegenheit gesprochen hatte, in einem höheren und gebildeteren Tone, als ihn sein Aeußeres vermuthen gelassen; dieser Mann, der nicht blos seinen Namen, sondern auch seine politische Meinung kannte, wer war er? Diese Frage beschäftigte ihn jetzt mehr als seine Umgebung, an die er sich nach gerade zu gewöhnen anfing.

Sie waren jetzt in eine Höhle gelangt, die, soviel sich bei dem kargen Schimmer der Laterne errathen ließ, von ungeheuren Dimensionen sein mußte. Durch den schmalen Gang eingetreten, sah Bernard plötzlich einen leeren schwarzen Raum vor und neben sich. Ueber seinem Haupte herrschte undurchdringliche Finsterniß. Nur zur Seite und im rechten Winkel mit der Wand des Ganges dehnte sich zu beiden Seiten desselben, so weit der Schein der Laterne sie beleuchtete, eine glatte Steinwand.

An dieser schritten sie hin. Nach einiger Zeit hielt der Unbekannte vor einer starken, eisernen Thür.

„Hier ist meine Wohnung, Bürger!" sprach er, indem er mit einem bei sich geführten Schlüssel das Schloß aufzusperren suchte.

„Hier? Eure Wohnung! Aber, so sagt mir endlich, wo befinden wir uns denn?"

„In den Katakomben von Paris."

Ein lautes „Ah!" entschlüpfte der Brust Bernard's.

„Aber ich dachte, der Eingang zu den Katakomben befände sich bei der Barriere d'Enfer?"

„Der allgemein bekannte und benützte, ja!"

„Und dann sagte man mir, das Besuchen derselben wäre jetzt un= möglich, nicht nur wegen der Leichtigkeit des Verirrens in den unzähligen Gängen, Sälen, Höhlen und Gelassen, sondern auch, weil man einen Ein= sturz der morschen Pfeiler und Unterstützungswände besorge."

„Dies allerdings. Aber wie viele sind ihrer in Paris, die dieses Labyrinth, diese unterirdische Stadt mit ihren Tausenden von Gängen, mit ihren vielen Aus= und Einmündungen kennen? Man weiß höchstens von diesem langen Gange, der sich von der Höllen=Pforte bis zum Todtensaale unter der Seine hinwindet; man kennt höchstens einige kleinere Nebengemächer, einige Säle und Nischen, welche alle zur Aufbewahrung von vier bis fünf Millionen Knochen= Gerippen dienen. Man sieht, wenn man von dort in Nebengänge dringen wollte, seine Schritte durch Sümpfe und Seen oder durch unermeßliche Abgründe aufgehalten; man fürchtet endlich hier unter den Gerippen selbst zum Gerippe zu werden: und man hat es aufgegeben, weiter zu forschen. Aber ich sage Euch, Bürger, solcher Gänge, solcher Säle wie diejenigen, welche wir durch= wandelt, giebt es Hunderte in diesem Paris unter der Erde, und das Paris da oben steht in der That auf einem unterwühlten, gefährlichen Boden. — Aber nun tretet ein, Bürger, und macht's Euch so bequem als möglich!"

Der Unbekannte hatte bei diesen Worten die Pforte geöffnet und war Bernard voran in das Gemach getreten.

Bernard sah sich zu seinem größten Erstaunen in einem wohnlich, bei= nahe glänzend eingerichteten Saale von mittlerer Größe. Bei dem Scheine einer Astral=Lampe und eines Wandleuchters, welche der Unbekannte ange= zündet hatte, zeigten sich ihm die acht fensterlosen, hohen Wände, welche das Gemach bildeten, mit etwas verschossenen, aber sonst noch gut erhaltenen

Gobelin-Tapeten, welche Scenen aus der früheren Geschichte Frankreichs darstellten, bedeckt. Der Plafond war zeltartig aus weichen Seidenstoffen gebildet, in der Mitte von einer Rosette zusammengehalten', welche einen tief herabhängenden, reich verzierten Broncelustre trug. Die Renaissance-Möbel aus dunklem Holze gehörten ebenfalls einer entschwundenen Periode an. Der Boden war mit einem, allerdings etwas schadhaften, türkischen Teppiche belegt.

Wenn es für Bernard schon auffallend war, hier tief unter der Erde, im Reiche des Todes, einen solchen fast comfortablen Aufenthaltsort zu finden, so wurde sein Erstaunen durch einen neuen Anblick bald noch vergrößert.

Der Eingangsthür gegenüber bemerkte er in der Tiefe der Wand, die hier nischenartig zurücksprang, eine hohe, rundbogige, mit schwarzem Tuche verhängte Pforte. Die Conturen derselben waren durch eine Reihe weißer Todtenköpfe gezeichnet, welche durch symmetrisch geordnete Hüftbeine verbunden waren. Zu beiden Seiten dieser Thür erhoben sich zwei aus Schädeln gebildete Pyramiden, in deren je oberstem Schädel die scharfe Schneide eines Beiles stak. Eine mit dem verkohlten Ende zur Erde geneigte, erloschene Fackel lehnte an der einen, eine zerrissene und beschmutzte Jakobinermütze lag auf der andern Seite derselben.

Bernard konnte sich bei diesem eigenthümlichen Anblicke kaum von seinem Erstaunen erholen. Er wurde von seinem Wirthe aus dem tiefen Sinnen aufgestört, in welches er sich verloren hatte. Dieser wies auf den Tisch, wohin er Wein, Brot und Fleisch gestellt hatte, und lud ihn ein, zuzugreifen.

„Ihr werdet wohl etwas hungrig und durstig und müde sein. Setzt Euch, und mögt Ihr Euch mit dem frugalen Abendbrote begnügen, das ich Euch bieten kann."

„Soll ich nicht vorher den Namen meines Retters erfahren? Ihr seid mir, ich gestehe es, auf eine so wunderbare Weise zur Hülfe gekommen, die ganze Art meines Hierhergelangens, diese Umgebung tragen so sehr den Stempel des Unbegreiflichen, Märchenhaften, daß Ihr es wohl nicht unbescheiden finden werdet, wenn der Gast, ehe er Brot und Salz mit ihm nimmt, seinen Wirth kennen lernen möchte."

Ein etwas sarkastisches Lächeln spielte um die Lippen des Unbekannten.

„Und Ihr kennt mich nicht, Lieutenant Bernard?"

„Du tout, Monsieur! Ich sehe wohl, daß Ihr mich kennt; aber ich würde mir gewiß die Frage erspart haben, wenn es mir mit Euch ebenso ginge."

„Erinnert Ihr Euch — doch in solcher Beziehung ist der Menschen Gedächtniß schwach — erinnert Ihr Euch, einst unter Eure Freunde einen Namens Lepaile gezählt zu haben?"

„Lepaile! Mein Himmel! Gewiß. — Und ihr?"

„Ich bin Lepaile. Du erinnerst Dich meiner nicht mehr, Horace, und ich finde dies auch natürlich. Sind es doch fast zehn Jahre, daß wir uns zuletzt sahen und — damals in glücklicheren Verhältnissen! Du ein junger, kaum dem Knabenalter entwachsener Bursche, und ich — doch genug! Setze Dich nun und stärke Dich, mein Freund! Mir ahnt, daß Du Deiner Kräfte heute noch bedürfen wirst."

Bernard war auf Lepaile zugetreten und hatte ihn mit Rührung an seine Brust gedrückt. Jugenderinnerungen, jener zaubermächtige Gedankenkreis, dem man sich nicht nahen darf, ohne in seinen Strudel gezogen zu werden; Jugenderinnerungen, jene Oasen in der dürren Wüste des Lebensüberblickes, hatten angefangen seine Seele zu durchglühen. Aber die letzten Worte Lepaile's rissen ihn aus diesem Träumen und rückten ihm die nächste Gegenwart vor die Augen.

„Du hast Recht, mein Freund! Ich bedarf der Stärkung und nehme Dein freundliches Anerbieten an. Leider ist mir wenig Zeit vergönnt, um sie der Anhörung Deiner gewiß höchst interessanten Lebensschicksale zu widmen. Aber Du wirst mir vielleicht —"

„Ich werde Dir, während Du speisest, mittheilen, was Du zu wissen wünschest."

Bernard setzte sich an den Tisch, konnte sich aber nicht enthalten, einen fast wehmüthigen Blick auf seinen Freund zu werfen. Dieser bemerkte es.

„Du scheinst der Veränderung in meinem Aeußern nicht gerade Beifall zu zollen, Horace? — Nun ja, der Salonmann ist in mir nicht mehr stark erkennbar; doch höre erst, was diese Veränderung bewirkte."

„Als wir uns zuletzt sahen, war ich Sekretär des Marquis de P...., desselben, in dessen Garten wir uns heute Abend befanden. — Du verließest damals Paris, um als jüngster Offizier mit Deinem Regimente nach Algier zu gehen. — Ich besaß das ganze Vertrauen des Marquis. Ich darf auch wohl sagen, ich verdiente es. — Meine Geschäfte waren nicht so zeitraubend, daß mir nicht noch Muße zu eigenen Studien geblieben wäre. Ich benützte diese, um die Archive des Hauses zu durchmustern. Darunter waren Dokumente, welche auf das Bestimmteste von dem Vorhandensein unterirdischer, zu dem Hause gehöriger Gänge und Räumlichkeiten sprachen. Ich verfolgte die Spuren. Ich fand jenen Eingang unter der Fontaine, jenen Corridor, dieses Zimmer in eben dem Zustande, wie sie sich jetzt befinden. — Die Details gehören nicht hierher. Nur so viel, daß sich hinter jener dunklen Pforte die Ahnengruft des Marquis de P.... befindet. Die Bizarrerie, der aus unbekannten Ursachen entsprungene Wille eines der Urahnen des Geschlechtes, hatte eine darauf bezügliche Bestimmung erlassen; und diese alten Steinbrüche, aus welchen das Material zu den Prachtbauten da oben genommen worden, dienten mehreren Generationen als letzte Ruhestätte. Lange bevor im Jahre 1786 aus den Steinbrüchen Katakomben gemacht und jene langen Gänge, an der Barrière d'Enfer beginnend, mit entfleischten Gebeinen von zehn Generationen, den Kirchhöfen von ganz Paris entnommen, gefüllt wurden; lange bevor die Revolution von 1789 das Paris da oben mit neuen Todtengerippen versorgte: lange vorher schon war die Kunde vom Vorhandensein dieser Grüfte den Sprößlingen der hier Modernden verloren gegangen. — Auch ich behielt die Kenntniß davon für mich. Was hätte dem reichen und mächtigen Marquis de P.... diese Stätte des Todes genützt? —"

„Jahre vergingen. Im Sommer 1847 sah ich zum ersten Male die Tochter des Marquis de P.... — Helene, dies war ihr Name, war bis zu dieser Zeit im Kloster gewesen, um ihre Erziehung zu erhalten. Jetzt sollte sie in die Welt treten, um zu glänzen; um von sich reden zu machen, um in die Männerherzen der aristokratischen Phalanx Bresche zu schießen und aus dieser Schlacht der Koketterie dem Marquis, ihrem Vater, als Beute und Siegestrophäe einen Eidam mitzubringen. — Aber Helene hatte weder zu dem Einem, noch zu dem Andern Lust. Ihr einfach schlichtes und ehrliches Naturell, ihre fromme und demüthige Erziehung ließen sie ihre Freude im Hause, im Umgange mit gleichgesinnten Seelen finden. — Was soll ich viele Worte vorausschicken! Ich liebte Helene vom ersten Momente an, da ich sie gesehen; sie erwiderte meine Liebe erst schüchtern und zaghaft, dann stürmisch und leidenschaftlich mit der ganzen Gluth ihrer edlen Seele. Kurze Zeit waren wir die Glücklichsten unter der Sonne. Aber der Sturm, der unser Glück zerstörte, sollte nicht ausbleiben. —"

Lepaille hielt einen Augenblick inne, dann fuhr er mit bebender Stimme fort:

„Es war an einem schönen Herbstabende, als Helene und ich in einer Laube jenes Gartens oben zusammentrafen. Der Marquis war auf der Jagd. Wir waren unbelauscht. Die heftig lodernde Liebe forderte ihr Opfer. Wir hatten uns schon längst ewige Treue geschworen. Wir verbanden uns vor Gott, dem ewigen Zeugen, fest und unauflöslich. Wir wurden Mann und Weib; wir schlürften ihn ein, den Becher seliger Lust, aber auf seinem Grunde lauerte die Schlange des Verderbens."

Nach einer längeren Pause, während welcher Lepaile sich die kalten Schweißtropfen von der Stirne gewischt, begann er wieder:

„Von einem unseligen Verhältniß geführt, war der Marquis früher, als wir vermuthet, zurückgekehrt. Er überraschte uns, Arm in Arm geschlungen, Mund an Mund gedrückt. — Erspare mir die Schilderung der nun folgenden Scene! — Es waren entsetzliche Augenblicke. Der Marquis, in seinen Hoffnungen, seinem Stolze gekränkt, war ein Tiger. Er hörte nicht auf das Flehen Helenens, nicht auf die Betheuerungen unserer unauslöschlichen Liebe, unseres für ewig geschlossenen Bundes. Er riß uns wüthend auseinander und wies mir hohnlachend die Thür. Helene beschwor ihn beim Andenken an ihre Mutter, sprach aber ihren Willen aus, falls er seinen Entschluß nicht ändere, ihn zu veranlassen und bei mir auszuharren in Freud und Leid. Ich suchte ihr dies auszureden. Allein umsonst. Sie war so beharrlich, wie ihr Vater hartnäckig war. Mit einem Worte: verstoßen, enterbt, mit des Vaters Fluche beladen, floh sie mit mir hinaus aus dem heimischen Hause in die kalte, mitleidlose Welt. —"

Bernard hatte Lepaile mit warmer Theilnahme zugehört. Er ergriff nun die herabhangende Hand des Erschöpften und drückte die zitternde an seine Brust. Lepaile erhob sein Haupt und blickte mit wildem Grimme gegen die Decke.

„Oh, dieser Fluch! Er hatt sich erfüllt, tausendfältig erfüllt. Er raubte Helenen das Leben, er kostete das Leben von Tausenden! — Ja, sieh mich nicht so mitleidig an, Bürger! Ich verdiene dieses Mitleid nicht, ich bin ein Mörder, ein hundertfacher Mörder, auf mir ruht der Fluch einer ganzen Nation!"

Mit diesen Worten war Lepaile aufgesprungen. Seine Haare sträubten sich empor, seine Mienen waren entsetzlich verzerrt, seine Augen stierten in Wahnsinnsgluth aus ihren Höhlen. Heftigen Schrittes eilte er gegen die schwarzverhängte Thür, riß den Vorhang zurück und stürzte in dem inneren Gemache auf die Knie, indem er laut schluchzend die Hände rang.

Bernard war ebenfalls aufgestanden und seinem Freunde gefolgt. Entsetzen hemmte seine Schritte bei dem Anblicke, der sich ihm bot.

In dem inneren Gemache zeigte sich ihm bei dem matten Scheine zweier Ampeln, die von der mit schwarzem Tuche überzogenen Decke hingen, im Hintergrunde eine Reihe alter Marmorsärge mit Wappenschildern und Inschriften versehen. Die schwarzen Wände waren mit grausigen Symbolen des Todes, mit den Insignien der Vernichtung bemalt. Aus jeder Ecke starrte ihm ein Skelett entgegen, in der fleischlosen Hand eine geschwungene Sense haltend.

Aber der ergreifendste Anblick zeigte sich im Vordergrunde.

Gegen einen großen, die Mitte des Gemaches einnehmenden Marmor-Sarkophag lehnte, so daß die darin ruhende Gestalt in fast aufrechter Stellung sich befand, ein einfacher Sarg aus roth angestrichenem Tannenholze.

Ein junges, bleiches Weib lag in demselben, von zarter, wunderbar edler Gestalt. Die regelmäßigen, fast antik geformten Gesichtszüge waren in einem milden, versöhnenden Lächeln verklärt. Dieses reizende Wesen schien nur zu schlafen. Aber unter einem Kranze von weißen Rosen, der sich um ihre Schläfe wand, zeigte sich auf der linken Seite des edlen Hauptes eine tiefe Stirnwunde. Ihre Gestalt war in ein schlichtes, helles Kleid, wie es die Arbeiterinnen in Paris gewöhnlich tragen, gehüllt, auf welchem sich große dunkle Blutflecken zeichneten.

Vor diesem Sarge lag Lepaile auf den Knien, seine Augen an eine der zarten und feinen Leichenhände gedrückt, welche er mit seinen beiden Händen umfaßt hielt. Er weinte — der starke Mann, — und heftige Zuckungen erschütterten seinen Körper.

Bernard ließ diesen Paroxismus seiner Gefühle austoben. Dann, als er sah, daß Lepaile ruhiger geworden, bemühte er sich, ihn aufzurichten. Dies gelang ihm. Lepaile stand nun vor der Leiche, noch immer tief erschüttert, aber ohne jenen Ausdruck der tiefen Verzweiflung und des Wahnsinns. Er streckte seine Hand gegen die Leiche und sprach mit dumpfer, hohler Stimme:

„Dies ist mein Weib, Horace! Dies sind die Ueberreste meines irdischen Glückes, meiner unnennbarsten Seligkeit! Und welche Mühe und Sorgfalt hat es gekostet, wenigstens diese Ueberreste zu erhalten. Nur der Geschicklichkeit eines mir befreundeten Arztes, der längere Zeit in Kairo gelebt hatte, nur der eigenthümlichen, die Verwesung hemmenden Atmosphäre in diesem Kalksteingewölbe habe ich es zu danken, daß dieser entseelte Körper nun nach drei Jahren noch ebenso aussieht, wie am Abende jenes schrecklichen 23. Februar."

„Setze Dich, Horace! Ich will Dir eine Geschichte erzählen, die so entsetzlich ist, daß die Todten selbst dort in ihren Gräbern zusammenschaudern werden; eine Geschichte, die so lustig ist, daß die Teufel in der Hölle darüber hell auflachen werden. — Denn ist es nicht lustig, wenn man von einem über Menschenleiden erhabenen Standpunkte, wie ihn diese einnehmen, sieht, wie sich die Ursachen zu den Wirkungen verhalten, wie eine Mücke den Erdkreis in Flammen zu setzen vermag?" —

„Im Herbste also war es, daß ich — Helenen auf meinen Armen

tragend, denn sie war ohnmächtig vor Schmerz und Weh — den Palast
da oben verließ, um in einer entlegenen Vorstadt Unterkunft zu suchen. —
Ich hatte mir ein kleines Vermögen erspart; wir konnten leben, ohne den
Mangel fürchten zu müssen. Wir schränkten uns ja gern ein, wir fanden
ja das Glück nur in uns, in unserer Liebe. Helene erholte sich allmählich,
wir wären vielleicht glücklich gewesen in unserer verborgenen Zurückgezogen-
heit, wenn nicht jener Vaterfluch drohend über unseren Häuptern geschwebt
und Helenen mit bangen, schrecklichen Ahnungen erfüllt hätte. Das Jahr
1848 kam heran und brachte jene eigenthümliche, düstre, drückende Schwüle,
welche einem Gewitter vorauszugehen pflegt. — Das Gewitter war vielleicht
unausbleiblich; es mußte vielleicht hereinbrechen; aber daß ich es war, der
den ersten Blitz sich entladen machte, das ist es, was mich seit jenem
Tage peinigt und martert, was mir oft den Geist zu verwirren droht!'

„Wie, mein Freund! Wessen klagst Du Dich an? Wie kannst
Du — —"

„Höre mich weiter! Schon einige Zeit her hatten wir bemerkt, daß
der Marquis unsern Aufenthalt entdeckt und uns mit Spähern umgeben
hatte. Jeder Schritt von uns wurde bewacht, jede Bewegung belauscht.
Bald lernten wir den Zweck dieser Ueberwachung kennen. Der Marquis
wollte — aus welchen Gründen ist gleichgültig — seine Tochter um jeden
Preis mir entreißen. Briefe, die er zu diesem Zwecke durch dritte Personen an sie richten ließ und in welchen er ihr seine Verzeihung anbot,
wenn sie sich für immer von mir trennen wollte, hatten nicht die gewünschte
Wirkung. Dies um so weniger, als sich Helene um diese Zeit Mutter
fühlte. Da der Marquis durch Ueberredung sein Ziel nicht erreichte, schritt
er zur Gewalt. Nur mit der äußersten Anstrengung konnte ich Helenen
eines Abends zweien Männern entreißen, die sie in ihren Armen einem
Wagen zuschleppten. Diese Verfolgungen wiederholten sich und wurden
endlich so unerträglich, daß ich beschloß, mit Helenen die Stadt zu verlassen, um so vielleicht den Elenden zu entfliehen."

„Es war am Abende des 23. Februar 1848, als wir unsere Habselig-
keiten in einen Wagen packten und unsere Wohnung im Faubourg du
Roule verließen, um nach dem Bahnhofe der Orléans-Eisenbahn zu fahren. — Ich hatte mich nie viel mit Politik beschäftigt. Auch in jener
Zeit nicht, obwohl damals ganz Paris in fieberhafter, flammender Aufregung Politik machte. Ungeachtet unseres vom Brennpunkte des Verkehrs
so entfernten Aufenthaltsortes waren indessen in den letzten Tagen die
beunruhigendsten Nachrichten zu uns gelangt. Es war daher mit Zweck
meiner beabsichtigten Entfernung von Paris, Helenen den Gefahren eines

möglichen Ausbruches der Revolution zu entziehen. — Du weißt, Horace, um was es sich damals handelte. Es war die Reform der Charte, welche von Vielen verlangt wurde, welche aber Herr Guizot und der gute König zu gewähren nicht für angemessen hielten, und welche jenes große Reform-Bankett in den Champs Elysées veranlaßte, welches aber von Guizot unterdrückt wurde. — Dieses Verbot Guizot's warf erst den Funken in den aufgehäuften Zündstoff. Man forderte nun heftiger Guizot's Entlassung und die Reform der Charte. Paris war auf den Straßen. Man sang die Marseillaise, man brachte Pereat's auf die Minister aus, man stimmte allgemein ein in den unaufhörlichen Ruf: Vive la Réforme!"

„Ich will nichts über die Unterlassungssünden, über die Rathlosigkeit und Unentschlossenheit der damaligen Machthaber sagen. Genug, die Revolution wäre durch einige vernünftige Zugeständnisse, durch etwas Energie in ihrem Keime zu ersticken gewesen. Ja, selbst dann noch, als bereits die Aufregung zum unheildrohenden, riesigen Revolutionsgespenste erstarkt war, hätte sich vielleicht der drohende Sturm noch besänftigen lassen, als am Abende des 23. Februar die Nachricht bekannt wurde, daß Guizot entlassen und Graf Molé mit der Bildung eines neuen Ministeriums beauftragt sei. — Das Pariser Volk ist ein Kind. Es weint und lacht, droht und schmeichelt in einem Athem. Es bedarf nichts, als einer kundigen und starken Hand, um es am Gängelbande zu führen!"

„Wie gesagt, schien sich nach Guizot's Entlassung die Aufregung zu legen. Es ist auch natürlich genug. Es war ja kein angezetteltes Komplott zum Umsturze der Regierung, keine Leitung einer vielleicht beabsichtigten Revolution vorhanden. Man hatte es nur mit der stets regen Veränderungslust eines sehr sensitiven Völkchens, mit der eigenthümlich schwülen und drückenden Luft, die die Köpfe aufregte, mit einigen Phrasenmachern und einigen gern im Trüben fischenden Persönlichkeiten zu thun. Das rechte Wort, die rechte Formel: und das Volk hätte seinem guten Bürgerkönige entgegengejubelt, anstatt ihm den Thron zu zerschlagen."

„Als wir in unserm Wagen auf den Boulevards anlangten, zog ein unermeßlicher, jubelnder Volkshaufe bei dem rothen Scheine vorangetragener Fackeln und unter dem Singen der Marseillaise dieselben hinab. Diese Leute sind froh des errungenen, kleinen Triumphes, toben ihre Lust heute noch aus und gehen morgen friedlich an die gewohnte Beschäftigung. So schien es; so wäre es vielleicht auch gekommen, wenn nicht ein entsetzliches Verhängniß mich bestimmt hätte, dem Strome der Ereignisse eine andere Richtung zu geben."

„Oh, unterbrich mich nicht! Ich weiß, was Du sagen willst, aber höre mich weiter, und Du wirst mich verstehen. — Wir hatten bemerkt, daß uns ein anderer Wagen in gemessener Entfernung stets nachfahre. Der Kutscher selbst hatte uns darauf aufmerksam gemacht. Ich ahnte, daß man uns abermals verfolge, und befahl dem Kutscher, nach verschiedenen Richtungen in kleinere Straßen abzubiegen und so die Verfolger irre zu führen. Auf dem Boulevard de la Madeleine wurden wir durch jenen Volkshaufen aufgehalten. Als wir gegen die Concordien-Brücke kamen, war dieser, der Place de la Concorde und der Tuilerien-Quai dicht mit Militär besetzt, und wir gezwungen, über die Brücke von Jena das linke Seine-Ufer zu erreichen. Als wir am Quai d'Orsay anlangten, um die Quais hinab nach dem Bahnhofe zu gelangen, wurden wir abermals von einem gewaltigen Volkshaufen aufgehalten, welcher vor dem Ministerium des Auswärtigen hielt und von den dort postirten Linientruppen weiteren Durchzug nach der Madeleinekirche verlangte. Alle Boulevards waren um diese Zeit illuminirt, und man verlangte, daß dies auch mit dem noch finstern Ministerhôtel geschehe."

„In diesem Augenblicke bemerkte ich jenen verdächtigen Wagen abermals hinter uns. Wir konnten indessen, in einem dichten Menschenknäuel befindlich, nicht weiter fahren; und so stieg ich mit Helenen aus, befahl dem Kutscher, mit unseren Effekten, sobald es irgend möglich sei, gestreckten Trabes nach dem Bahnhofe zu fahren, und suchte mir durch die Menschenhaufen Bahn zu brechen, um zu Fuße dasselbe Ziel zu erreichen."

„Wir waren dem Ministerhôtel gerade gegenüber angelangt, als ich zu meiner größten Bestürzung drei jener Männer, welche ich nun schon als meine Verfolger kannte, an meiner Seite fand. Einer derselben hatte so eben den Arm um Helenens Leib geschlungen, als diese erschreckt einen Schrei ausstieß. Ich wandte mich und stürzte wüthend auf den Angreifer zu. Die Elenden waren mir überlegen; es waren noch einige Genossen zu ihnen gelangt. Ich hätte das Volk zu meiner Hülfe aufgerufen; aber das Volk hörte nichts, als sein Jubeln, und machte jetzt eben eine tumultuarische Bewegung gegen die Brücke zu." —

„Ich war meiner Sinne kaum mehr mächtig. Die Wuth übermannte mich, als ich mich in einem verzweifelten Ringen mit den Niederträchtigen sah, während zwei andere mein armes, hülferufendes Weib fortschleppten. Ich griff in die Brusttasche, riß eine Pistole, die ich für die Reise bei mir führte, heraus und schoß den nächsten meiner Feinde nieder. Ohne mich um diesen weiter zu kümmern, stürzte ich jetzt, kein Hinderniß mehr achtend, Helenen nach, riß sie — die rauchende Pistole noch in der Hand — mit der Kraft der Verzweiflung aus den Händen der Verruchten, drückte sie stürmisch an meine Brust und wollte mir weiter Bahn brechen — als eine rollende Gewehrsalve, dicht vor unserm Antlitz abgefeuert, meine Schritte hemmte." —

Lepaile war im Laufe der Erzählung bleicher geworden, als die Leiche, neben welcher er jetzt erschöpft lehnte. Große Schweißtropfen standen auf seiner Stirn, und seine Hände waren krampfhaft geballt.

In diesem Augenblicke konnte man ein noch entferntes Geräusch, wie von herannahenden Männertritten; und das Klirren von Waffen vernehmen.

Aber die Beiden in der grauenhaften Behausung des Todes hörten es nicht. Ihre Seelen und ihre Sinne waren auf das Todtenantlitz geheftet, das jetzt geisterartig im flackernden Scheine der Ampeln sie anzustarren schien. Ein kalter, eisiger Hauch zog durch das Gemach.

Mit einer Grabesstimme fuhr nun Lepaile fort:

„Ein leiser Schrei von Helenens Lippen, ein schwacher Druck ihrer Engelshand — und als der Pulverdampf sich verzogen hatte, sah ich, daß ich eine Leiche in den Armen hielt. Um mich herrschte eine dumpfe, entsetzliche Stille; nur das Wimmern der Verwundeten, das Stöhnen der Sterbenden, welche ringsum in ihrem Blute lagen, tönte durch die Nacht. Was in mir vorging, weiß ich nicht. Mein Geist hatte die Kraft zu denken, mein Herz die Fähigkeit zu fühlen verloren. Ich war auch todt, so gut wie mein gemordetes Weib; aber mich rief leider jener furchtbare, gellende Schrei der gräßlichsten Wuth, von tausend Lippen ausgestoßen, in dieses elende Dasein zurück."

„„Verrath! Rache! Man mordet das Volk! Zu den Waffen!"" tönte es von hundert und aber hundert Lippen. Mit rasender Schnelle stürzte Alles fort von dem Platze des Blutbades, um sich vor einer neuen Salve zu flüchten. Die Barrikaden wuchsen in den Nebenstraßen aus der Erde, und Bewaffnete strömten von allen Seiten zu deren Vertheidigung herbei."

„Ich stand da in all dem Gewirre, meiner selbst unbewußt. An meinem Herzen lag das Theuerste dieser Erde, mein Idol, mein Alles — und langsam und gleichmäßig rieselte der rothe, warme Lebensstrom aus diesem schönsten Gebilde Gottes; heiß fühlte ich diese Fluth, die ich mit nichts zurückhalten konnte, über meine Brust fließen, und kalt und kälter. und schwer und schwerer wurde der leblose Körper! — So, so, wie sie jetzt daliegt, diese unendlich lieblichen Züge verklärt im Morgengrauen einer besseren Welt, die Haare aufgelöst und von blutigem Naß durchsickert, die Augen gebrochen, der Mund stumm und geschlossen für ewig: so hielt ich sie in meinen Armen, bis mir selbst die Kräfte schwanden und ich mit meiner theuren Last zu Boden sank."

"Als ich wieder zu mir kam, lag ich unter einem Haufen von Verwundeten, von Sterbenden, von Leichen. Neben mir, an meine Brust gedrückt, Helene. Die Männer der Revolution, die entfesselten Panther der Volkshefe, die Unmenschen, die — gierig nach dem Blute der Aristokraten — sich diesen entgegenwarfen, hatten mehr Mitleid mit mir gehabt, als der edle, hochadlige Marquis. Sie hatten uns nicht getrennt, wie es dieser thun wollte: sie hatten uns vereinigt, noch im Tode Hand in Hand und Brust an Brust gebettet!" —

"Aber ich war am Leben. Eine leichte Wunde am Arme bemerkte ich kaum. Ich erhob mich in der schwankenden Bahre, auf welche man mich neben andere Verwundete und Todte geworfen hatte, auf die Kniee. Diese Bahre und ihr grauenvoller Inhalt wurden jetzt von Blousenmännern beim grellen rothen Lichte von Fackeln durch die Reihen des Volkes getragen. Ich sprang auf: ich hielt Helenen hoch empor in meinen Armen und zeigte sie der Menge. „Das ist mein Weib! Rache! Rache! rief ich im wahnsinnigsten Schmerze mit furchtbarer Stimme in den Volkshaufen. Das Volk antwortete mir mit einem wilden Wuthgeheule und stürzte fort zum Kampfe, zum Morde, zur Vernichtung. Ich aber murmelte vor mich: „Das ist mein Weib! Man hat sie gemordet! Rache, Rache!" und rief es wieder laut, wenn wir in eine andere Straße gelangt waren."

"Doch genug! Laß mich enden! — Neben dem gräßlichsten Schmerze über meinen Verlust peinigte mich der furchtbare Gedanke, durch jenen unheilvollen Pistolenschuß die Katastrophe, die Revolution, die Vernichtung des Königthumes herbeigeführt zu haben und, wenn auch die unschuldige, doch die unmittelbare Veranlassung zu all dem Gemetzel und Blutvergießen gewesen zu sein. — In einem unbeschreiblichen Gemüthszustande erreichte ich am Morgen, an jenem selben Morgen, an dem Louis Philipp die Tuilerien und sein Land auf immer verließ, die Straße und das Haus, in welchem ein Freund von mir, Dr. L . . ., wohnte. Ich blieb bei ihm, bis ich alle Vorbereitungen getroffen, um meinen jetzigen Aufenthaltsort beziehen zu können. In einer finsteren Nacht brachte ich Helenen hierher. Seitdem wohnen wir zusammen, wie es Gatten geziemt, hier unter dem Palais ihres Vaters, der es uns nicht gestattet hatte, in seinem oberen Hause zu wohnen. — Niemand weiß um diesen Aufenthalt, als der alte Kastellan des Hauses, der mich auch mit Lebensmitteln versorgt."

"Nun, mein Freund, habe ich Dir von meinen Schicksalen mehr mitgetheilt, als mir zu sagen leicht war. — Es wird Zeit, aufzubrechen, wenn Du noch vor Mitternacht die Stadt der Lebenden wieder betreten willst." —

„Gewiß, mein armer Lepaile! Aber ehe ich scheide, sage mir noch, wie es kam, daß Du mir heute Abend zu so gelegener Zeit zur Hülfe eilen konntest." —

„Nachts verlasse ich oft meine Gruft, um dort oben in der Welt des Lebens mich ein wenig umzusehen, um von Zeit zu Zeit die Lüfte des Himmels zu athmen, wenn ich vollgesogen bin vom Dufte des Grabes. Ich habe sonst nichts mehr zu suchen auf der Welt; ich bin ein Grabbewohner, so gut wie meine Nachbarn hier in ihren Steinsärgen; aber es giebt etwas, das mich nicht ruhen läßt in meinem Grabe, das mich zwingt, dasselbe oftmals zu verlassen: Dieses Etwas ist die Rache!"

„Die Rache?" —

„Ja, die Rache! Glaubst Du, das Blut meines Weibes soll umsonst geflossen, die zartesten Fäden meiner Seele sollen umsonst zerrissen worden sein? Gleich mir sind Tausende von jener bevorzugten Klasse unterdrückt, gemißhandelt, gepeinigt und der Ihrigen beraubt worden. Gleich mir fühlen Tausende, daß all das Blut der Februar- und Junitage umsonst geflossen ist und daß die Herrschaft nur den Namen gewechselt hat, um in noch schrecklicherer Gestalt, in noch positiverer Weise fortzubestehen. — Aber der Tag der Rache ist nicht fern."

Von Neuem ließ sich, diesmal schon in nächster Nähe, das Getöse von vielen Fußtritten, das Murmeln vieler Stimmen vernehmen.

Bernard zuckte unwillkürlich zusammen, als er dieses Geräusch hörte. Aber Lepaile verzog keine Miene. Seine Blicke richteten sich einen Augenblick nach der Thür, wandten sich aber dann wieder zu Bernard.

„So habe ich auch heute eine kleine Promenade im Garten gemacht, und dabei kam es mir vor, als sei in der Luft, die über Paris lagert, irgend etwas, das mir nicht recht gefallen will. Ich ging deshalb vor zum Eingange des Hauses, um vielleicht irgend eine neue Nachricht zu erspähen, und dort war es, wo ich Dich traf."

Der Lärm war jetzt verstummt; doch schien es Bernard, als höre er leise gegen die Thür klopfen.

Ein unbehagliches Gefühl, das sich jeden Augenblick steigerte, ward in ihm rege. Er war nach Lepaile's Versicherung allein mit diesem und den Todten, und doch hatte er jetzt schon wiederholt ein Geräusch vernommen, das ihm verdächtig erschien. Er wandte sich deshalb jetzt mit der Frage an Lepaile:

„Hörtest Du nicht auch schon seit längerer Zeit ein Geräusch von sich nähernden Schritten und Stimmen?" —

„Gewiß, Horace! Ich hörte es." —

„Nun, und wer ist es, der Deinem Verstecke naht. Sind wir verrathen? Wie kannst Du so ruhig bleiben!" —

„Weil ich weiß, wer da kommt. — Du bist vollkommen sicher hier, Bürger Bernard. Die da nahen, sind Freunde und Gesinnungsgenossen von mir. Wir haben heut Abend Sitzung, und sie kommen mich abzuholen." —

„Sitzung? Hier in den Katakomben?" —

„Wo sonst? Die Todten allein sind sichere Wächter. Sie, die Verschwiegenen, können nicht durch Gold zum Verrathe bewogen werden. Aber eine Frage für die andere. Was veranlaßte Dich, Horace, Deinen Arrest zu brechen und zu entfliehen? Denn ich nehme an, daß Du nur wegen eines Dienstvergehens in Haft saßest."

„Auch ich habe heute Abend einer Sitzung beizuwohnen." —

„Nun wohl, ich dachte mir's. Und Du bringst in Deinen Club Nachrichten von erheblicher Bedeutung?" —

„Gewiß! O, Du erinnerst mich daran, daß jeder jetzt verlorne Augenblick unersetzlich ist, daß mein längeres Säumen namenloses Unheil hervorrufen kann!" —

„Komm! Ich werde Dich zum Ausgang führen. Sage mir aber zuerst, in welche Gegend Du willst, denn der Ausmündungen sind viele." —

„In die Nähe des Elysée." —

„In die Nähe Napoleon's?" rief Lepaile mit einer Art von Entsetzen in seinen Zügen.

„Nein!" entgegnete Bernard leise lächelnd. „In die Nähe Changarnier's."

„Ah!" machte Lepaile mit einer Miene der Befriedigung. — „Wir gehören zwar nicht einer Partei an, mein Freund; Du ein Legitimer und ich ein Republikaner bieten der Gegensätze genug. Aber mir scheint, daß wir jetzt beide auf demselben Kriegspfade gegen denselben Feind ziehen!" —

„Wenn dieser Feind Napoleon ist, gewiß!"

„Er ist's!" —

In diesem Augenblicke ließ sich aus dem Vorgemache, mit gedämpfter Stimme gesungen, die Marseillaise hören:

„Allons enfants de la patrie!"

Bernard konnte sich nicht enthalten, leicht vor sich hin den Sang der Legitimen anzustimmen:

„Oh Richard! oh mon roi!"

Ueber ihren Häuptern aber rollte es jetzt wie ferner Donner.

Das sind Geschütze und schwere Cavallerie, die oben über das Pflaster rasseln und traben.

Lepaile war mit verschränkten Armen stehen geblieben und hatte sinnend vor sich hin gesehen. Zu dem Sange der Marseillaise und der Arie aus Richard Löwenherz fügte sich als tiefe Baßbegleitung jenes Dröhnen über ihren Häuptern.

„Ja wohl! Vereinigt euch, ihr Töne aus zwei Parteilagern, vereinigt euch gegen den gemeinsamen Feind, dessen Schlummerlied das Rasseln der Kanonen ist! Auf, Bernard, auf! Die Stunde ist gekommen!"

Und die beiden Männer schritten zu der Ausgangspforte.

Gedämpften Schalles dringt in die Tiefe der Erde der Glockenschlag, der die zwölfte Stunde, den Anbruch eines neuen Tages, verkündet.

Aber er verkündet auch den Anbruch einer neuen Aera in der Geschichte Frankreichs. — Der Tag des zweiten Dezember hat begonnen. —

Zweites Kapitel.

Im Palais-Elysée.

Der Morgen des zweiten Dezember war angebrochen.

In der Rue du Faubourg St. Honoré herrschte die lebhafteste Bewegung. Wagen drängte gegen Wagen. Die Kutscher waren des Rufes derjenigen Domestiken gewärtig, welche im Innern des großen Foyers des Palais-Elysée ihre Herrschaften erwartend, das Zeichen zum Vorfahren gaben.

Diesen Abend hatte großer Empfang stattgefunden. Derartige Soireen pflegten gewöhnlich in den ersten Stunden des jungen Tages zu endigen. Heute indessen schien die Gesellschaft früher entlassen zu werden. Schon hatten einzelne Mitglieder derselben das Elysée verlassen. Im Hofe des Elysée, am Thore und in den Corridors waren eben die dort postirten Wachen abgelöst worden.

Es mochte den wartenden Domestiken vielleicht sonderbar erscheinen, daß die vor und in dem Elysée heute den Dienst versehenden Linientruppen von der Pariser Armee durch ein Lancier-Bataillon, diese Lieblingstruppe des Prinz-Präsidenten, ersetzt wurden. — In der That besetzten kurz vor Mitternacht die Lanciers alle Posten und stellten sich im Hofe des Elysée auf, während das früher dagestandene Infanterie-Bataillon leise murrend und mit düsteren Gesichtern durch die Hinterpforte und den Garten, der an die Champs-Elisées stößt, abzog. —

In den prächtigen, reich und mit dem größten Geschmack dekorirten Sälen des Palais-Elysée treibt noch eine auserlesene Gesellschaft ihre schimmernden Wogen, und aus den Brandungen derselben sprühen jene glänzenden Schaumblasen von Witz und Geist, welche, kaum entstanden, wieder verschwinden, um neuen Platz zu machen; während ihrer kurzen Herrschaft aber auf allen Gesichtern den Ausdruck der Heiterkeit hervorrufen. —

Man bewegt sich in diesen Salons mit der größten Leichtigkeit und Unbefangenheit, mit einem Tone, weit entfernt von lästigem Ceremoniell, nichtssagender Etikette, ja selbst von jener gewissen Grandezza der Faubourgs St. Germain und St. Honoré. Ungeachtet der Gegenwart des Prinz-Präsidenten scheint hier der Ausdruck einer gewissen Freiheit zu herrschen. Diese Freiheit belebt heute noch die Conversation. Mag sie immerhin. Es ist ihr Schwanengesang. —

Es war nicht weit nach 12 Uhr, als in dem mittleren und größten der Säle zwei ernste Männer in französischer Generals-Uniform, welche Arm in Arm durch die Gruppen dahingeschritten waren, mit einem andern Generale zusammentrafen, der ihnen entgegenkam.

Auf der Stirn dieses Mannes lag eine Wolke von Kummer und Unmuth, und seine Schritte und Bewegungen zeugten von heftiger Unruhe.

„Und doch ist dieser hohe und kräftige Mann mit den sonnverbrannten, strengen und entschlossenen Zügen, mit der scharf gebogenen Nase und den blitzenden Falkenaugen, mit dem soldatischen Schnur- und Knebelbart: doch ist dieser Mann bekannt und berühmt wegen seiner eisernen Energie, seiner unbeugsamen Charakterstärke, so daß man ihn als den consequentesten Mann seines Jahrhunderts bezeichnen hörte. Dieser Mann ist Cavaignac.

Die beiden andern, die sich jetzt mit ihm in eine Fensternische zurückziehen, sind die Generale Lamoricière und Changarnier.

„Haben auch Sie, meine Herren, den General Leflô nicht gesehen?" fragte Cavaignac mit gedämpfter Stimme. —

„Nein, General! er war gewiß nicht hier, denn unsere Augen suchen ihn seit einer Stunde schon, ohne ihn zu finden." —

„Dessenungeachtet aber hatte er auf das Bestimmteste versprochen, mit uns diesen Abend hier zusammenzutreffen. — Ich gestehe, daß mich seine Abwesenheit etwas beunruhigt." —

„Mein Freund" — meinte Lamoricière — „Sie legen einer durch irgend einen Zufall herbeigeführten Verhinderung vielleicht zu großen Werth bei. Handelte es sich um Jemand Anderen als Leflô, so würde vielleicht auch ich unruhig werden; aber bei diesem ist an Verrath nicht zu denken!"

„Dies fällt mir auch gar nicht ein, mein Herr! Wer könnte von Verrath sprechen unter uns, die wir durch eiserne Bande vereinigt sind. Nein, nicht von den Häuptern kann der Verrath kommen; wohl aber verzweigt sich die Kenntniß des Unternehmens leider auch in Schichten, auf welche nicht vollkommen zu bauen der Vorsicht gestattet ist," antwortete Cavaignac.

„Wer weiß davon" — sagte nun Changarnier — „als einige Truppenbefehlshaber, einige Mitglieder des Berges, einige untere Offiziere? für diese Offiziere, für das ganze Heer verbürge ich mich. Wohl hat man ihm in diesem Leroy de Saint Arnaud einen neuen Führer, einen neuen Kriegsminister gegeben. Aber dessenungeachtet hält das Heer zu uns. Es ist vom Gefühle seiner Pflicht und seiner Würde durchdrungen und wünscht dem Lande keineswegs das Elend und die Schmach einer durch betrunkene Prätorianer ausgerufenen Kasernenregierung auferlegt zu sehen. Oh, sie würden es nicht wagen, die Soldaten gegen uns führen zu wollen; aber wenn dieser Saint Arnaud, wenn der Präsident selbst den Versuch machte, nicht ein Bataillon, nicht eine Compagnie würden sie mit sich fortreißen; sie würden sich Männern gegenüber finden, die stets auf der Bahn der Ehre und der Pflicht gewandelt sind!"

Cavaignac hatte ihm mit verschränkten Armen zugehört. Ein trauriges Lächeln flog über seine Züge. „Möchten Sie Recht haben, General, in Ihrer Voraussicht! Ich muß leider gestehen, daß ich Ihre Siegeszuversicht nicht theile. Es beschleicht mich wie eine schlimme Ahnung, etwas wie Vorgefühl einer Niederlage."

„Aber General, wie können Sie so sprechen, Sie, der Sieger in zwanzig Schlachten, der Unterdrücker des Juni-Aufstandes!"

„Meine Freunde, als ich an jenem denkwürdigen 23. Juni alle Zügel der Gewalt in dieser meiner Hand vereinigte, als ich mir die Aufgabe stellte, jenen Aufstand zu bewältigen, dessen Fahne die Inschrift befleckte: „Als Sieger plündern, als Besiegte sengen wir", jenen Aufstand, dessen Gelingen halb Frankreich in Blut erstickt und die andere Hälfte in Orgien verthiert hätte; als ich voraussah, daß Ströme Blutes, Berge von Leichen der Preis meines Sieges sein würden: da hatte ich ein ganz bestimmtes Gefühl, eine Gewißheit des Gelingens in mir, und ich ging schonungslos an's Werk, weil ich des nothwendigen Erfolges sicher war. — Heute aber, heute habe ich eine eben so bestimmte Ahnung des Mißlingens; und obwohl

Die trockene Guillotine.   3

alle Vorkehrungen auf das Umfassendste getroffen sind, obwohl die verhält-
nißmäßig leichte Aufgabe, die wir uns gestellt, beinahe sichere Erfüllung
verspricht, kann ich doch kaum den Augenblick erwarten, wo wir endlich zur
That schreiten können. Oh, nur die That, die That rettet mich vor diesem
unbehaglichen Gefühl, das mich peinigt!"

Changarnier wollte eben etwas erwidern, als ein großer, schöner Mann
in der ausgesuchtesten und zugleich einfachsten Salontoilette auf die Gruppe
zu kam und die Generale mit freundschaftlichem Händedrucke begrüßte.

„Ah, sieh da Lamoricière! Guten Abend, Changarnier! Und Sie, mein
tapferer Cavaignac, nehmen Sie meinen besten Gruß und — Sie sehen,
ich falle gleich mit der Thür in's Haus — meine Gratulation zu Ihrer
morgigen Vermählung!"

„Meinen besten Dank, Herr Graf!" entgegnete Cavaignac. „Ich würde
mir's zur Ehre rechnen, wenn Sie dieses Fest durch Ihre Gegenwart ver-
herrlichen wollten. Soll ich indessen annehmen, daß Sie eigens, um mir
dazu Glück zu wünschen, von Petersburg nach Paris gekommen sind?"

Graf Demidoff, der Gemahl der Prinzessin Mathilde — dies war der
Ankömmling — biß sich auf die Lippen.

„Nein, General, dies ist allerdings nicht ganz genau der Grund meines
Hierseins. Da mir aber mein hoher Souverän, einzig und allein um mir
Gelegenheit zu Vergnügungen zu geben, diesen Urlaub nach Paris bewilligte,
so bin ich erfreut, gleich bei meiner Ankunft durch Ihre Begegnung einen
Theil dieses Zweckes erfüllt zu sehen."

Cavaignac verbeugte sich. Graf Demidoff fuhr fort:

„Ach! und was wird Fräulein Odier, Ihre schöne Braut dazu sagen,
daß Sie dieselbe an diesem Vorabende zum schönsten Tage allein lassen!
Wollen Sie denn hier im Elysée Ihren Polterabend halten, General?"

Es kam Cavaignac vor, als lege der Graf auf das Wort „Polterabend" einen besonderen Nachdruck. Unangenehm berührt, sah er den Grafen
betroffen an, um dessen Lippen ein leichtes Lächeln spielte.

Changarnier und Lamoricière mischten sich nun ebenfalls in's Gespräch,
und die Vier verließen nun die Fensternische, um einen Gang durch die
Säle zu machen.

Währenddessen war in einem andern Theile des Salons eine Gruppe
von Herren und Damen um einen mittelgroßen, ungemein zierlich und
stutzerhaft gekleideten Herrn von ungefähr vierzig Jahren versammelt, der
mit leiser und süßer Stimme beinahe allein die Unterhaltung leitete.

Dieser Mann, den man etwa für einen etwas ältlichen libertin des
ancien régime, für einen Schöngeist aus des guten Bürgerkönigs Periode,

vielleicht — wäre er nicht hier in diesen Räumlichkeiten gewesen — für einen Friseur oder Tanzmeister hätte halten können, war nichtsdestoweniger eine in neuerer Zeit gewaltig hervorragende Persönlichkeit in den tonangebenden Kreisen.

Es war Graf Morny, der Stiefbruder des Prinz-Präsidenten Louis Napoleon, der Sohn Hortensens, der Exkönigin von Holland und des Grafen Flahault, der für 800,000 Francs, die man diesem bot, von dem alten Grafen Morny an Sohnesstatt adoptirt worden war.

Bis vor ganz kurzer Zeit noch hatte Louis Napoleon eine große Abneigung gegen seinen Stiefbruder gezeigt. Vielleicht datirte diese Abneigung von dem früheren vertrauten Verhältnisse des Grafen Morny mit dem Herzoge von Orléans her, einem Verhältnisse, welches Morny sicher zum Minister gemacht hätte, wenn die Orléans an der Regierung geblieben wären. Wie dem aber sei, in neuerer Zeit war Morny gewaltig in der Gunst des Prinz-Präsidenten gestiegen, und demnach ist es natürlich, daß um ihn eine Schaar jener Hofgoldkäfer schwirrte, die — da sie nichts von dem Lichte des Firsternes abbekommen konnten — sich mit dem reflektirten seines Satelliten begnügten.

Unter diesen Gestalten zeichnet sich vor Allen durch heftige Bewegungen und laute Stimme ein Mann aus, der — weder jung, noch alt, weder schön, noch häßlich — nichts besonders Auffallendes an sich gehabt hätte, hätte er nicht an seinem Arme eine der liebenswürdigsten und zugleich seltensten Erscheinungen in diesen Kreisen, mit einem Worte: Frau von Girardin geführt.

Wir können annehmen, daß ihr Begleiter Herr Emil von Girardin sei, der Gemahl der berühmten Dichterin, der in anderem Sinne ebenfalls genug bekannte, schriftstellerische Charlatan.

„Aber Delphine, Du scheinst nicht zu hören, was Herr Graf Morny eben so gütig war zu sagen," flüsterte Herr Emil seiner Frau zu, indem er sie sanft am Arme drückte.

„Oh, gewiß, mein Freund, ich höre!" entgegnete die reizende, geistreiche Frau. „Der Herr Graf sind so gütig, uns über den Stand der Runkelrübenzucker-Fabrikation in Frankreich nähere Aufschlüsse zu geben. Wer vermöchte dies umfassender zu thun als der Herr Graf, der ja — so viel ich weiß — in der Auvergne selbst ein derartiges Etablissement besitzt und dessen Stimme von daher wohl ihren süßen Klang datiren mag."

Ein eigenthümliches, schalkhaftes Lächeln spielte dabei um die feingeschnittenen Lippen der holden, blauäugigen, blondlockigen Frau, die in ihrem Aeußeren und in ihrem Gemüthe so sehr an deutsches Wesen erinnert.

„Ah, mein Freund, Sie werden mir doch nicht zürnen!“ wendete sie sich abermals an den Grafen, über dessen Stirn eine leichte Wolke des Unmuthes schwebte, aber sogleich durch den lichten Strahl aus Delphinens Augen wieder verscheucht wurde. „Sehen Sie, wenn ich Ihrer Stimme erwähnte, so geschah es nur, weil Sie damit so vortrefflich die kleinen Erzeugnisse meiner Muse vorzutragen verstehen.“

Und damit wandte sie sich mit graziöser Verneigung gegen einen eben herangetretenen Mann von imposanter Gestalt, dessen schwarzes gekräuseltes Haar, dessen dunkler Teint und große, mächtig glühende Augen, dessen starke, wenn auch schön gebogene Nase und etwas aufgeworfene Lippen ihm das Aussehen eines Mulatten gaben. Dieser Mann ist Alexander Dumas, der bekanntlich aus Negerblut abstammt.

Graf Morny hatte der schönen Flüchtigen einen Augenblick mit jenem leeren Lächeln nachgesehen, welches zeigt, daß — während man den Anforderungen der Höflichkeit genügen zu müssen glaubt — der Geist weit von dem Gegenstande derselben entfernt ist.

Er wäre vielleicht noch längere Zeit in dieser scheinbaren Gedankenlosigkeit verharrt, während welcher indessen nachgerade seine Züge anfingen, ihren nichtssagenden Salontypus zu verlieren und einen Ausdruck heftig gährenden Geistes anzunehmen; wenn nicht ein vorübereilender Herr ihn schüchtern am Aermel gezupft hätte.

Graf Morny wandte sich heftig um.

„Ah, sieh da Cerni! Nun schnell, haben Sie all meine Aufträge effectuirt?“ redete er den kleinen und etwas corpulenten Mann an, der in unterthäniger Haltung stehen blieb.

„Wie Herr Graf befohlen haben,“ antwortete dieser, indem er aus der Brusttasche ein Portefeuille zog und es zu öffnen Miene machte.

„Ach nicht doch Cerni! Nicht hier! Lesen Sie mir Ihre Notirungen später vor, wenn wir allein sind; dann wollen wir auch rechnen. — Für welche Summen sind wir engagirt? Wie viel konnten Sie auftreiben? —“

„Alles, was noch an der Börse zu haben war. Es mögen im Ganzen etwa drei und eine halbe Million Francs sein.“

„Diable! Nicht mehr? Das verlohnt sich wohl auch der Mühe!“

„Aber Herr Graf, es war, wie gesagt, nicht mehr zu erhalten. Die großen Aufkäufe, die Sie heute Morgen ausführen ließen, hatten die Börse etwas stutzig gemacht. Man hielt zurück.“

„Ha, ha! Doch was thut dies! Morgen werden die Papiere noch tiefer fallen. Treibt dann noch auf, was zu haben ist.“

„Aber,“ wagte der Kleine schüchtern einzuwenden, „wenn die Course nun auch übermorgen und die folgenden Tage vielleicht noch tiefer fielen?" —

„Bah! Dann sind auch wir gefallen, dann ist Alles eins." Leiser fügte er, vor sich hinmurmelnd, hinzu: „Es muß ja gelingen; aber wenn nicht, nun — au nom du diable! dann schießt man sich eine Kugel durch den Kopf. Zu verlieren habe ich ohnehin nichts mehr; wohl aber Alles zu ge= winnen. Drum Muth! Ach, mein Herr Stiefbruder macht Miene sich zurückzuziehen. Wohlan denn! — Auf was wartet Ihr noch, Cerni?" —

„Ich wollte blos fragen, wo ich den Herrn Grafen erwarten soll?" —

„Geht in meine Wohnung! Zwischen zwei und drei Uhr werde ich Euch dort treffen."

Nach diesen Worten verließen Graf Morny und Cerni nach verschie= denen Seiten den Saal. —

Auf einem prächtigen, schwellenden Divan in dem kleineren Salon, der an die Appartements des Prinz=Präsidenten stößt, saß Louis Napoleon in einem eifrigen Gespräch mit zwei Damen begriffen.

Die übrige Gesellschaft hatte sich von dieser Gruppe zurückgezogen, und das Gespräch dieser drei Personen war daher ungestört, unbelauscht. —

Charles Louis Napoleon ist der dritte und jüngst geborene Sohn aus der Ehe Ludwig Bonaparte's, Königs von Holland, des dritten Bruders Kaisers Napoleon's I., und dessen Stieftochter Hortensia von Beauharnais. Am 20. April 1808 geboren, war er sonach zu jener Zeit, von welcher wir sprechen, in seinem 44. Jahre.

Seine Persönlichkeit macht keinen bedeutenden Eindruck. Etwas Kaltes, Steifes und Regungsloses macht sich in seiner Gestalt und seinem Gesichte bemerkbar. Diese Gestalt entbehrt zwar nicht einer gewissen, eleganten Schönheit; aber das eigenthümliche Mißverhältniß in seiner Figur, welches den unteren Theil des Körpers gegen den oberen zu kurz erscheinen läßt, bringt eine Disharmonie in seiner Erscheinung zur Geltung, welche sich allerdings, wenn er zu Pferde sitzt, vortheilhafter gestaltet.

Sein Gesicht kennzeichnet vor Allem eine ganz ungemeine Empfindungs= losigkeit, welche über diesen kalten eisernen Zügen herrscht. Die erloschenen, blaßblauen Augen, welche tief in ihren Höhlen liegen, scheinen keinen Ein= druck von Außen aufnehmen, kein Gefühl der Seele wiederspiegeln zu wollen. Was sie charakterisirt, ist jene unnennbare, fast erhabene Gleich= gültigkeit, mit der sie über Alles hinschweifen. Diese Augen bannen und bezaubern; denn sie sind unergründlich, unfaßbar. Seine Augen, seine Ge= sichtszüge sind diejenigen der Sphynx: ein offenes Räthsel. — Die breite Stirn unter dem schlichten Haare hat einen düsteren, mystischen Schatten.

Es ist das starre Muß, es ist das fataliſtiſche Prinzip, das über dieſer Stirne thront.

Seine Rede ist ruhig, leidenſchaftslos, abgeſchloſſen und langſam. Der eiſerne Wille wägt jedes Wort ab, und es muß geſagt werden; der eiſerne Wille hält jedes unnothwendige Wort zurück. Die bleichen, feingeſchnittenen Lippen, welche ein ſtarker Schnurbart beſchattet, ſcheinen ſich nur auf ausdrückliches und feſtbeſchloſſenes Wollen zu öffnen und ſelbſt dann noch die Worte bles ungern und langſam durchzulaſſen.

Die ganze Aeußerlichkeit Napoleon's zeigt ſeinen unbeugſamen Glauben an ſich ſelbſt und an ſein Geſchick; ſie zeigt die trotzige Kraft des Starken und Mächtigen, den nichts beirren, nichts hemmen kann auf der Bahn, welche ihm ſein Geſchick vorzeichnet; ſie zeigt endlich eine gewiſſe milde und ruhige Sanftmuth, welche demſelben Glauben entſpringend, erhaben über Gewöhnliches, gern Alles gelten läßt, was nicht unmittelbar ſein Geſchick herausfordert. — Der Glaube an das Geſchick iſt es demnach, der ſich wie ein rother Faden durch ſeinen ganzen Charakter zieht; es iſt der großartigſte Fatalismus, welcher ihn umſchwebt.

Neben dieſem düſteren und ſtarren Antlitze erſcheint das der jungen Dame, welche bei ihm ſitzt, gleich dem leichten, ſtrahlenden, goldumfloſſenen Seraphskopfe aus Himmelshöhen.

Dieſe Dame iſt von großer, majeſtätiſcher Geſtalt. Die edle Fülle derſelben, die kühne, gebieteriſche Haltung zugleich und die anmuthige, jungfräuliche, in ſich ſelber thronende Ruhe, breiten einen Schimmer von faſt überirdiſcher Hoheit über ſie.

Feines, wallendes, goldblondes Haar umfließt in ſchlichten Wellen das zartgeformte Oval des Geſichtes, deſſen durchſichtig weißer, feiner Teint auf den Wangen die verborgene Gluth, welche die Adern durchſtrömt, ahnen läßt. Unter der Stirn von wunderbar glänzender Weiße wölben ſich dunkle, feine, kühngeſchwungene Augenbrauen über dunkelblauen, leuchtenden, von langen Wimpern umſäumten Augen. Die ſchön geformte Naſe, die feingeſchnittenen Lippen, welche zwei blendende Reihen der ſchönſten Zähne erblicken laſſen, zeigen die vollkommenſte Harmonie mit dem übrigen Antlitz, welches die Gluth des Südens mit der Reinheit des Nordens in ſich eint.

Dieſe Geſtalt, dieſes Geſicht gehören der Gräfin Marie Eugenie von Guzman, Herzogin von Montijo und Gräfin von Theba an.

Die neben ihr ſitzende ältere Dame, deren Geſtalt und Geſichtszüge auf ächt engliſches Vollblut ſchließen laſſen, iſt Sennora Montijo, Eugeniens Mutter. Dieſe Dame iſt eine geborene Engländerin aus bedeutender

Familie, welche einen der ersten spanischen Granden und einen der entschie-
densten Parteigänger für Joseph Bonaparte, den Grafen von Theba gehei-
rathet hatte.

Napoleon hatte allem Anscheine nach mit Eugenien ein längeres und
erregtes Gespräch geführt. Er hatte ihre feine Hand erfaßt und drückte
sie leise und innig an seine Lippen.

„Ach ja," sprach er. „damals, als ich ein Flüchtling, ein aus der Hei-
math Verbannter, auf englischem Boden ein Asyl suchen mußte, Gastfreund-
schaft bei demselben Volke, das meinen großen Oheim langsam verschmach-
ten und verdorren ließ; damals, Eugenie, beneidete ich Sie, der es vergönnt war, Frankreichs milde Luft zu athmen, Frankreichs schönen Boden
zu betreten. Sennora Montijo konnte mir nicht genug von ihrer holden
Eugenie erzählen, welche in Paris im Kloster Sacré-coeur ihre Erziehung
vollendete. — Ich sah Ihr Portrait; freilich vermag auch der geschickteste
Maler diesen unendlichen Liebreiz Ihrer Züge nicht wiederzugeben;
freilich — —"

„Ach Prinz! Sie rufen zu sehr jene Zeit zurück, in welcher ich fast
ein Kind, Sie aber, Kaiserliche Hoheit, ein an Nichts gefesselter, freier
Privatmann waren. Heute ist dies anders. Sie sind der Herrscher einer
großen Nation; Sie haben bereits den Fuß auf die höchste Stufe mensch-
licher Macht und Größe gesetzt, und binnen Kurzem werden Sie ebenbürtig
eintreten in die Reihe der mächtigsten Monarchen Europa's. Ich aber —
die ganze Veränderung, die sich die arme Eugenie nachsagen kann, ist, daß
sie eben älter geworden ist."

„Und vergißt meine bescheidene Eugenie, daß — wenn Louis Napoleon den Thron seines Oheims wieder aufrichten und ihn besteigen kann —
er dies vor Allem der treuen, ausharrenden und opferwilligen Hülfe Eugeniens, ihren klugen und weisen Rathschlägen, ihren berechnenden Operationen
zu verdanken hat!"

„Oh Prinz! Sie überschätzen meine kleinen Dienstleistungen!"

„Nein, Eugenie, ich überschätze nie! Ich unterschätze aber auch nicht.
Es war bis jetzt Aufgabe meines Lebens, die Menschen und ihren Werth
richtig zu beurtheilen, richtig schätzen zu lernen. Nur dadurch, daß ich
jeden Faktor in einer gegebenen Rechnung kenne oder ihn aufzufinden vermag, kann ich diese Rechnung zu einem richtigen Abschlusse bringen. —
Nein, Eugenie, ich weiß eben so gut wie Sie selber die Größe, den ganzen
Umfang Ihrer Hülfe zu ermessen. — Ach, denken Sie nur selbst an jene
Tage des Jahres 1848 zurück, wo Sie, der Pionier, der mir den Weg bahnen sollte, London verließen, um in Paris Ihren Aufenthalt zu nehmen.

Erinnern Sie sich, Eugenie, an das gegen mich beabsichtigte Exiliations-
gesetz und an die überaus kluge und schlaue Art und Weise, wie Sie durch
Ihre Bemühungen, besonders auch durch Aufbietung der Redegewandtheit
Jules Favre's, die Annahme dieses Gesetzes in der Nationalversammlung
hintertrieben! Erinnern Sie sich, — doch was soll ich Ihnen all die Dienste,
die Sie mir leisteten, einzeln vorzählen! Genug, daß aus der Summe die-
er Dienste zum großen Theile meine jetzige Stellung resultirt!" —

Louis Napoleon hatte die Hand Eugeniens jetzt wieder innig gedrückt;
und als er ihr nun fest und lange in das wunderbar leuchtende Auge sah,
da schienen auch seinen Augen elektrische, sprühende Funken zu entströmen
und sich mit den entgegenkommenden aus den Augen Eugeniens zu verbinden.
Beider Mund sprach nicht, aber die Geister hatten sich verstanden in der
stummen und doch so gewaltigen Funkensprache der Nerven. Gesicht, Gehör
und Gefühl sind in solchen Augenblicken ein einziges, mächtiges Medium
des gegenseitigen Verständnisses; und so können in einem solchen einzigen
Momente sich zwei verwandte Geister ihre Vergangenheit enthüllen, ihre
Gegenwart durchschauen und ihre Zukunft vereinen, ohne ein einziges Wort,
ohne ein anderes Zeichen, als die überspringenden Funken der Sympathie.

Und sie hatten sich verstanden, diese beiden Geister. Sie hatten sich
einst genähert, waren dann lange in parallelen Bahnen gelaufen, und nun
hatten sie, mächtig angezogen von dem Magnete der Sympathie, beide Bahnen in eine einzige vereinigt.

Louis Napoleon raffte sich zuerst aus dem minutenlangen Schweigen
auf, in welches beide versunken waren.

„Ja, es ist bestimmt! Ich wußte es, daß heute eine große, gewaltige
Aenderung sich in mir vollenden müsse. Es ist heute einer jener Jahres-
tage, die für mich stets eine große Bedeutung hatten. Aber heute ist
dies mehr als je der Fall; ich bin am Wendepunkte meines Schicksals angelangt. Alle Vorbereitungen waren getroffen, und doch fehlte mir noch
etwas, um mich meiner Sache gewiß zu fühlen. In diesem Augenblicke,
Eugenie, ist dieses Etwas gefunden. Jetzt fühle ich den gesicherten Erfolg
bereits in mir! Das Fatum," fügte er mit verdüsterter Stirn hinzu, „leitet
die Schritte der Menschen; eine innere Stimme lenkt sie hier oder dort hin.
Die Meisten sind thöricht genug, das Fatum zu verläugnen, diese Stimme
nicht hören zu wollen. Ein anderer Theil der Menschen wieder überläßt
sich blind, ohne mit dem Verstande das Wahre vom Falschen unterscheiden
zu wollen, jeder inneren Regung, jedem äußeren Anstoß, indem sie jeden
Schritt vorherbestimmt, jede selbständige Handlung für überflüssig annehmen. Ich halte hier den Mittelweg für den allein richtigen. Indem

ich meinen ganzen Geist anstrenge, meine Umgebung, meine Lage, die Menschen und die Dinge, die auf mich einzuwirken vermögen, oder die ich be-
nutzen kann, kennen und richtig schätzen zu lernen; indem ich auf diese Art
Nichts, auch das Kleinste nicht übersehe oder für unwichtig und zufällig
halte, sondern ihm seinen gebührenden Platz in der Kettenreihe von Ursachen
und Wirkungen anweise; indem ich dies thue: suche ich zu gleicher Zeit meinen Geist vor allen aufregenden und verwirrenden Einwirkungen der Aeußerlichkeit zu bewahren, und in dieser Ruhe, welche aus der Kenntniß seiner
selbst und der Welt entspringt, lausche ich den Aeußerungen jener inneren
Stimme, welche jedem Menschen innewohnt und welche mehr als die Com-
binationen des raffinirtesten Verstandes den genauen Zeitpunkt, die Art und
Weise unserer Handlungen zu bestimmen und dieselben zu glänzendem und
gesichertem Erfolge zu leiten vermögen. So lasse ich mich nicht thatlos
vom Schicksale leiten, sondern ich arbeite selbstbewußt, thätig und umfas-
send im Dienste des Schicksals und nach seinen wohlverstandenen Weisun-
gen und Rathschlägen. Das ist das Fatum, wie ich es verstehe und wie
ich es anerkenne; das ist das Fatum, das meine Handlungen bis jetzt
lenkte und dem ich vertrauend auch fürderhin folge; das ist das Fatum, das
in meine Seele schreibt: der Stern der Napoleoniden ist noch nicht erloschen,
er wird glänzender als je leuchten über die Erde! — und so fühle ich auch,
daß es Tage und Orte giebt, die von je und für immer von der größten
Bedeutung und Einwirkung auf die Plane und Handlungen der Napoleoniden sind. — Nun denn! Heute ist der sechsundvierzigste Jahrestag der
Schlacht von Austerlitz! Nun denn! Heute hat mächtiger als je diese innere
Stimme in mir gesprochen und mir den Weg vorgezeichnet! Auf also! Der
Plan ist reif, die Zeit ist gekommen, Eugenie! Morgen um diese Zeit giebt
es nur Einen Willen noch in Frankreich, und dieser Wille ist der meine!" —

Je weiter Napoleon in seiner Rede gekommen war, desto erregter und
ausdrucksvoller wurden seine Züge, desto glühender leuchtete das kurz vorher
noch fast erloschene Auge. Ein übernatürlicher Ausdruck von Energie und
Willensstärke ruhte auf seinem Antlitz, und seine Gestalt selbst schien sich
gehoben und vergrößert zu haben.

Eugeniens Augen ruhten mit anbetender Bewunderung auf ihm. Ihre
Hände hatten sich gefaltet, und der starke Geist dieses Weibes beugte sich
in Demuth vor dem stärkeren des Mannes.

Aber nur einen Augenblick loderte dieses Feuer durch Napoleon's Wesen.
Dann schien sich die gewaltig angeschwollene Fluth seiner Gefühle wieder
zu legen, und die alte Ruhe breitete sich über sein Antlitz, über seine Gestalt und drückte sich wieder aus in der bedächtigen, langsamen Rede.

Er sah nach der Uhr. „Eine halbe Stunde nach Mitternacht! Wird Eugenie mich entschuldigen, wenn ich hier einige Zeilen schreibe?"

Und er nahm aus seinem Portefeuille ein Blatt und schrieb darauf mit Bleistift, während er sich nun über gleichgültige Dinge mit Seunora Montijo unterhielt, folgende Worte: „Mon oncle, ce matin je frapperai un grand coup; je compte sur vous." *)

Dann bog er das Blatt zusammen, überschrieb es an Jerome Bonaparte, den Gouverneur der Invaliden, und winkte dem Grafen Morny, dem er es zur Besorgung übergab.

„Nun denn, Eugenie!" sagte er, „der Rubicon ist überschritten, der erste Schritt gethan zur endlichen Verwirklichung der Idées napoléoniennes! Du bist mir gefolgt, Eugenie — erlaube, daß ich Dich in dieser Weihestunde des Napoleonismus zum ersten Male mit dieser traulichen Bezeichnung anspreche — Du bist mir gefolgt durch Gefahren und Leiden bis zu dem Alles entscheidenden Wendepunkte; Du wirst mir weiter folgen auf jene Stufe, die zu erreichen das Geschick mich ausersehen hat. — Wohlan, ich gehe jetzt, Dir den Kaiserthron zu bereiten!" —

Eugenie reichte ihm stumm ihre Rechte. Er drückte sie innig und erhob sich dann, um den Damen das Geleit zu geben bis zur Eingangsthüre des ersten Saales.

„Ah, siehst Du dort, Eugenie, die Generale Cavaignac, Lamoricière und Changarnier? Sie kommen gerade auf uns zu; wie mir scheint mit etwas ungeduldigen Mienen. Ha, ha, sie können die Zeit nicht erwarten, diese Herren; aber nur einen Augenblick noch Geduld, dann ist die Zeit für Euch gekommen!"

Die letzteren Worte sprach Louis Napoleon dumpf und höhnisch lächelnd vor sich hin; dann wandte er sich noch immer lachend gegen Eugenie.

„Weißt Du, Eugenie, was diese drei Herren eigentlich heute noch im Sinne haben?"

„Nein, Sire! Das weiß ich nicht."

Und Eugenie sah ihn erstaunt und fragend an.

„Ah, diese braven Leute warten nur des Augenblickes, wo der größere Theil der Gesellschaft das Palais verlassen haben wird, um mir dann ganz höflich anzuzeigen, daß ich ihr Gefangener sei, mich in Haft zu nehmen und nach Vincennes führen zu lassen. Ist dies nicht lustig und eines guten Erfolges würdig?"

---

*) Mein Onkel, ich werde diesen Morgen einen überraschenden Schlag ausführen; ich rechne auf Sie.

„Aber wie können Ew. Maj . . . wie können Sie, Prinz, darüber scher-
zen!" rief Eugenie, über diese Mittheilung im höchsten Grade erschreckt.

„Hm! Es ist wirklich fast mehr als Scherz. Diese Herren haben, um
ihres Erfolges sicher zu sein, diesen Abend ein dem General Chargarnier
unbedingt ergebenes, republikanisch gesinntes Bataillon zum Wachtdienst
um das Elysée befohlen. Wenn ich mich nicht ruhig ergebe, wollen sie mit
Gewalt einschreiten."

„Aber mein Himmel! Louis — das ist ja entsetzlich — Wie können
Sie so ruhig bleiben!" rief Eugenie abermals, indem sie zitternd ihren
schönen Arm, wie die Gefahr abwehrend, gegen die Herankommenden streckte
und sich entschlossen vor Louis Napoleon stellte. „Die Gäste haben sich
schon zum Theil entfernt; jeden Augenblick können sie das Complott ausführen! Oh Gott! warum bin ich kein Mann, warum hab' ich nicht hun-
dertfache Kraft, um mich schützend zwischen Dich, Louis, und die Verruchten stellen zu können!"

Louis Napoleon legte seine Hand auf Eugeniens Arm. Ein Lächeln
der Befriedigung spielte um seine Lippen.

„Beruhige Dich, meine schöne Eugenie! Die Gefahr war allerdings
vorhanden, aber sie besteht nun nicht mehr. Ich wurde von dem ganzen
Plane rechtzeitig unterrichtet und habe meine Vorkehrungen getroffen. Die
Herren haben sich in ihrer eigenen Falle gefangen. Die mir zugedachte
Höflichkeit bin ich nun gezwungen, ihnen selbst zu erweisen. — Ihre Truppen habe ich durch solche des Generals St. Arnaud ablösen lassen. Der
Augenblick, in welchem ich mich zurückziehe, ist auch derjenige ihrer Verhaftung. Ich danke Dir aber, Eugenie, für diesen neuen Beweis Deiner
Liebe, den Du mir durch Deine Angst um mich gegeben! Und nun lebe
wohl, Eugenie! — Sennora Montijo, ich hoffe Sie morgen mit Ihrer
reizenden Tochter bei mir empfangen zu können!"

Mit diesen laut, so daß sie von den Umstehenden vernommen werden
konnten, gesprochenen Worten entließ Napoleon seine schöne Begleiterin
und deren Mutter, worauf sich auch die noch übrige Gesellschaft allgemach
entfernte.

Louis Napoleon kehrte langsamen Schrittes in seine Gemächer zurück.
Der innere Saal, der an die Privatgemächer des Prinzen stieß, war
bereits von den Gästen geleert. Nur einige Diener schritten noch durch
die Räume.

Hinter dem herabgelassenen, reichen Vorhang einer Fensternische standen die drei Generale Cavaignac, Lamoricière und Changarnier, als Louis
Napoleon allein und, wie es schien, in Gedanken versunken durch den Saal schritt.

In diesem Augenblicke ließ sich ein lauter, durchdringender, eigenthümlicher Ton, ungefähr dem Rufe eines Käuzchens gleichend, durch das Rollen der fortfahrenden Wagen aus dem Hofe vernehmen.

Changarnier schaute betroffen gegen die Seite, von welcher dieser Ruf ertönte.

„Hörten Sie dies, meine Herren?" rief er. „Ich kenne diesen Ton. Er galt eine Zeit lang unsern Jägern in Algier als Warnungsruf, wenn sie auf Vorposten waren. — Es droht Gefahr! Hören Sie, der Ruf wiederholt sich!"

Cavaignac machte eine heftige Bewegung und schlug den Vorhang zurück.

„Mag er immerhin! Der Augenblick ist gekommen. Folgen Sie mir, meine Herren! Dort ist der Präsident!" rief er, indem er den Andern voran in den Saal schritt.

Louis Napoleon war in diesem Augenblicke nur noch wenige Schritte von der Thür entfernt, an welcher zwei Lakaien mit brennenden Armleuchtern ihn erwarteten.

Er warf einen strengen Blick auf die Generale, welche mit eiligen Schritten auf ihn zukamen, und ließ dann ein eigenthümliches, lautes Husten vernehmen.

Cavaignac, der Louis Napoleon am nächsten stand, streckte den Arm gegen diesen aus, ließ ihn aber sogleich wieder sinken, als er durch die sich weit öffnende Thür eine Anzahl Offiziere treten und gegen sich zueilen sah.

Napoleon entfernte sich, ohne einen Blick zurückzuwerfen, durch diese beiden Reihen von Offizieren, welche bis zur Thüre Spalier bildeten, und durch die Soldatentruppe, welche außerhalb derselben mit aufgepflanztem Bajonnette stand.

Oberst Espinasse, der Befehlshaber der jetzt das Elysée besetzt haltenden Truppen, trat dicht an die drei Generale heran und rief mit rauhem Tone:

„Ihre Degen, meine Herren!"

Lamoricière war zum Fenster geeilt und hatte dasselbe wüthend aufgestoßen. „Ha! Verrath!" rief er seinen Gefährten zu, welche ihm nachgeeilt waren und einen Blick in den Hofraum geworfen hatten.

„Ja! Man hat uns verrathen!" murmelte Cavaignac, indem er seinen Degen an Espinasse überreichte. Diese Truppen unten gehören nicht uns!"

Changarnier und Lamoricière folgten seinem Beispiele. Sie wurden als Gefangene von den Offizieren durch die Säle und über die Treppen eskortirt. —

Um dieselbe Zeit, da Napoleon und Eugenie noch im trauten Gespräche bei einander saßen, da Graf Morny und Cerni ihre Unterredung hatten und die drei verschworenen Generale noch des Augenblicks zur Ausführung ihres Vorhabens warteten, um dieselbe Zeit ereignete sich nachfolgende Scene in den Champs Elysées, dort, wo sie gegen den Place de la Concorde ausmünden.

Der Mond hatte sich endlich durch die dichten, schneebergenden Wolkenmassen, welche noch immer den Himmel bedeckten, Bahn gebrochen, und sein volles Licht, hie und da durch vorübereilende Dunstmassen geschwächt, fiel auf den Obelisk von Luxor, auf die Fontainen, auf die Baumgruppen des Tuilerien-Gartens und der Elyseischen Felder.

Aber dieses Licht war nicht stark genug, um einigermaßen das tiefe Dunkel, das unter diesen Baumgruppen herrschte, zu zerstreuen oder zu mindern. Ebenso wenig vermochten dies die zahlreichen Gaskandelaber, welche in den Hauptalleen und um die Fontainen angebracht sind. An gar vielen Punkten herrschte das volle Dunkel der Nacht. So in jener großen Baum- und Bosket-Gruppe, welche von der Hauptallee gegen das Seine-Ufer zu lag, dort, wo sich jetzt der Industrie-Palast erhebt. —

Eben hatte es ein Viertel nach Mitternacht geschlagen, als aus dem dichten Gebüsche, welches den gewaltigen, umfangreichen Stamm einer alten weitästigen Linde umgab, ein leiser, eigenthümlicher Ton, dem Knarren einer Thüre nicht unähnlich, sich hören ließ.

Von der anderen Seite des Rasenplatzes ließ sich aus dem Dickichte ein anderes Geräusch, behutsamen, leisen Schritten in dürrem Laube gleichend, vernehmen.

Diese beiden Töne verstummten. Einige Augenblicke lang lagerte tiefe Ruhe über diesem Platze. Nur von fernher ließ sich der taktmäßige Schritt und das Waffengeräusch jener Truppenmassen vernehmen, welche den Tuilerien-Quai und den gegenüberliegenden Quai d'Orsay besetzten.

Dort, wo das umgebende Gesträuch am dichtesten sich dem eben erwähnten Lindenstamme anzuschmiegen scheint, hat dieser selbst plötzlich Leben und Bewegung bekommen. An dieser Stelle wiederholt sich abermals jenes eigenthümliche Knarren, die Rinde des Stammes öffnet sich, ein Stück derselben wird in das Innere zurückgezogen, und ein leerer, hohler Raum zeigt sich, aus welchem nun die Köpfe und Gestalten zweier Männer auftauchen.

„Nun sind wir in den Champs Elysées, Freund Bernard. Wenn Du Dich beeilst, kannst Du in fünf Minuten Dein Ziel erreichen. Dort hinüber — doch stille! mir war's, als hörte ich ein Geräusch!"

Die beiden Männer, noch im Innern des hohlen Baumes befindlich, lauschten gegen die Richtung hin, von welcher, wie schon früher, wiederum das Geräusch von Fußtritten hörbar wurde.

Dieses Geräusch rührte von zwei Personen her, welche langsam und vorsichtig sich zwischen den Bäumen und durch die Gebüsche hinzuschleichen suchten.

Nun hielten sie an; denn auch diese glaubten ein sie beunruhigendes Geräusch vernommen zu haben.

„Pst! Cobin, hörtest Du nichts? Dort, da drüben unter den Bäumen?" fragte leise der eine dieser beiden Männer seinen Gefährten.

„Nein, Lorac! Ich hörte nichts," entgegnete dieser, indem er sich vorbeugend scharf in die angedeutete Richtung blickte.

„Nun denn, vorwärts! Ich kann mich auch wohl getäuscht haben. Indessen Vorsicht schadet nie." Mit diesen Worten hatte der Mann — soviel sich erkennen läßt, eine breitschultrige, untersetzte Gestalt — eine lange scharfe Klinge aus der Tasche seines Rockes gezogen und fest in die Hand gedrückt.

Sein Gefährte folgte seinem Beispiele, und mit leisen, hastigen Schritten huschten sie über den Rasenplatz gegen jenen Baum zu, in welchem die anderen beiden Männer in athemloser Spannung lauschten.

„Pest!" murmelte Lepaile vor sich hin; denn dieser und Bernard waren es, welche — nachdem sie den unterirdischen Weg zurückgelegt hatten — hier an einem der Ausgangsorte der Katakomben angelangt waren. „Pst! Diese Bursche scheinen unsere Nähe zu wittern! Sie kommen gerade auf uns zu!"

„Lepaile! Von diesen haben wir nichts zu fürchten! Sie selbst scheinen sich nicht sicher zu fühlen. Sieh nur, wie sie sich nach allen Seiten umsehen und wie flüchtig sie jetzt den vom Monde beleuchteten Grasfleck überschreiten! Ah! Diable! Siehst Du die Messer, die sie in den Händen haben?"

„Richtig, Bernard! Von der Polizei sind diese nicht. Dessenungeachtet müssen wir suchen, uns verborgen zu halten. Ein Zusammenstoß mit ihnen würde uns mindestens aufhalten und Zeit rauben. Vielleicht aber — denn

diese Bursche scheinen keinen Spaß zu verstehen — käme es zum Hand=
gemenge, und der Lärm möchte dann unzweifelhaft die Polizei herbeiziehen.
Komm weiter herein, Bernard; sie sind schon ganz nahe!"

Und in der That, jene beiden Männer, die Jedermann unzweifelhaft
für Mitglieder der in Paris so ausgebreiteten Industrieritter=Innung, für
Diebe, Räuber oder Mörder halten mußte, hatten nun den Schatten der
Linde erreicht und hielten direkt vor dem Gebüsche, hinter welchem sich die=
Oeffnung des Stammes befand, ihre Schritte an.

Schweigend blieben sie einen Augenblick stehen; nur ihre Augen schie=
nen das sie umgebende Dunkel durchdringen zu wollen. Dann schlichen sie
nach verschiedenen Richtungen um den Baum herum, an der Ausgangsstelle
wieder zusammentreffend.

„Ah bah! es ist nichts," sagte Cobin, dessen Stimme einen noch
jugendlichen Klang hatte und dessen lange und schmächtige Gestalt auf=
fallend mit der seines Kameraden contrastirte. „Du hast Dich getäuscht,
Lorac! Wir sind unbeobachtet und können ungestört unsern Weg fortsetzen.
's ist verdammt unangenehm, daß wir einen solchen Umweg machen müssen
aber der Henker mag wissen, warum sie uns heute Nacht diese Soldaten;
da in den Weg gelegt haben."

„Nun vorwärts, Cobin! Die Rue des Rosiers ist noch weit entfernt,
die Zeit drängt, und wir müssen trachten fertig zu werden, ehe der Mor=
gen graut."

Lepaile und Bernard hörten deutlich jedes dieser Worte in ihrem
Verstecke. Bei Erwähnung der Rue des Rosiers hatte sich die Aufmerk=
samkeit Bernard's verdoppelt.

„Hast Du die Nachschlüssel, Lorac?"

„Gewiß! hier sind sie. Ha, ha! Fräulein Adele wird sich wun=
dern, wenn sie morgen früh die ganze, hübsche Summe verschwunden
sieht!"

Bernard machte, als er diesen Namen hörte, eine heftige, leidenschaft=
liche Bewegung. Nur mit Mühe konnte ihn sein Begleiter davon abhalten,
in's Freie zu stürzen. Die beiden Spitzbuben außen fuhren in ihrem Ge=
spräche fort.

„Dieser Bürger Dussup ist doch ein charmanter Mann! Großmüthig
und splendid, man muß es gestehen. Einhundertfünfzigtausend Francs,
so als Nadelgeld oder als Abfindungssumme — der Henker weiß, als
was — seiner Petite Femme zu übergeben, das nenne ich mir lebens=
werth!"

„Nun, dieses Geld wird sich bald in sicherern Händen befinden! Aber, hm! — was meinst Du, Lorac? Wäre es nicht gut, daß — wenn wir der schönen Adele doch schon einen nächtlichen Besuch abstatten — wir als galante Männer ihr auch Beweise unserer Anerkennung der Schönheit, unserer Zuneigung geben? Ah bah! Was man dem alten Duffny gewährt, wird man wohl hübschen Jungen nicht abschlagen! Ha bougre! Und wenn ich sie — — — — das hübsche Kind ist wohl eine Sünde werth!"

Mit teuflischem Lachen ließ bei diesen Worten der Elende die Schneide seines Messers spielend über seine Finger gleiten.

In diesem Augenblicke aber stieß Bernard einen wilden Schrei des Zornes aus, und sich von Lepaile nicht länger zurückhalten lassend, stürzte er auf die beiden Schurken zu.

Wie vom Sturmwinde gejagt, eilten diese flüchtigen Laufes davon. Bernard wollte ihnen folgen, doch Lepaile, der ihm nachgeeilt, suchte ihn zurückzuhalten.

„Was, zum Teufel! ficht Dich an, Horace, daß Du so unbesonnen Deine und meine Sicherheit auf's Spiel setzest?" rief Lepaile.

„Laß mich! Hörtest Du nicht Adelens Namen? Diese Adele ist meine Geliebte, mein Alles, und ihr droht Gefahr!"

Bei diesen Worten riß sich der junge, leidenschaftlich erregte Mann aus den Händen des Riesen mit der Kraft der Verzweiflung los.

Aber Lepaile hielt ihn abermals zurück. In der Ferne verhallten die Fußtritte der Fliehenden.

„Im Namen des Himmels, halte mich nicht länger zurück, Lepaile! Ein Menschenleben, mein Glück, mehr als dies, ihre Ehre steht auf dem Spiele!"

„Und Deine Ehre, Horace! Dein Eid, Deine Pflicht! Diese rufen Dich dorthin in's Elysée! — Das Vaterland ruft Dich! Eile, versäume keinen Augenblick mehr! — Den Schutz Adelens aber überlasse mir!"

Einen Augenblick lang kämpften noch diese zwei mächtigen Gefühle in Bernard's Busen um die Oberhand: Die Gebote der Pflicht und das Verlangen der Liebe. Dann war sein Entschluß gefaßt. Er drückte Lepaile's Hand.

„Du hast Recht! Es ist keine Wahl! Ich erfülle, was ich mir vorgenommen, und Dir, Freund! Dir übertrage ich den Schutz meines theuersten Gutes. Hier nimm! In diesem Portefeuille findest Du Adelens Adresse. Und nun fort! Gott sei mit uns! Ehe der Morgen graut, sehen wir uns wieder!"

Mit hastigen Schritten eilte Bernard gegen die Seite des Elysée zu.

Lepaile schaute ihm einen Augenblick in tiefes Sinnen verloren nach. Dann schritt er langsam dem alten, hohlen Lindenbaume zu. —

„Die Banditen haben einen gewaltigen Umweg zu machen, um die Rue des Rosiers ungesehen von den Soldaten zu erreichen. Ich werde in ziemlich gerader Linie auf unterirdischem Wege dorthin gelangen. Es bleibt mir also noch einige Zeit übrig, und die will ich benützen, um mit meinen Freunden, die da unten noch meiner harren, zu sprechen."

Mit diesen vor sich hin gemurmelten Worten stieg Lepaile in das Innere des Baumes und zog die Rindenthür hinter sich zu. — Das geübteste Auge hätte nunmehr an diesem Baumstamme keine Spur einer Oeffnung, keinen Riß, keine Spalte entdeckt; und Niemandem wäre es eingefallen, in diesem Baume den Ausgang einer jener vielen Verzweigungen der Katakomben zu suchen. —

Bernard eilte mit haftigem Schritte durch die Elyseeischen Felder der Rue St. Honoré zu.

Eben verkündete die Glocke der Madeleinekirche mit dröhnenden Schlägen halb ein Uhr nach Mitternacht, als er durch die vor der Auffahrt zum Palais sich drängenden Wagen sich durchwindend, in den großen Hofraum eintrat.

Zu dieser Zeit verließen schon manche der Gäste das Elysée, und es war Bernard daher möglich, in dem allgemeinen Lärm und Gedränge unbemerkt einen dunklen Winkel des Hofes zu erreichen.

Dort kauerte er sich hinter einem vorstehenden Wagen, dessen Kutscher eingeschlafen und dessen Bediente im Gespräche mit Kameraden begriffen waren, im Schatten der Mauer nieder und überlegte, was nun zu thun sei, um sein Ziel zu erreichen, seine Zwecke auszuführen.

Wir benützen diesen Augenblick, um einen Blick auf Bernard und dessen Verhältnisse zu werfen.

Sein Aeußeres haben wir schon beschrieben. Er war zu der Zeit, von welcher wir sprechen, 26 Jahr alt. Seine kummervollen, gramgebleichten Züge mochten ihn indessen wohl etwas älter erscheinen lassen.

Seine Familie stammte aus der Normandie. Horace Bernard war indessen in Paris geboren, wo sein Vater, ein wohlhabender Weinhändler, in der Rue d'Angoulême seine Keller, sein Gewölbe und seine Wohnung hatte. Horace war der einzige Sohn des alten, grämlichen Bernard. Die Geburt eines zweiten Kindes, eines Töchterleins, kostete seiner Mutter das

Leben. So verlebte Horace unter der Obhut von bezahlten Mägden, nur selten mit dem Vater verkehrend, ohne andere Spielgefährten als seine kleine Schwester, die Kinder- und Knabenjahre.

Doch nein! In seinem dreizehnten Jahre ungefähr, zu derselben Zeit, als er das Lycée Charlemagne in der Rue St. Antoine besuchte, um dort seine Vorbereitungen für das Priester-Seminar, in welches er nach seines Vaters hartnäckigem Willen kommen sollte, zu machen, zu derselben Zeit also erhielt seine kleine Schwester eine Spielgefährtin, welche in Horacens freien Stunden auch die seine wurde.

Adele, dies war der Name des Kindes, war um 5 Jahre jünger als Horace. Sie war ein schönes, zartgebautes, schwarzlockiges, dunkeläugiges Kind. Ihr Charakter, wenn man bei Kindern von einem solchen sprechen kann, war eine Mischung von Milde und Sanftmuth und von entschiedener, energischer Heftigkeit. Der Verstand dieses Kindes war für sein Alter wunderbar ausgebildet. Adele liebte es nicht, mit Puppen zu spielen. Sie verschmähte die Tändeleien ihrer Altersgenossinnen, mit welchen diese gewöhnlich die Zeit tödten. Aber sie konnte stundenlang in einer Ecke des kleinen Gärtchens sitzen und dem Gesange der Vögel lauschen, dem Schwirren der Bienen um Blum' und Blüthe zuschauen und die Verrichtungen der geschäftigen Ameisen, das Auf- und Abklettern der Käfer an den Grashalmen betrachten. „Ha, das sind Bäume für diese Geschöpfe! Dieser Grasfleck ist für sie ein ungeheurer Wald, in welchem Gefahren und Ueberraschungen ihrer harren, welcher Freud und Leid für sie birgt!" Das dachte sie sich, indem sie sich in die Geheimnisse dieser kleinen Welt vertiefte, und halbe Tage lang konnte sie unermüdlich dem Leben und Treiben ihrer winzigen Freunde zusehen.

Wenn dann Abends Horace kam, erzählte sie ihm wohl die Begebnisse dieser ihrer Zauberwelt und schmückte diese mit den lebhaften Farben einer regen Phantasie, mit den Ergüssen eines liebevollen Herzens, eines milden, edlen Gefühles aus. Nicht selten konnte sie mit der einfachen, rührenden Erzählung der Abenteuer eines Goldkäferchens und wie dieses endlich von der großen, häßlichen Spinne in ihr Netz gelockt und gemordet worden, ihren beiden Zuhörern Horace und seinem Schwesterchen Thränen entlocken.

Dabei aber interessirte sie sich ungemein für wirkliches Wissen und suchte sich in ihren Lehrstunden, die sie mit ihrer Freundin, Bernard's Töchterlein, theilte, möglichst viele Kenntnisse zu erwerben. Sie machte in allen Gegenständen rasche Fortschritte und ward die Freude und der Stolz ihrer Lehrer. —

Adele war in des alten Bernard Haus durch Herrn Duffny, Besitzer des Hôtel de Metz in der Rue du Mail, gebracht worden. Sie war, wie dieser behauptete, die Waise eines langjährigen Freundes von ihm, der sie ihm auf dem Todtenbette vermacht hatte. Da aber Duffny den Aufenthalt in seinem belebten Hôtel — auch seine Frau war schon lange gestorben — für das Kind nicht zuträglich hielt, so bat er seinen Freund Bernard, Adele mit seiner eigenen Tochter erziehen zu lassen.

Der 13jährige Horace und die 8jährige Adele hatten bald eine innige, zärtliche Zuneigung zu einander gefaßt, die sich durch Blick und Wort und That kundgab. Glückliches Kindesalter, in dem jene reine, heilige, unbewußte Freundschaft ohne jegliche Beimischung anderer Gefühle bestehen kann! —

Die Kinder wuchsen heran. Horace hatte sein siebzehntes Jahr erreicht und sollte nun in das Priester-Seminar eintreten, wozu er indessen nicht die geringste Lust hatte. Es ist nicht zu entscheiden, ob der Gedanke an Adele damals schon einen Grund mit für seine Abneigung vor diesem Stande bildete; aber so viel ist gewiß, daß seine Neigung sich viel eher dem Soldatenstande zuwendete und daß er täglich und stündlich, allein und mit Adelen von Säbeln und Pferden, von Rennpreisen und Heldenthaten schwärmte.

Um diese Zeit trat ein trauriges Ereigniß ein, und es traf ihn eine harte Aenderung seines Looses.

Vater Bernard, der schon seit einiger Zeit kränkelte, schloß eines Tages, nachdem er seine beiden Kinder und Adele, die mit vor das Bette des alten Mannes gekniet war, gesegnet hatte, seine Augen zu dem Schlafe, den wir ewig nennen, weil daraus diesseits kein Erwachen mehr ist. Die Kinder weinten und küßten den todten Vater mehr vielleicht, als sie dies dem lebenden hatten thun können; und dann kamen die Weiber, die dem alten Manne zur letzten Toilette behülflich waren; und dann kamen die schwarzen Männer, die die Leiche forttrugen; und dann und dann — — ja, dann waren die armen, verwaisten Kinder ganz, ganz alleine, und sie sanken sich in die Arme und weinten an dem jungen, mitfühlenden Busen die ersten, bitteren Thränen eines wahren und tiefen Schmerzes. —

Duffny, den der alte Bernard zum Testamentsvollstrecker ernannt hatte, wie er schon lange Horacens Vormund gewesen war, machte diesem nach einigen Tagen der Trauer bekannt, daß das Vermögen seines Vaters durch unglückliche Conjuncturen in den letzten Jahren fast auf ein Nichts zusammengeschmolzen sei; daß dieses Wenige gerade hinreiche, um seine Schwester in ein Erziehungs-Institut bringen und dort einige Jahre erhalten zu können; und daß Horace suchen müsse, irgend eine Laufbahn zu wählen, die ihm Aussicht auf Selbständigkeit und eine gesicherte Existenz biete.

Nach kurzer Ueberlegung entschloß sich Horace, Soldat zu werden. Der Mensch ergreift so oft das gegentheilige Mittel von demjenigen, welches ihn zu dem erwünschten Ziele führte! —

Aber bei alledem: Horace hatte seinen Entschluß gefaßt, Horace ließ sich durch keinerlei Einreden darin wankend machen, Horace wurde Soldat.

Adele aber, von welcher sich der junge Krieger schwerer als von irgend Jemand Anderem auf der Welt, schwerer als von seiner Schwester trennte; Adele kam mit dieser ihrer Freundin in ein und dasselbe Erziehungs-Institut, und Horace wanderte nach einem schweren, herzzerreißenden Abschied mit seinem Bataillon nach Vincennes und von dort nach Verlauf eines Jahres als eben ernannter Offizier nach Algier. —

Der Zweck dieser Blätter erlaubt uns nicht, eine eingehende Schilderung der Erlebnisse und Abenteuer des jungen Helden in jenem Productions-Lande der zur Einfuhr nach Frankreich so nothwendigen „Gloire;" in jenem Lande der Verwirklichung der „civilisatorischen und humanen Zwecke der traditionellen französischen Politik" zu entwerfen.

Genug, daß der Unterlieutenant Horace Bernard, in seinem Feld- und Garnisons-Leben zusammengeführt mit Männern jedes Charakters und jeder politischen Farbe, sich nach gerade ebenfalls seine politische Meinung bildete, und daß er — aus was immer für einem Grunde — sich der kleinen, aber ausdauernden, oft getäuschten und stets hoffnungsmuthigen legitimistischen Schaar zugesellte, die einer etwaigen umsturzschwangeren Bewegung in Frankreich mit derselben heißhungrigen Gier entgegensah, wie der genäschige Knabe, der den Baum nicht zu erklettern vermag, dem Augenblicke, wo der Marder oder irgend ein anderes energisches aber dummes Thier die Aepfel herabwirft, die er — der Knabe — dann in seine Tasche steckt. —

Horace ergriff, was er einmal für recht und gut erkannte, mit der ganzen energischen Leidenschaftlichkeit seines Charakters. Was Wunder, daß er — seiner politischen Meinung ziemlich offen huldigend — einen derartigen Dunstkreis von Legitimität um sich verbreitete, daß dahinein unter Louis Philipp's Regierung unmöglich ein Beförderungs-Patent dringen konnte. Und so blieb er denn Unterlieutenant nach wie vor.

Im Herbste 1847 erhielt er die ihn tief betrübende Nachricht vom Hinscheiden seiner Schwester. Adele hatte ihm in schonenden Ausdrücken diese Trauerkunde mitgetheilt. Horace weinte Thränen des Schmerzes um die Dahingeschiedene, um die zarte, vor dem Aufblühen verwelkte Rosen-

knospe; und nicht gar viele Wochen später beim Lesen desselben Briefes
Thränen der Liebe und der Sehnsucht nach — Adele.

Er hatte dieser nie vergessen. Aber der Mensch ist nun einmal ein
Wesen, zu gleichen Theilen aus Geist und Körper zusammengesetzt. Es
bedarf deshalb auch das rein geistigste Band immer wieder von Zeit zu
Zeit eines körperlichen Anhaltpunktes, eines zwischen beiden Theilen ver-
mittelnden Mediums, soll es sich nicht in das uns bekannte Ende alles
Geistes, in das Nichts verlieren. Für Horace war nun dieser Brief — obwohl
es freilich auch hier nur die Phantasie war — die diesen Zeilen nachrechnete,
welch schöne Hand sie geschrieben und welch verwandter Geist sie erdacht — für
Horace war dieser Brief das körperliche Bindeglied zwischen den Erinnerungen
der Vergangenheit und den Hoffnungen der Zukunft. Gleich einer Kanonenkugel,
die nach weitem Fluge zur Erde gesunken, langsamer und langsamer dahinrollt
und dann, plötzlich an einen harten Gegenstand prallend, mit erneuerter Kraft
zischend und pfeifend weiter rast, hatte seine Liebe einen neuen Schwung erhalten, und diese sehnte sich jetzt fast so gewaltig nach Paris, wie seine politische
Meinung und seine Unterlieutenantschaft nach einer rettenden Umwälzung.

Und diese beiden Factoren seines inneren Menschen sollten gar bald
in Hoffnungsfreudigkeit emporblühen können. Das Jahr 1848 kam heran,
mit ihm die Revolution, mit dieser die Flucht Louis Philipp's — mit dieser aber keine legitime Dynastie, sondern die Republik. — Daß er nun
endlich zum Premierlieutenant avancirte, war für Bernard nur ein geringer
Ersatz. Zufriedener machte ihn der Umstand, daß sein Regiment im Sommer 1850 nach Paris versetzt wurde.

Dort sah er Adele wieder. Das Kind war zur Jungfrau herangeblüht,
geschmückt mit allen Reizen der Schönheit und der Jugend. — Adele hatte
eben so wenig ihres Jugendgespielen, wie er ihrer vergessen. Die zärtliche
Zuneigung der Kinderjahre, die scheue Freundschaft des Knabenalters hatte
sich jetzt in der neuen Form der brennenden, leidenschaftlichen Liebe, wie sie
dem kräftigen Jugend-Alter eigen ist, erneuert. Bei dem ersten Besuche,
den Bernard nach seiner Rückkunft Adelen abstattete, hatten sich ihre
Herzen gefunden, um sich nie mehr zu trennen. —

Während der Zeit seiner Abwesenheit hatte Herr Dussuy seine Pflege-
tochter Adele dem Pensionate entnommen und ihr eine Wohnung in demselben Hause gemiethet, wo sie noch jetzt wohnt. Eine alte Frau ist ihre
Begleiterin zugleich und ihre Dienerin. Adele führt dort ein sehr eingezo-
genes Leben, und Niemand kommt sie zu besuchen, als ihr Pflegevater und
ihr Bräutigam.

Denn zum Brautstande hatte sich nach und nach die leidenschaftlich gährende Liebesmasse geklärt. Als Hefe lagen am Boden die überstaubene Noth und Kummer und Aerger, welche die Liebesleute mit dem Anfangs widerstrebenden Vater Duffny auszustehen gehabt; als Schaumblasen aber sprudelten daraus hervor die frohen, reizenden Bilder einer glücklichen Zukunft, in welch' allen sich die jungen Leute in den entzückendsten Situationen der Ehe erblicken, nach und nach sogar mit einer sich immer vermehrenden Anzahl von kleinen, ganz kleinen Adelen und Horacen umgeben. —

Diese glückliche Zeit der träumenden Liebe und der lieblichen Träume, dieses goldene Zeitalter des Menschenlebens, mußte indessen bald genug einer etwas ernüchterten Anschauung der Dinge weichen, und zwar nur deshalb, weil Bürger Duffny sowohl wie Lieutenant Bernard sich von jenen Hirngespinnsten, welche sie ihre politische Meinung nannten, beherrschen und in Bahnen drängen ließen, die weder für den einen noch für den andern vortheilhaft werden konnten.

Am 26. August 1850 war in Claremont der verbannte unglückliche König Louis Philipp gestorben. Man weiß, daß ungeachtet so mancher reellen Bemühungen, trotz so vielen leeren Geschreies, während seines Lebens die von vielen so sehr erwünschte, für Frankreich so nothwendige Fusion der Orleanisten und Legitimisten nicht hatte zu Stande gebracht werden können, wenn sich diese beiden Parteien auch äußerlich gegen ihren gemeinsamen Feind, die Republikaner, verbündet hatten.

Diese Fusion scheiterte besonders an dem hartnäckigen Festhalten des Grafen von Chambord und seiner Partei an veralteten und längst für ewig abgethanen Grundsätzen, welche eben so wenig mit den Bedürfnissen der Zeit, als mit den Ansichten der Orleanisten harmonirten.

Nach dem Ableben Louis Philipp's glaubten die Legitimisten größeren Spielraum gewonnen zu haben und neuen Hoffnungen sich hingeben zu dürfen. In Wiesbaden versammelte der Graf von Chambord die Blüthe des altfranzösischen Adels, die Choiseul's, Larochejacquelin's, St. Priest's, Talleyrand's, viele den Bourbons anhängliche Bürgerliche, wie Berryer 2c., um über zu ergreifende Maßregeln zu berathschlagen.

Unter diesen Letzteren war auch Duffny gewesen, der kaum nach Paris zurückgekehrt und dort seinen Mündel Bernard treffend, nachdem er in ihm einen politischen Glaubensgenossen erkannt, denselben einweihte in die stattgefundenen Verabredungen, in die getroffenen Pläne.

Es handelte sich um nichts Geringeres, als um die beabsichtigte Entfernung Louis Napoleon's von der Präsidentschaft. Man sah, wie dieser mit dem Volke, das heißt mit der demokratischen und socialen Partei desselben kokettirte; man sah, wie das Heer mehr und mehr seine Stellung als Landesvertheidiger aufgab, um sich in eine blind folgende Trabanten-Garde des Prinzen zu verwandeln; man hörte endlich den Ruf der mit gebratenen Hühnern und Champagner bewirtheten Soldaten bei den Rennen: „Es lebe der Kaiser!"

Die Royalisten in beiden Lagern fühlten, daß es Zeit sei, sich zu energischer Thätigkeit aufzuraffen, wenn ihre Bemühungen nicht zu spät kommen sollten. Louis Napoleon trat mit seinen Absichten immer offener, immer rückhaltloser hervor. Die Socialisten schienen sich an ihn anschließen zu wollen. Die andern Parteien in der gesetzgebenden Versammlung waren, wie diese im Ganzen selbst, rath- und thatlos, und obwohl der royalistische General Changarnier in dieser Kammer erklärte, daß er sich für die Armee verbürge, mehrten sich doch die drohenden Anzeichen, welche diese Worte Lügen straften, täglich.

Louis Napoleon hatte in aller Stille den General Leroy de Saint-Arnaud, einen tapferen aber gesinnungslosen Degen, dessen einzige Leidenschaft ein von Napoleon schlau geschmeichelter Ehrgeiz war, aus Algier nach Paris kommen lassen und diesen Mann, auf den er sich ganz verlassen zu können glaubte, zum Kriegsminister ernannt. Granier von Cassaignac bearbeitete einstweilen mit seiner keulenartigen Feder, mit seinem derben, bilderreichen Gascogner-Styl die Massen und durfte es bald wagen, die National-Versammlung und die Verfassung offen zu höhnen. Die Gesellschaft des 10. Dezember arbeitete im Stillen, aber mit nicht minderer Energie, den beabsichtigten Gewaltstreich vorzubereiten, und die anti-napoleonischen Parteien sahen bald keine andere Aussicht mehr auf Rettung, als Louis Napoleon zuvorzukommen und selbst einen Handstreich auszuführen.

Demnach waren zu Ende des November 1851 die Generale Cavaignac, Lamoricière, Changarnier, die Obersten Leflô und Charras, die Herren Cremieux und Thiers und viele Andere aus republikanischem, orleanistischem und legitimistischem Lager mit einem aus Mitgliedern des Berges gebildeten Clubb in Verbindung getreten; und — die Partei-Sonderungen einer späteren Zeit überlassend — hatten sie sich verschworen, sich des gesetzlosen Thron-Prätendenten Louis Napoleon mit List oder Gewalt zu bemächtigen und denselben vorläufig in Vincennes gefangen zu halten.

Man hatte zur Ausführung dieses Handstreiches den Abend des ersten Dezember bestimmt. Niemand ahnte, daß Napoleon von der ganzen Verschwörung unterrichtet sei. Aber wir haben gesehen, wie dieser Changarnier's Truppen hatte ablösen, wie er alle Vorbereitungen zur Abwehr des beabsichtigten Streiches hatte treffen lassen; und wenn Cavaignac und seine Genossen vergeblich der Ankunft des Obersten Leflô harrten, so war der Grund einfach der, daß dieser, eben als er sich in das Elysée begeben wollte, von einer Schaar Polizeisoldaten und Offizianten verhaftet und unter Gens-d'armerie-Eskorte nach dem Gefängnisse Mazas abgeführt worden war.

Wie gesagt, hatte keiner der Verschworenen eine Ahnung von dem stattgehabten Verrathe, keiner, als Horace Bernard, welcher ebenfalls eines der Mitglieder der Verschwörung war.

Bernard's Bataillon lag, wie schon erwähnt, in einem jener detachir-ten Befestigungswerke von Paris.

Außer Bernard war auch noch der Kommandant dieses Bataillons ein-geweiht in die beabsichtigte Unternehmung.

Am Nachmittage des ersten Dezember ließ dieser Offizier, der nun den Zeitpunkt zur Ausführung seines Verrathes gekommen hielt, Lieutenant Bernard, um ihn zu verhindern, das Bataillon, wie es beabsichtigt war, zu seinem Vorhaben zu haranguiren, den Degen abfordern und ihn als Verschwörer gegen die Person des Prinz-Präsidenten in Arrest setzen.

Darauf verfügte sich dieser eidbrüchige Verräther in's Elysée zu Louis Napoleon, um diesen von der Verschwörung zu unterrichten.

Bernard, in einer kleinen, kahlen Zelle von der Welt abgeschlossen, war in einem unbeschreiblichen Zustande von düsterer Verzweiflung. Er sah die Folgen dieses schändlichen Verrathes voraus. Er sah sie verhaftet, depor-tirt, hingemordet, seine Freunde, seine Gesinnungsgenossen; er sah Vater Dussny als Flüchtling oder im Gefängnisse und Adelen, des Vaters und des Bräutigams beraubt, allein, hülflos und verlassen, der Noth und dem Elende preisgegeben.

Diese fürchterlichen Gedanken verwirrten sein Gehirn. Aber ein ande-rer, lichter Gedanke fiel gleich einem Hoffnungsstrahl in seine Seele und gab ihm seine Geistesgegenwart, seine Ruhe und Energie wieder.

Wenn es ihm gelänge, seinem Gefängnisse, seinen Wächtern zu ent-kommen, könnte er dann nicht den beabsichtigten Schlag hintertreiben, ihn aufhalten, wenigstens seine Freunde vor der drohenden Gefahr retten?

Der Preis, der auf dem Erfolge stand, verbunden mit seiner Energie und einigen glücklichen Umständen, die Bernard geschickt zu benützen ver-stand, ließen ihn die richtigen Mittel wählen, und die Flucht gelang. Seine erste Idee war nun, den General Chargarnier, der — wie er wußte — im Elysée war, von dem Verrathe zu benachrichtigen, dann zu seinen Freunden zu eilen und auch diese zu warnen.

Wir sind ihm auf seiner Flucht gefolgt und kehren nun nach dieser nöthigen Abschweifung zu ihm zurück. —

Nachdem Bernard einen Augenblick im Schatten der Mauer, sich an diese lehnend, ausgeruht und seinen Plan überdacht hatte, suchte er sich dem Haupteingange des Palastes zu nähern.

Lepaile hatte in seinen unterirdischen Räumlichkeiten auch ein ziemlich beträchtliches Waffen-Depot. Aus diesem hatte sich Bernard einen Säbel, wie ihn die Infanterie-Offiziere tragen, ausgewählt und seine Dienstkappe, die er unter dem breiten Hute verborgen hatte, aufsetzend, diesen aber, wie den weiten Mantel zurücklassend, erschien er nun in der gewöhnlichen Offiziers-Uniform und konnte sich ohne Gefahr unter die Truppen im Hofe mengen.

Nicht so gelang es ihm aber, durch das Portal in das Innere des Foyers zu treten. Die Wachen am Thore vertraten ihm den Weg.

„Die Parole, mein Herr! wenn's gefällig ist!"

Bernard, der die Parole nicht kannte, zog sich wieder in den Hof zurück.

Was war zu machen! Die Zeit entfloh, und jeden Augenblick konnten nun die Verschworenen verhaftet werden! — Bernard schaute an der hellbeleuchteten Fensterfront entlang. Gerade sich gegenüber, in der ersten Etage des Palastes, glaubte er an einem seiner Fenster den Kopf des Generals Changarnier zu erblicken. Richtig! Es ist kein Zweifel, er ist es, und die Generale Cavaignac und Lamoricière hinter ihm. —

Einen Augenblick überlegte Bernard. Dann trat er gänzlich in den Schatten der gegenüberliegenden Front zurück und ließ jenen eigenthümlichen Eulenruf hören, dessen wir zuerst schon erwähnten.

Er bemerkte zu seiner Befriedigung aus der heftigen Bewegung Changarnier's, daß dieser den Ruf vernommen und verstanden habe.

Aber auch unter den Umstehenden war der Ruf gehört worden, und viele Blicke, darunter manche besonders neugierige und forschende, welche ohne Zweifel Mitgliedern der Polizei angehörten, richteten sich gegen die Stelle, welche er eingenommen hatte.

Wir sagen „eingenommen hatte" — denn Bernard hatte in dem Momente als er den Ruf ausgestoßen, mit flüchtigem Sprunge seinen Platz verlassen und schaute nun ebenfalls neugierig in der Richtung, welcher Aller Blicke folgten.

Dann schlich er an der Mauer fort auf eine entferntere Stelle und wiederholte dort das Signal.

Schon schmeichelte sich Bernard mit dem besten Erfolge, als er plötzlich jenes Fenster, an welchem er Changarnier erblickt hatte, eilig aufstoßen sah und Lamoricière mit gellender Stimme „Verrath!" rufen hörte.

Bernard war vernichtet; kalter Schweiß stand auf seiner Stirn; seine

Hände zitterten, seine Füße wankten, als er in fast unbewußter Regung sich langsamen Schrittes einer Nebenpforte zuwandte, vor welcher sich heut eine Abtheilung Soldaten aufgestellt hatte.

Er dachte nicht mehr an seine eigene Sicherheit. Er hörte nicht mehr das Fortrollen der Wagen, bemerkte nicht die Ruhe, die sich im weiten Hofraume allmählich geltend machte, nicht das Erlöschen der Lichter in den erst so strahlenden Sälen. Er hatte nur einen Gedanken, ein Gefühl, welche sein Inneres mit Grabeskälte durchschauerten: „Zu spät! — zu spät!" —

Hallende Schritte, Fackelglanz rissen ihn aus seinem Hinbrüten empor. Die kleine Thür, vor welcher er stand, öffnete sich, und durch zwei Reihen von Soldaten, welche mit aufgepflanztem Bajonnette neben ihnen her-schritten, erblickte er Cavaignac, Lamoricière und Changarnier.

Bernard konnte einen leisen Ausruf des Schmerzes und des Zornes nicht unterdrücken, als er diese gefeierten Helden, diese einstigen Lieblinge der Nation und der Armee nun gleich Verbrechern, der Degen beraubt, mit gebeugtem Haupt und gramerfüllten Zügen an sich vorüberkommen sah.

Dieser Schrei war allerdings leise genug, daß er in dem Tönen der Schritte, in dem Rasseln der Waffen auf dem Steinpflaster von den Meisten überhört wurde. General Changarnier aber hatte ihn vernommen, und seine Blicke wendeten sich nach der Seite, wo Bernard stand. Beider Augen trafen sich; aber in denjenigen Changarnier's ruhte ein Ausdruck von so tiefer, niederschmetternder Verachtung, daß Bernard nicht zweifeln konnte, der General, der ihn als Theilnehmer der Verschwörung kannte, halte ihn für den Verräther.

Cavaignac blieb nun einen Augenblick stehen und versuchte die Trup-pen umzustimmen und an ihre Pflicht zu mahnen. Lamoricière unterstützte ihn und machte eine letzte verzweifelte Anstrengung, die Sache noch zu ihren Gunsten zu lenken. Allein vergebens! Man übertönte ihre Rede mit rauhen Scheltworten und wüstem Gelächter. Man drängte die Zögernden weiter gegen den Ausgang zu, indem man sie mit den Kolben der Gewehre vor sich hertrieb. Die betrunkene Soldateska, die Offiziere selbst, welche diese Henkertruppe führten, machten ihren niedrigen Gesinnungen in höh-nischen Worten, in verletzendem Spotte Luft.

Bernard fühlte sich bei diesem Anblicke zu leidenschaftlicher Wuth an-gefacht. Die Generale, unter deren siegreicher Führung er Ruhm und Ehre geerntet hatte, konnte er nicht so behandeln sehen. Er stürzte vor gegen die Gruppe — aber zur rechten Zeit erinnerte er sich, daß er hier unmöglich mehr etwas nützen könne, daß aber seine Hülfe nothwendig sei für seine Freunde, für Adelen.

Dieser Gedanke ließ ihn nun so schnell als möglich aus dem Palais Elysée eilen. Er zog seinen Säbel und ging neben der Soldatentruppe, welche die drei Generale eskortirte, als ob er zu dieser gehöre. Nur so war es möglich, das Thor zu passiren, vor welchem sich nun starke Militär-abtheilungen aufgestellt hatten.

Am Fenster seines Arbeitskabinets aber stand höhnisch lächelnd Louis Napoleon und sah dem Abzuge seiner gefangenen Feinde nach. —

Als die drei Gefangenen mit ihrer Eskorte das Palais Elysée ver-lassen hatten und Louis Napoleon ihre Gestalten nicht mehr sehen, ihren Schritt nicht mehr hören konnte, wandte er sich vom Fenster ab und dem Innern des mit allem Comfort, mit aller Eleganz ausgestatteten Ka-binettes zu.

An einem Schreibtische sitzt ein Mann in mittleren Jahren von hagerer Gestalt und mit ungemein scharf geschnittenen, markirten Zügen. Es ist Mocquart, einer der intimsten Vertrauten des Prinz-Präsidenten.

Mit einem fuchsschlauen, listigen Lächeln schaut er zu dem herantreten-den Prinzen empor.

„Nun, Sire! Der Anfang wäre gemacht!"

„Und das Ende liegt in meiner Hand!" entgegnet Napolon, indem er die Papiere vom Tische nimmt, die Mocquart in ein großes Packet zu-sammengebunden hatte.

„Sire! Hier habe ich alle auf den heutigen Tag, den man in Zukunft wohl par excellence den „Tag des Staatsstreiches" nennen dürfte, bezüg-lichen Dokumente, Dekrete und anderweitigen Papiere zusammengebunden."

„Gut, Mocquart, gieb mir die Bleifeder!"

Mocquart reichte sie ihm, und Napoleon schrieb mit großen Lettern auf den Umschlag dieses Paketes: „Rubicon".

„Nun auf! Mocquart! Es ist kein Augenblick zu verlieren! Sind die Befohlenen alle im Nebensaale versammelt?"

„Alle sind zugegen, Sire!"

„Nun denn, die neuen Minister sollen eintreten!"

Mocquart entfernte sich mit einer tiefen Verneigung.

Napoleon trat zu einem äußerst zierlich gearbeiteten, kleinen Tischchen von Rosenholz, aus dessen glänzend polirter, mit Arabesken in eingelegtem Holze verzierter Platte allerlei goldene, silberne und elfenbeinerne Geräth-

schaften ragten, deren Bestimmung im ersten Augenblicke kaum zu enträthseln war. Man hätte sie eher für Kinderspielzeug, als für etwas Anderes halten mögen.

Louis Napoleon legte seine Rechte gedankenvoll und wie zufällig auf
diese Platte, und zwar auf ein rundes, in diese eingefügtes Goldschüsselchen,
in welches viele Zahlen und Zeichen eingravirt waren.

Wie spielend bewegte er seinen Zeigefinger und mit diesem einen dünnen Zeiger, der in der Mitte dieses Goldrundes befestigt war.

Aber bei dieser Bewegung ließ sich nun ein eigenthümliches, zitterndes,
oft unterbrochenes und wieder beginnendes Klingen vernehmen. Dann er-
scholl der helle, reine Ton eines Silberglöckchens. Und nun wieder folgt
dieses Schwirren und Zirpen, und der Finger bewegt sich schneller und
schneller, und Louis Napoleon vertieft sich so in dieses Spiel, daß er den
Eintritt der gerufenen Minister kaum zu bemerken scheint.

Aber mittelst dieses Spielzeuges befiehlt der Machthaber Frankreichs in
diesem Augenblicke die Gefangennahme des Obersten Charras, der Herren
Cremieux und Thiers und vieler anderer hochstehenden Persönlichkeiten in
Paris; er ruft damit seinen souveränen Willen in die Provinzen hinaus,
in welchen ebenfalls massenhafte Verhaftungen, Untersuchungen und Con-
fiszirungen vorzunehmen sind, in welchen er jetzt Präfekten absetzt und er-
nennt und das Glück von Tausenden von Familien mit Füßen tritt; er ruft
damit weit über die Grenzen Frankreichs und über's Meer seinen Vertretern
bei den fremden Höfen und befiehlt ihnen, der Welt zu sagen, daß in dieser
Stunde der Napoleonide sein großes Werk als „Retter der Gesellschaft"
begonnen habe. —

Während Louis Napoleon noch mit seinem Telegraphen beschäftigt war,
sind mehrere Herren in glänzenden Hofuniformen, wie sie eben noch dem
großen Empfange beigewohnt hatten, andere im schwarzen Salonanzuge,
eingetreten und in der Nähe der mit einer reichgestickten Portiere verhäng-
ten Thüre stehen geblieben. Beim Oeffnen dieser Thüre konnte man aus
dem anstoßenden Saale das Murmeln vieler Stimmen vernehmen.

Die Eingetretenen sind die Herren Leroi de Saint-Arnaud, der Chef
des neuen Ministeriums und Kriegsminister, dann die andern neuen Minister
Fould, Magne, Rouher, Lacrosse, Casabianca, Turgot und Fortul. In
leisem Gespräche warten sie des Augenblickes, wo ihr Herr ihnen winken wird.

Graf Merny, der neue Minister des Innern, befindet sich noch im
Nebengemache.

In diesem, einem geräumigen Saale, der an das Kabinet des Prinz-
Präsidenten anstößt, ist eine große Gesellschaft von militärischen und diplo-

matischen Würdenträgern versammelt, welche augenscheinlich mit fieberhafter
Ungeduld irgend einem Ereignisse entgegenharrten.

Man kann dort alle jene Generale, Oberoffiziere und Staatsbeamten
sehen, welche sich seit längerer oder kürzerer Zeit offen und unverhohlen als
Napoleonische Parteigänger gezeigt und in diesem Sinne gehandelt hatten.
Aber auch eine nicht mindere Zahl solcher hatte sich eingefunden, auf welche
die anderen, königlichen und republikanischen Parteien, als zu ihnen gehö-
rend, bis zu diesem Augenblicke rechnen zu können glaubten, welche aber
dessenungeachtet, ihre früheren Verbindungen, ihre Versprechungen und
Schwüre ignorirend, nun dem Sterne der Napoleoniden folgten, weil eben
dieser Stern im Aufsteigen begriffen schien und mit seinem Glanze alle
anderen zu verdunkeln versprach.

Um einen großen, mit Karten von Frankreich, mit Detailplänen von
Paris, mit Dokumenten und Papieren bedeckten Tisch hatte sich der größere
Theil dieser Gesellschaft in Gruppen versammelt, welche immer noch durch
neue Ankömmlinge vermehrt wurden, die von den den Eingang bewachenden
Offizieren nur gegen Nennung der Parole und Vorzeigung zierlicher grüner
Eintrittskarten eingelassen wurden.

In einer Ecke des Gemaches standen, entfernt von diesem Tische, zwei
Personen, deren leise geführtes Gespräch von dem Getöse der in lebhafter
Unterhaltung begriffenen Gruppen übertönt wurde.

Der eine dieser Herren, zierlich und stutzerhaft angezogen, fährt in
seiner Rede gegen seinen Gefährten fort, welcher in die Uniform eines Polizeipräfekten gekleidet ist.

„Ich stimme ihnen vollkommen bei, mein Lieber! Sie werden in
dieser glorreichen Nacht genug zu thun bekommen, Sie und Ihre Untergebenen. Ich glaube auch, sofern ich die Symptome richtig deuten kann,
daß Ihre Arbeit binnen wenigen Augenblicken schon beginnen wird. Darum
erlauben Sie, daß ich auf den eigentlichen Zweck zu sprechen komme, der
mich veranlaßte, Sie aufzuhalten. Sagen Sie, haben Sie über all Ihre
Kräfte schon verfügt, haben Sie von all Ihren Leuten, Ihren Kommissären
keinen mehr übrig in dieser Nacht, welchen Sie einem Freunde auf einige
Stunden leihen könnten?"

Der Polizeipräfekt lächelte sarkastisch vor sich hin. Dann zog er eine
goldene Tabatière, mit dem Bildnisse Louis Napoleon's geziert, aus der
Tasche und sprach, indem er seinem Gefährten eine Prise bot: „Ah, der Herr
Graf wünschen wahrscheinlich eine kleine Privatunternehmung auszuführen?"

„So ist es, mein Lieber."

„Für den Dienst des Herrn Grafen habe ich immer hinlänglich Mann-

schaft bereit. Wollen Sie so gefällig sein und mir mittheilen, welcher Art
das Unternehmen ist, damit ich eine entsprechende Auswahl unter meinen
Leuten treffe. — Aber ich errathe wohl, es wird wieder ein kleines, galan-
tes Abenteuer sein?"

„Ja, Sie haben es errathen," sagte der Graf lachend.

„Hm, hm, so sind der Herr Graf der schönen Miß S.... schon
überdrüssig geworden! Sie verdienen wirklich Bewunderung, sich so schnell
aus den süßen Fesseln solch einer wundervollen Schönheit losreißen zu können und dann sogleich wieder ein anderes Abenteuer in Bereitschaft zu
haben. — Aber, wie gesagt, wenn es gefällig wäre, mir einige Andeutun-
gen zu geben, so — — —"

„Kennen Sie, mein Lieber, den Besitzer des Hôtel de Metz in der
Rue du Mail?"

„Einen gewissen Duffny?"

„Ich kenne ihn."

„Nun denn, denken Sie sich, daß dieser alte Sünder in der Rue des
Rosiers ein allerliebstes, reizendes Kind unterhält, welches Mädchen nach
Allem, was ich erfahren, ein noch ganz unverdorbenes, schuldloses Wesen
sein soll. Der Henker weiß, welchen Grund der Alte hatte, sie bis jetzt
gleich einer Heiligen zu behandeln; genug, ich hätte Lust, dieser spröden
Schönen den Heiligenschein zu rauben! Wollen Sie mir dazu behülflich
sein, mein Freund?"

„Zählen Sie unbedingt und unter allen Verhältnissen auf mich, Herr
Graf! — Darf ich Sie nun um den Namen der Dame bitten?"

Der Graf zog ein Notizbüchlein hervor.

„Adele Duchatelet, 79 Rue des Rosiers, Hintergebäude, erster Stock —"

„Oh, genug, genug! Wenn ich nur den Namen weiß; das Andere findet
sich schon! Wollen Sie, daß das Fräulein wieder zu Ihnen gebracht werde?"

„Gewiß will ich das! Heute Nacht wäre gerade eine passende Gelegenheit. In der allgemeinen Verwirrung, die gegen Morgen sein wird, kömmt's
auf einen Ueberfall mehr oder weniger doch gewiß nicht an. Wollen Sie
daher dieses schöne Kind heute Morgen noch in meine Wohnung geleiten
lassen. Alle Vorbereitungen zu deren Empfange sollen sogleich getroffen
werden. — Nehmen Sie im Voraus meinen Dank und die Versicherung,
daß ich zu jedem Gegendienste bereit bin. — Ah, dort kömmt Mocquart!
Entschuldigen Sie mich, mein Lieber — auf Wiedersehen!"

Mocquart war in der That auf den Grafen zugetreten und hatte ihm
mit tiefer Verbeugung einige leise Worte zugeflüstert. Dann waren diese
Beiden eilig in das Kabinet des Prinzen gegangen.

Der Polizeibeamte blieb höhnisch lächelnd zurück.

„Ja, ja, mein Herr Graf — oder wie Sie sonst noch belieben werden, sich tituliren zu lassen — nun spielen Sie den Herrn und ich den
Diener; Sie den gnädigen Beschützer und ich — ma foi! es gab eine
Zeit, wo das anders war! Es gab eine Zeit, wo Sie vor der Polizei
einen gewaltigen Respekt hatten und sich nichts sehnlicher wünschten, als
daß sie von Ihren Liebes- und anderweitigen Abenteuern keine Kenntniß er-
halte, keine Notiz nehme. — Heute ist das Gegentheil eingetreten. Heute
dürfen Sie es wagen, diese selbe Polizei zur Helferin Ihrer Verbrechen zu
machen! — Nun denn, Sie haben jetzt die Gewalt, und der Kluge fügt
sich derselben — aber wer weiß, ob morgen nicht die Verhältnisse eine aber-
malige Aenderung erlitten haben!" —

Mit diesen vor sich hingemurmelten bitteren Worten mengte sich der
Mann unter die Gruppen der Wartenden, in welchen jetzt eine allgemeine
Bewegung entstand.

Die Thür zum Kabinette des Prinz-Präsidenten öffnete sich, und gefolgt von den neu ernannten Ministern, unter welchen nun auch Graf
Morny sichtbar ward, trat Louis Napoleon in den Kreis seiner Vertrauten,
seiner Gehülfen und seiner Werkzeuge.

Einen Augenblick herrschte lautlose Stille in dieser glänzenden Versammlung, über welche Napoleon seine forschenden Blicke gleiten ließ. —
Dann erhob sich — Graf Morny machte mit seiner feinen Stimme den
Anfang, und lawinenartig schwoll es zum betäubenden Brausen an — aus
fast Aller Munde der Ruf: „Es lebe der Prinz! Es lebe der Kaiser!"

Diese letzte Version schien Louis Napoleon nicht zu beachten. Aber
während dieses tumultuarischen Rufens flog ein leichtes Lächeln über seine
eisigen Züge.

Er war zufrieden mit diesen Männer. Sie haben ihre Schuldigkeit
gethan, gleich gut dressirten Hunden, die beim Anblicke ihres Herrn bellen.
Ob es aus Anhänglichkeit geschieht, oder aus der Gier nach den fetten
Fleischbrocken, die er in der Hand hält, oder endlich aus Furcht vor der
Peitsche — gleichviel: Sie haben ihre Schuldigkeit gethan! —

Das feine und geübte Ohr des Prinz-Präsidenten hatte auch nicht
das leiseste „Vive la République!" unter diesen Rufen vernehmen können.

Auch weiterhin, während der nun folgenden Verhandlungen, wurde
dieses Wort von Niemandem ausgesprochen. Man vermied, von der bisherigen Regierungsform zu sprechen, und wo dies nicht zu vermeiden war,
brauchte man eine Umschreibung.

Nach einer kurzen Ansprache Louis Napoleon's an die Versammelten,

in welcher er sie von seinen Absichten verständigte, die dahin gingen, Frankreich aus dem Chaos der Parteiungen zu reißen und ihm eine dauernde,
freie und energische Regierung zu geben; in welcher er ferner die unzähligen
Gefahren, die ihm, dem kühnen Retter, und seinem Werke drohten, in ein
grelles Licht gestellt und schließlich die Hülfe der Versammlung zur „Rettung der Gesellschaft" in Anspruch nahm; nach dieser kurzen Ansprache
ging man zu einer genauen und detaillirten Berathung über die bereits
ergriffenen und noch zu ergreifenden Maßregeln über.

Jedem der Anwesenden wurde seine Rolle zugetheilt, sein Posten angewiesen. Jede Straße, jeder Platz in Paris, von einiger strategischer
Wichtigkeit wurde bezeichnet, jedes Regiment, jedes Bataillon, das ihn zu
besetzen habe, genau bestimmt. An die noch in den Kasernen consignirten
Truppen, sowie an die in der Umgebung von Paris kantonirenden Reiter-
regimenter wurden Ordres erlassen und sogleich abgesendet, welche dieselben
schleunigst an die ihnen angewiesenen Plätze riefen.

Die auf diese Art bei Anbruch des Tages in Paris zusammengezogenen
Truppen zählten achtzehn Regimenter Linien-Infanterie, drei Regimenter
leichte Infanterie, vier Bataillone Jäger, vier Bataillone Polizeitruppen
zu Fuß, sieben Regimenter und zwei Schwadronen Reiterei, vier Schwadronen berittene Polizei, neunzehn Batterien mit 152 Geschützen, vier
Compagnien Genietruppen, eine Compagnie Mineurs, im Ganzen 120,000
Mann. Diese imposante Truppenmacht, welche genügen würde, um eine
große, entscheidende Feldschlacht zu liefern, ward in Paris zusammengezogen,
um einen Aufstand zu unterdrücken, der noch gar nicht existirte und der
ohne Aufwand künstlicher Mittel vielleicht nie in's Leben getreten wäre.

Aber der Kluge sichert sich für alle Fälle; der Rücksichtslose, der ver-
lernt hat, noch andere Menschen neben sich auf der Erde zu sehen, auch
für den Fall, daß er nur mit Vernichtung alles Bestehenden sein werthes
Ich retten könne.

Es wurden in diesem Sinne die bestimmtesten Befehle von Louis
Napoleon an die Truppenkomandanten gegeben und von der Versammlung gutgeheißen.

Für den Fall, daß der erwartete, durch alle möglichen Mittel provo-
zirte Aufstand eine, das ihm bestimmte Maß überschreitende, drohende Gestalt annehmen sollte; für den Fall, daß das blutige und niederträchtige
Spiel, das der Tyrann mit Menschenleben trieb, gegen alles Erwarten
seine Chancen wechseln und der Gewinn sich auf die Seite der Gegner
neigen sollte; für diesen Fall waren die Kommandirenden auf das Bestimmteste angewiesen, ohne alle Schonung und Mäßigung vorzugehen,

Menschen und Eigenthum mit Feuer und Schwert zu vernichten, durch die Mineure einen Theil der Stadt in die Luft sprengen zu lassen, Paris in einen blutrauchenden Trümmer- und Schutthaufen zu verwandeln und über den Ruinen- und Leichenhaufen die bluttriefende Fahne des neuen Dschengis Chan zu entfalten.

Die darauf bezüglichen Instructionen an die Unterbefehlshaber waren versiegelt. Nur in einem gegebenen Falle waren sie zu eröffnen, sonst unerbrochen zurückzuerstatten. —

Um die Nationalgarde zu verhindern, am Kampfe Theil zu nehmen — denn, wenn man auch einen Kampf wollte, wünschte man doch möglichst ungefährliche Gegner — wurden Anordnungen berathen und erlassen, welche im Allgemeinen dahin gingen, daß kein Gardist in Uniform oder bewaffnet ausgehen dürfe, daß man die auf den Mairien vorräthigen Gewehre noch in dieser Nacht nach Vincennes bringe, die Trommler dieser Bürgersoldaten consignire und die Trommeln wegschaffe.

Nachdem man auf diese Weise die auf Linie und Nationalgarde bezüglichen Maßnahmen berathen hatte, blieben noch zwei Faktoren der Rechnung über: der Pöbel, welchen Louis Napoleon nicht sehr zu fürchten hatte, da er ihn schon seit Monaten zu seinen Zwecken hatte bearbeiten lassen; und jene vereinigte Partei der besseren Klassen aller politischen Meinungen.

Gegen jenen Pöbel den letzten Trumpf auszuspielen, waren Proklamationen verfaßt worden, welche nun, sowie jene an das Militär gerichteten, vorgelegt und gebilligt wurden.

Diese Proklamationen waren nur auf die Hefe des Volkes berechnet; denn durch solche Phrasen, wie diese sie enthielten, konnten Gebildete unmöglich weder eingeschüchtert noch gewonnen werden.

Aber man wollte auch blos die große Masse in Unthätigkeit erhalten; nichts wäre Louis Napoleon unlieber gewesen, als ein vollkommenes Unterbleiben jeder Demonstration, jeder revolutionären Bewegung.

Nach Erledigung all dieser Arbeiten, welche die Versammlung bis tief in die Nacht hinein beschäftigten, erhob sich Napoleon, um die Herren zu entlassen und sich zurückzuziehen.

In seinem Arbeitskabinete wartete seiner sein Onkel Jerome Bonaparte, den er noch über einige wichtige Fragen consultiren wollte.

„Meine Herren! Die Stunde der That ist gekommen. Ich rechne auf Sie. Mögen Sie ebenso auf meine Dankbarkeit zählen. — Und nun an's Werk! Es ist bereits 3 Uhr vorüber und noch viel zu thun. — Wir spielen jetzt den letzten Trumpf aus. Wir werden gewinnen; aber vergessen

Sie bei alledem nicht, daß bei diesem Spiele Jeder von uns seine Haut daran setzt!"

Nach diesen Worten zog sich Napoleon unter dem abermaligen Vivat-rufen der Anwesenden zurück, welche darauf ebenfalls das Elysée verließen, um ihre Posten einzunehmen.

Drittes Kapitel.

Adele.

In jenem alten Stadttheile von Paris, der zwischen den Boulevards, der Antons-Vorstadt, der Martins-Straße und der Seine liegt; in der Nähe jenes berühmten oder berüchtigten Platzes, auf welchem einst die Bastille stand und den jetzt die Juli-Säule ziert; erhebt sich in der Rue des Rosiers ein altersgraues, mächtiges Gebäude, dessen viele übereinander hervorragende Stockwerke mit den schmalen und kleinen Fenstern und dessen Giebeldach mit den hohen Schornsteinen ihm ein eigenthümliches, mittel-alterliches Aussehen geben, während die Affichen, Schilder und reklam-artigen Inschriften von ellenlangen Buchstaben, mit welchen die Wände bis zum Giebel hinauf über und über bedeckt sind, dieses feudale Gepräge mit den Anforderungen der industriellen Neuzeit in Einklang zu bringen suchen.

Dieses Haus bildet die Ecke der Rue des Rosiers mit einer kleinen, schmalen und finstern Nebenstraße. Durch eine kurze Mauer mit demselben verbunden, schließt sich ihm in diesem Gäßchen ein kleines, einstöckiges Haus an, welches keinen eigenen Eingang hat, sondern durch den Thorweg des großen Hauses und durch dessen mit einigen Bäumen bepflanzten Hof-raum mit der Rue des Rosiers verbunden wird und sich somit augenschein-lich als Hintergebäude kennzeichnet. Einstmals, als noch jenes altadelige Geschlecht, dessen verwitterndes und halb zerbröckeltes Steinwappen besagten Thorweg ziert, in den vorderen Räumlichkeiten residirte, mochte dieses Häuschen wohl zum Aufenthalte für die niedere Dienerschaft bestimmt ge-wesen sein. Heute lebt dort, wie in jedem anderen Hause, alle Welt, Herr und Diener, wer eben die Miethe zu zahlen im Stande ist.

Jene kaum klafterbreite Mauer, welche die beiden Häuser verbindet, ist indessen ebenfalls mit einem schmalen Pförtchen versehen, durch welches man in das kleine Haus gelangen kann. Aber nur von einer einzigen

Miethpartei wird diese Thür benutzt, und zwar von jener, die das erste Stockwerk bewohnt. Auch das Erdgeschoß und die Mansarden sind bewohnt; aber wir wenden uns von diesen weg, um uns mit der ersten Etage und deren Inwohnern zu beschäftigen. —

In einem kleinen, nicht eben reich, aber mit dem feinsten Geschmacke möblirten Salon finden wir in später Abendstunde noch zwei Personen in lebhafter Unterhaltung begriffen.

Dieses Gemach, von zwei großen Astrallampen hell und mild erleuchtet und von der flackernden Gluth im Marmorkamine wohl durchwärmt, hat gegen die Gassenfront zwei, jetzt mit faltenreichen Seidengardinen ver-hängte Fenster, zwischen welchen ein vom Boden bis zur Decke reichender Spiegel mit prachtvollem, aus Eichenholz geschnitztem Rahmen den Raum ausfüllt. Diesem Spiegel gegenüber befindet sich die Eingangsthür; die beiden anderen Seiten des Zimmers sind jede ebenfalls mit einer Thür versehen, wovon die eine in das Boudoir und Schlafgemach, die andere in das Arbeitszimmer der Herrin dieser Räumlichkeiten führen.

Blaßrothe, durch Goldleisten in Felder getheilte Tapeten bedecken die Wände, welche nur mit wenigen, aber ausgezeichneten Oelgemälden behangen sind. Die dunkelholzigen, im Renaissancestyle geschnitzten Möbel sind mit silbergrauem Damaste überzogen. Ein dunkler, in unbestimmten und matten Farben gehaltener türkischer Teppich bedeckt den Boden; die beiden Seiten-thüren sind mit Portieren von gleichem Stoff und Farbe wie jene vor den Fenstern verhangen.

Jener durchgebildete edle Geschmack, welcher nicht in einer glänzenden Ueberfüllung Ausdruck sucht, eben so wenig aber jene tausend Kleinigkeiten des Comforts vernachläßigt; jene aus angebornem Takte hervorgehende Uebereinstimmung zwischen allem und jedem Geräthe, so daß ein wohl-thuendes Ganzes daraus entsteht; jene fast kleinliche Aufmerksamkeit und Sorgfalt, welche aus der kleinsten Nippsache wie aus dem spiegelreinen Glanze der Möbel sprechen: dies Alles zeigt auf den ersten Blick, daß in diesen Gemächern die sorgsame, liebevolle Hand eines weiblichen Wesens herrscht und darüber den wohlthuenden Zauber milder Häuslichkeit breitet.

Und in der That ist es die Wohnung einer jungen, unverheiratheten Dame, des Fräuleins Adele Duchatelet, welche dort auf dem Sopha neben einem alten, weißhaarigen Manne sitzt, der ihre Hände in den seinigen hält und ihr mit tiefer Wehmuth und Zärtlichkeit in die Augen schaut.

„Es wird nun Zeit, daß ich mich entferne, Adele," sprach er mit banger, gepreßter Stimme, ohne einen tiefen Seufzer unterdrücken zu kön-nen, der sich seinen Lippen entwand. „Mir ist heute so bang' zu Muthe,

Kind! so weh' und ängstlich, wie ich's nicht mehr weiß, seit der Zeit, da ich nach dem Süden reisend Deine Mutter verließ, um bei meiner Rückkehr eine Leiche zu finden. Ja, ja," fuhr er nach einer minutenlangen Pause fort, während welcher er in ein schmerzliches Nachdenken versunken blieb, „Gott hat mir frühzeitig den Duft und den Glanz meines Lebens, das Einzige, an welchem ich mit voller Seele hing, genommen. Aber er hat mir als Ersatz Dich gegeben, für deren Leben er das Deiner Mutter eintauschte. Oh, wie ich sie liebte, die edle Dulderin! Wie es mich in tiefster Seele schmerzte, unserm Bunde nicht mehr die Weihe des priesterlichen Segens, Dir, dem Sprößling unserer Liebe, nicht den Namen Deines Vaters geben zu können!"

Der Greis verdeckte das Antlitz mit den Händen und lehnte sich in die Kissen zurück. Das junge Mädchen aber schlang ihre Arme um des Vaters Nacken und schmiegte sich leidenschaftlich und innig an seine Brust, indem sie — ihm die Hände vom Gesichte ziehend und einen Kuß auf seine Wangen drückend — ihre schwarzen Locken mit seinem weißen Haare vermischte und ihre Thränen mit den seinen vereinte. —

Es war ein rührender Anblick, dieses junge blühende Mädchen an der Seite des greisen Vaters zu sehen, gleich der üppig grünenden Rebe, die sich enge um den grauen Ulmenstamm windet.

Adele war von überraschender Schönheit. Ihre regelmäßigen Gesichtszüge hatten einen unendlich sanften, milden und doch zugleich festen und erhabenen Ausdruck. Die klassisch schöne, breite und hohe Stirn, die gerade und schmale, griechisch geformte Nase, der kleine, unbeschreiblich anmuthige Mund, vor Allem die großen, sinnigen, dunklen Augen, welche jetzt in mildem Glanze schwimmen, und nun, Blitze sprühend, gleich Demanten leuchten, all diese Schönheiten sind in voller Uebereinstimmung mit dem zarten Ovale des Gesichtes, mit dem durchsichtigen, rothschimmernden Weiß desselben, mit dem in üppigen losen Ringen flatternden, reichen, rabenschwarzen Haare, das über Nacken und Schultern in langen Wellen um die mittelgroße, zierliche, feine Gestalt, um den schöngebogenen Hals, um die reizend geformte Büste sich ergoß.

Sie schaute ihrem Vater nun durch Thränen lächelnd in die Augen. „Und bin ich deshalb weniger Dein Kind? Liebe ich Dich vielleicht weniger, weil Deine Tochter vor der Welt Dich nicht Vater nennen kann? Hat mir deshalb je der zärtliche Vater, Dir das liebende Kind gefehlt? Ja, Gott hat mich Dir zum Ersatze für meine arme Mutter gegeben; und alle Liebe, die ich dieser geweiht haben würde, widme ich nun verdoppelt Dir, der Du mir ja auch die Mutter ersetzen mußtest!"

„Gewiß, Adele, Du bist stets ein gutes, liebevolles Kind gewesen. Der Himmel segne Dich dafür, wie ich es jetzt thue. Kniee nieder, Adele! Empfange den Segen Deines Vaters!"

Der alte Mann hatte sich in weihevoller Haltung aufgerichtet und breitete segnend die Hände über seines Kindes Haupt, das leise bebend und von bangen Ahnungsschauern durchrieselt vor ihm auf den Knien lag. Des Greises Antlitz, von spärlichen weißen Haaren umflattert, war zum Himmel gerichtet, und seine Lippen murmelten leise Worte des Gebetes.

Adele richtete sich nun auf, während ihr unbewußt Thränenperlen den Augen entströmten. Sie schaute schüchtern, verwirrt und fragend zu ihrem Vater auf und ergriff eine seiner Hände, die sie an ihren Busen preßte.

„Der Segen des Vaters bringt den Kindern Glück. Dein Segen, mein Vater, erfüllt mich mit unnennbar heiligen und doch so bangen, wehmüthigen Gefühlen. Dank Dir, Vater! für Deine Liebe; aber sage Deinem Kinde, was Dich heute so eigen bewegt, was Dich so feierlich, still und düster macht. Fürchtest Du eine Gefahr, die Dir oder mir droht?"

„Komm, mein Kind! Setze Dich! Du mußt Dich nicht der sonderbaren Grillen eines alten Mannes wegen beunruhigen. Weiß ich doch selbst nicht, wie mir heute zu Muthe ist. Ich habe keinen einigermaßen bestimmten Grund zur Furcht, und dessenungeachtet erfüllt mich ein arges Bangen. Sieh', Kind! einem alten Manne kann leicht etwas zustoßen; über Nacht kann mich der Herr zu sich rufen, und stündlich muß ich dieses Rufes gewärtig sein. Aber" — und seine Hände trockneten die Thränen, die schneller über Adelens Wangen flossen — „lange schon habe ich mich, wie sich's für einen Christen geziemt, dafür bereit gemacht; heute nicht weniger als gestern, und immer bin ich in des Herrn Hand, und es ist nichts vorgefallen, was mich für die nächste Zeit mehr befürchten ließe als sonst. — Dessenungeachtet hielt ich es an der Zeit, meine Verhältnisse zu ordnen. Ich übergab Dir heute jenen Vermögensantheil, der Dir als meinem Kinde gebührt; er ist vielleicht jetzt besser bei Dir als bei mir verwahrt. Ich habe Dir ferner die Besitztitel dieser Summe und die Urkunden über Deine Geburt gegeben. Wohl hätte ich dies Alles lieber im Beisein Deines künftigen Mannes gethan. Aber da dieser unbegreiflicherweise, seinem Versprechen ungetreu, nicht gekommen ist, so muß ich wohl meinen Wunsch, Euch heute noch für ewig zu vereinen, aufgeben. — Es ist eine schwere und trübe Zeit jetzt, und das schwache Weib bedarf einer Stütze, eines Schutzes. Bernard ist ein Ehrenmann. Er liebt Dich aufrichtig, Du ihn wieder. Kann der alte Dussny etwas Anderes wollen, als das Glück seines geliebten

Kindes? Möget Ihr glücklich mit einander sein und Gott Eure Ehe
segnen!"

Adele, an des Vaters Brust geschmiegt, weinte noch immer. Sie erhob jetzt ihr Köpfchen und sagte mit bebender Stimme:

„Oh Vater, Du machst mich unendlich traurig durch Deine Rede.
Deine Vorbereitungen, Deine Sprache, der Segen selbst, den Du mir wie
zum Abschiede gabst, beunruhigen mich im höchsten Grade. — O Gott!
wenn Dir Gefahr drohte! Du willst es vielleicht nicht eingestehen, Du
fühlst Dich vielleicht unwohl oder fürchtest ein dräuendes Ereigniß —
Vater, wenn dem so ist, so laß mich bei Dir weilen, laß mich Dich pflegen
und trösten oder schützen und schirmen mit meiner schwachen Kraft!"

„Nein, Adele! Beruhige Dich endlich! Ich fürchte nichts, wie ich
Dir schon sagte, und meine Bewegung mag mehr die Folge von Erinnerungen als von Befürchtungen sein. Indessen, wie dem auch sei, Du kennst
ja den Grund, warum ich Dich nicht in mein Haus genommen habe, jetzt
noch nicht nehmen kann. Meine Frau, die ich viele Jahre nach Deiner
Mutter Tode ehelichte, weil dies eine Bedingung war, deren Erfüllung
allein mir den Antritt einer bedeutenden Erbschaft ermöglichte, meine Frau
liebte die Kinder nicht, das heißt mit Ausnahme ihres eigenen Kindes aus
ihrer ersten Ehe, meines Stiefsohnes Emil. Das war mit der Grund,
weshalb ich Dich unter erdichtetem Vorwande bei meinem alten Freunde
Bernard erziehen ließ. Deine Anwesenheit in meinem Hause wäre ein
unaufhörlicher Grund zu Zerwürfnissen und Streitigkeiten gewesen, und
als meine Frau gestorben, waren es die schlechten Sitten meines von seiner
Mutter verzogenen Stiefsohnes, welche mich abhielten und noch abhalten,
Dich zu mir zu nehmen. — Der Bursche verursacht mir ohnehin Kummer
genug, und das allein macht mir Sorge, daß er nach meinem Ableben und
wenn er erfährt, daß er eine Schwester besitzt — — Doch stille! Was ist
das für ein Geräusch?"

Der alte Mann hatte sich selbst unterbrochen, war aufgesprungen und
an's Fenster geeilt. Er schlug die Vorhänge zurück. Der taktmäßige Schritt
einer großen Menschenmenge wurde nun genau vernehmbar. Er riß das
Fenster auf. Die Rue des Rosiers herab und über die Straßenkreuzung
hinüber gegen den Bastillenplatz zu bewegte sich ein langer Zug von Gestalten, über deren Häuptern Flintenläufe und Bajonnette blitzten.

Als Dussny das Fenster schloß und zu seiner Tochter zurückkehrte,
die ruhig dem Thun ihres Vaters zugeschaut hatte, bedeckte kalter Angstschweiß seine Stirn, und seine Kniee schlotterten. Er ließ sich in einen
Fauteuil sinken. Dann fragte er mit tonloser Stimme seine erschreckte Tochter:

„Welche Zeit ist es?"

„Halb ein Uhr nach Mitternacht. Aber was ist Dir, Vater?"

„Oh nichts, nichts, Adele! Laß mich fort, es ist die höchste Zeit."

„Aber nicht jetzt, Vater! Nicht in diesem Zustande der Aufregung.
Du zitterst ja. Um Gotteswillen, sage mir, was das zu bedeuten hat.

Der alte Mann schien einen Augenblick unschlüssig zu sein. Dann
erfaßte er die Hand seiner Tochter.

„Nun denn, so höre Adele! Höre, was ich Dir allerdings noch nicht
sagen wollte, da Mädchen sich um derlei Dinge nicht anzunehmen haben. —
Eine düstere Wolke schwebt in diesem Augenblick über Paris. Ob ihre
Blitze blos die Dunkelheit erhellen und die Lüfte reinigen werden, oder ob
diese vernichtend und zerstörend ihr Opfer suchen, noch weiß ich es nicht. —
Aber die Würfel müssen schon gefallen sein. Entweder ist jetzt schon der
Thronräuber Napoleon verhaftet und auf dem Wege nach Vincennes, was
Gott geben möge; oder ein Schändlicher hat ihm unser Vorhaben entdeckt,
und dann hängt unsere Freiheit, unser Leben an einem Haare, und die
Straßen von Paris werden abermals einen Kampf zwischen Brüdern sehen.
Der heutige Abend war zur Ausführung unserer Unternehmung ausersehen.
Bernard hatte versprochen, mich zeitig vor Mitternacht von hier abzu-
holen, um mit mir einer Versammlung beizuwohnen, welche in den ersten
Morgenstunden stattfinden und worin das nunmehr Nothwendige beschlossen
werden sollte. — Aber Du siehst, Bernard ist nicht gekommen; eine unheimliche Ahnung erfüllt meine Seele mit bangen Schrecken. Diese Truppenmassen, welche sich in so ungewöhnlicher Stunde dem Bastilleplatz zu bewegen,
beunruhigen mich noch mehr. Ich fürchte, wir sind verrathen!"

„Dann lasse ich Dich nicht fort, Vater! Dir droht Gefahr, aber
hier bist Du sicher, hier wird man Dich nicht suchen!"

Ein schmerzliches Lächeln flog über die Züge Duffny's.

„Du täuschest Dich, meine Tochter! Gerade hier würde man mich
suchen, wenn man mich nicht zu Hause fände; vorausgesetzt, daß man überhaupt um meine Theilnahme an der Verschwörung weiß, da ich, ein alter
Mann, mich mehr durch Bernard als persönlich daran betheiligte. Die
Spürhunde Napoleon's haben scharfe Nasen; einmal auf mich gehetzt, würde
mein Verweilen bei Dir nur auch Dich in's Verderben ziehen. Drum laß
mich jetzt gehen, Adele. Meine Anwesenheit zu Hause ist dringend nothwendig. — Nimm diese Briefe hier, die ich Bernard geben wollte. Du siehst
ihn vielleicht früher als ich. Händige sie ihm ein; aber bewahre sie wohl,
denn ihr Inhalt ist von großer Wichtigkeit für uns Alle!"

„Oh Vater, bleibe! Die Angst um Dich würde mich tödten!"

„Aber Du sollst keine Angst haben. Es ist ja durchaus noch nicht
gewiß, daß unser Plan mißlungen. Meine vielleicht ungerechtfertigte Aufregung hat auch nur einen Augenblick gedauert. Du siehst wohl, daß ich
jetzt ruhig bin. Wäre ich es, wenn wirkliche Gefahr drohte? Und bloße
Möglichkeiten, Hirngespinnste sollen uns nicht die Besonnenheit rauben!"

Mit diesen und ähnlichen Worten suchte Dussuy seine Tochter zu beruhigen, die in fieberhafter Aufregung und laut schluchzend an seiner Brust
hing. Vielleicht mochte nicht zum geringen Theil die Besorgniß um ihren
Bräutigam mitwirken, ihre Nerven zu exaltiren. Das Ungewisse, Unfaß-
bare der ganzen Situation, die für die Nichtsahnende so plötzlich aufge-
tauchte Gefahr, die zuerst wachgerufenen Erinnerungen an ihre verstorbene
Mutter, an ihr Alleinstehen im Leben, all dies und ihre ängstliche Liebe
für ihren Vater, ihre leidenschaftliche für Bernard ließen Adele ihre sonstige
Besonnenheit und ruhige Fassung verlieren, und nur schwer gelang es ihrem
Vater, die trostlos Weinende einigermaßen zu beruhigen, ihre Angst zu be-
schwichtigen.

Endlich hatte sich Dussuy von ihr losgemacht, und nach einem letzten
Kuß, nach einer letzten Umarmung das Gemach verlassen. Adele wankte
zum Sopha zurück und verbarg leise weinend ihr Antlitz in dessen Kissen. —

Düstere Ruhe herrschte nun im Gemache. Man hörte das Knarren
jener kleinen Mauerpforte, durch welche Dussuy eben das Haus verließ.
Bei diesem Geräusche durchzuckte Adele ein entsetzlicher Schauder. Leichen-
blaß und mit zitternder Hast eilte sie zum Fenster, um es aufzureißen. —
Sie wollte ihren Vater zurückrufen, sie wollte ihm noch einmal in's Auge
blicken, noch einmal an seiner Brust ruhen. Ein unnennbares, durch Nichts
motivirtes, aber dessenungeachtet unabweisbares Gefühl sagte ihr, daß sie
in diesem Augenblicke ihren Vater zum letztenmale gesehen habe.

Ehe sie den Fensterflügel geöffnet hatte, waren die Schritte des Ellen-
ben in der Ferne verhallt. Vernichtet sank Adele auf einen Stuhl in der
Fensternische. Die kalte Nachtluft, der feuchte Nebeldunst wehten um ihr
Antlitz, sie fühlte es nicht; trüb und fahl drängte sich des Mondes Licht
durch die wallenden Dünste und beleuchtete ihr edles, gramerfülltes Gesicht,
sie bemerkte es nicht. Die alte Dienerin, die Herrn Dussuy hinausge-
leuchtet hatte, kam zurück und verlöschte, ihre Herrin schon im Schlaf-
gemache wähnend, die Lampen. Die faltenreichen Vorhänge verbargen
Adelens Gestalt vor den suchenden, scharfen Blicken der Alten.

Hätte Adele ihrer Umgebung einige Aufmerksamkeit geschenkt, so hätte
ihr der lauernde, boshafte und doch ängstliche Ausdruck in den Zügen ihrer
Dienerin nicht entgehen können. Ein hämisches, schadenfrohes Lächeln spielte

jetzt um die verwelkten Lippen dieses Weibes, als sie gegen die in's Boudoir führende Thür ging und sich horchend zum Schlüsselloche niederbog.

„Alles stille! Ha, ha, es schläft schon, das zarte Püppchen! Hätt's nicht gedacht nach dem Tränklein, das ich ihr heute Abend beizubringen verstanden. Ha, ha, ha! noch ein wenig Geduld, mein Schätzchen, und dann wirst Du die aufgeregte Gluth, die jetzt Deine Adern im Schlafe durchströmt, in den Armen eines hübschen, freigebigen Jungen kühlen können! Wirst mir dafür noch Dank wissen, mein Kind! Jugend zu Jugend; das wird Dir besser behagen, als Dein alter, langweiliger Freund!"

So kicherte und murmelte die Alte vor sich hin, und dann verließ sie das Gemach, die Thür, statt sie zu schließen, nur anlehnend.

Ruhe rings und Dunkelheit. — Die verlöschende Gluth im Kamine nur flackerte noch manchmal auf und warf dann auf Momente grelle Schlaglichter auf die Umgebung.

Adele war auf ihrem unbequemen Sitze eingeschlummert. Der ungewohnten, heftigen Aufregung ihrer Nerven war eine ebenso gewaltige, lähmende Abspannung gefolgt. Sie kämpfte vergebens gegen die sie übermannende dumpfe Schläfrigkeit. Ihre Augen schlossen sich zu, ihr Bewußtsein verließ sie. —

Minuten vergingen. — Von dem Kirchthurme St. Merry tönte der Glockenschlag, welcher die erste Stunde des jungen Tages verkündigte. —

Von der Straße herauf ließ sich ein leises, schabendes Geräusch vernehmen. —

Den Corridor entlang, der auf die Eingangsthür des Salons zuführt, schleicht vorsichtig, nur mit den Fußspitzen den Boden berührend, eine Gestalt.

Jetzt hat diese die Thür erreicht, welche sich unter dem leisen Drucke der Hand geräuschlos öffnet.

Die Gestalt tritt ein. Das tiefe Dunkel, das jetzt in dem Gemache herrscht, läßt ihre Umrisse kaum erkennen. Aber diese Person zieht eine kleine Blendlaterne hervor und öffnet den Verschluß derselben, indem sie, um sich zu orientiren, nach allen Seiten damit herum leuchtet.

In dem Reflexe, der jetzt aus dem großen Spiegel auf die Gestalt fällt, zeigt sich diese als ein schlanker, feingekleideter junger Mann mit wüsten, verlebten und gemeinen Gesichtszügen.

Dieser junge Mann nähert sich nun dem Orte, den er gesucht, das ist jener Thür, die in Adelens Schlafgemach führt.

Von der Tiefe des Ganges läßt sich ein leises Kichern vernehmen.

Der freche Eindringling schlägt die Portiere zurück. Er leuchtet in

das mit rosa Seide tapezirte, kleine, reizende Gemach. Vorsichtig durch-
schreitet er dieses Boudoir und tritt durch eine zweite Thür in das jungfräuliche Heiligthum.

Er bleibt tief aufathmend einen Augenblick stehen. Seine rothunter-
laufenen Augen stieren gegen das im Hintergrunde befindliche, mit faltenreichen Gazeschleiern verhüllte Bett. Seine Kniee wanken, und er lehnt
sich einen Augenblick, heißen, glühenden Brodem aushauchend und mit zitternden Händen die Laterne auf ein kleines Tischchen stellend, an die, wie
die zeltartige Decke, mit in Falten gelegtem weißen Mousselin überzogene
Wand. Ein hellgrüner, mit zierlichen weißen und rothen Rosen überstreu-
ter Teppich bedeckt den Boden des eirunden Gemaches.

Nun scheint sich der junge Mensch von seiner lähmenden Aufregung
etwas erholt zu haben. Er nähert sich mit wankenden, unsicheren Schritten
dem Bette. Seine Hand greift nach dem Vorhange und zieht ihn langsam
zurück. Seine Blicke scheinen sich in das bis jetzt von diesem verhüllte
Heiligthum bohren zu wollen.

Jetzt zuckt er heftig zurück. Dann beugt er sich mit halbem Leibe
über die Kissen vor, und seine freche Hand reißt die Decken weg.

Ein unartikulirter Schrei entfährt seinen Lippen.

Dann stürzt er mit einem schrecklichen Fluche in den Salon zurück.

„Wo bist Du alte, elende Hexe, die Du Dir erlaubst, mich zum Besten
zu halten! O verstecke Dich nicht, alte Vettel! Ich will Dich lehren, wie
man Leute meines Schlages behandelt! Wo hast Du das Mädchen verborgen?“

Mit diesen zischenden, vor innerer Wuth kaum verständlich hervor-
gestoßenen Worten war er gegen den Corridor geeilt, aus welchem die Alte
ihm mit heftigen Schritten entgegenkam.

„Um's Himmelswillen, was macht Ihr für einen Lärm, Herr! Wollt
Ihr die gute Sache verderben, und Euch und mich dazu durch solch unvernünftiges Schreien in's Unglück bringen!“

„Wo ist das Mädchen, frage ich!“

„Wo anders, als in ihrem Bette!“

„Nein, alte Hexe! nein, dort ist sie nicht.“

„Dann muß sie außerhalb desselben der Schlaf übermannt haben.
Sie wird im Boudoir sein. Sucht nur, Herr, und macht keinen Lärm
weiter! Ich gehe in mein Kämmerlein zurück, denn ich will mir nicht un-
nöthig mit der Sache zu schaffen machen. Gute Verrichtung, Herr!“

Mit diesen leise und höhnisch gesprochenen Worten verschwand die Alte,
den jungen Mann allein lassend, der nun wieder in das Boudoir zurückkehren wollte.

Bei dem erſten Schrei des Elenden war Adele aus ihrem dumpfen Schlafe erwacht; aber noch umfing Betäubung ihre Sinne, und ſie konnte ſich ihre Situation nicht erklären, nicht begreifen, wie ſie an das geöffnete Fenſter und der dumpfe Klang der Stimmen in ihre ſonſt ſo ruhige Um- gebung kam.

Aber ſie raffte ſich mit Gewalt aus dem Taumel der Sinne auf, der ſie noch umſtrickte. Sie hörte die Schritte des Zurückkehrenden. Sie ſprang auf und trat, den Vorhang zurückſchlagend, in das Zimmer vor. Sie ſtand dem jungen Manne gegenüber.

Adele ſowohl wie dieſer ſtießen bei dem, für Beide unerwarteten Zuſam- mentreffen einen Schrei der Ueberraſchung aus.

Aus dem Schlafzimmer, wo noch die Blendlaterne ſtand, fiel ein ſchwacher Strahl des Lichtes in das vordere Gemach und machte es mög- lich, daß die ſich gegenüber Stehenden ihre Geſtalten, ſelbſt ihre Geſichts- züge erkennen konnten.

Adele ſchauerte in ſich zuſammen, als ſie den jungen Mann in's Auge faßte. Sie kannte dieſen Menſchen. Wäre er ihr nicht ſchon von anderer Seite her bekannt geweſen, ſo hätte er ihr, ſeiner häufigen Verfolgungen auf ihren Spaziergängen, ſeiner läſtigen Zudringlichkeit halber, mit welcher er oftmals ihre Fenſter belagerte, bemerklich werden müſſen.

Der junge Mann hatte zuerſt ſeine Faſſung wieder gewonnen. Seine Augen glühten und ruhten mit gierigem Verlangen auf Adelens reizender Geſtalt, welche nur um ſo größere Anziehungskraft auf ihn ausübte, da das leichte Hauskleid ſich während ihres unruhigen Schlummers etwas verſcho- ben hatte, ſo daß der herrliche Hals und Nacken und die entblößten Arme ſich frei den ungeſtümen Blicken ihres Gegenübers darboten.

„Mein Fräulein!" ſagte er, ſich leicht verneigend, „entſchuldigen Sie meinen etwas ſpäten und unvorbereiteten Beſuch; aber wenn Sie erfahren werden — — —"

„Mein Herr!" unterbrach Adele den Sprechenden mit ſtrengem Tone und indem ſie eine gebieteriſche Handbewegung nach der Thüre machte, „ich habe durchaus nicht Luſt, irgend etwas von Ihnen zu erfahren. Ich brauche Ihnen nicht zu ſagen, daß jetzt keine Zeit für Beſuche iſt; aber ich ſage Ihnen, daß ich überhaupt deren nicht annehme."

Mit dieſen Worten wandte ſie ſich ſtolz und ſchritt der Thür des Boudoirs zu.

Aber der Zudringliche ließ ſich nicht ſo leicht abweiſen. Er eilte ihr nach und vertrat ihr den Weg, indem er zugleich ihre Hand zu ergreifen ſuchte.

Adele fühlte bei dieser Berührung das Blut zu ihren Schläfen steigen. Der Zorn und die beleidigte Unschuld gaben ihren Mienen einen Ausdruck erhabener Energie, und ihre Augen sprühten Blitze.

„Wie? mein Herr! Sie wagen es, mich noch länger mit ihrer Gegenwart zu belästigen! Ich habe Sie noch nicht gefragt, wie Sie hierher gekommen sind; aber Sie zwingen mich, meine Dienerin zu rufen, um für Ihr Fortgehen Sorge tragen zu lassen."

„Ah, meine Schöne," entgegnete der junge Wüstling, indem er ein heiseres Lachen ausstieß und seine frechen Blicke mit solcher Starrheit auf den entblößten Formen des jungen Mädchens haften ließ, daß diese, von glühender Schamröthe übergossen, erst jetzt die Mängel ihrer Toilette bemerkte. Sie suchte dem schnell abzuhelfen, indem sie mit ihrem Arme das Kleid über dem Busen zusammenhielt; aber dieser Umstand erfüllte sie so sehr mit einem bitteren Gefühle der Demüthigung und ließ sie so sehr die Schwäche der Weiblichkeit gegenüber der rohen Willkür des Mannes fühlen, daß ihre Energie zu weichen begann und Thränen sowohl des Zornes als der Scham über ihre Wangen rieselten. „Ah, meine Schöne, Sie würden sich da ganz vergeblich anstrengen, wenn Sie sich bemühten, die alte Hexe herbeizurufen. Sie würde doch nicht kommen; glauben Sie mir, und halten Sie mich gefälligst nicht so sehr für einen Anfänger und Stümper im Handwerk, daß Sie annähmen, ich wäre ohne die nöthigen Vorsichtsmaßregeln hergekommen."

Ein rohes Lachen begleitete diese Worte.

Adele war in einen Stuhl gesunken. Sie preßte die Hände vor das Antlitz, und die Thränen perlten darunter hervor.

„Lassen Sie uns vernünftig mit einander sprechen," fuhr der Elende fort, indem er sich ganz nahe zu Adele stellte und ihre bebende Gestalt mit einem Faunenlächeln betrachtete. „Ich kenne Sie schon lange, schöne Adele! und auch Sie werden — so schmeichle ich mir wenigstens — Ihrem stillen Anbeter nicht gänzlich Ihre Aufmerksamkeit versagt haben. Glauben Sie, daß man lange Zeit den glühenden Wunsch, ein so liebenswürdiges Geschöpf, wie Sie, sein zu nennen, mit sich herum tragen kann, ohne jedes Mittel zu seiner Realisirung anzuwenden? Nein, Adele! Das kann man nicht, das kann wenigstens ich nicht. Ich habe denn das einfachste Mittel versucht, um meinen Zweck zu erreichen, und somit bin ich hier zu Ihren Füßen, reizendes Wesen!"

Mit diesen Worten war er vor Adelen niedergekniet, und mit seinen Armen ihre Kniee umschlingend, drückte er ihre schwellenden Glieder gegen seine pochende Brust.

Bei dieser frechen Berührung, welcher die flammenden Wünsche des vor Aufregung und stürmischem Verlangen Bebenden und Keuchenden erst ihre wahre Bedeutung gaben, war Adele entsetzt aufgesprungen und mit flüchtigem Satze in die entfernte Ecke des Zimmers geeilt.

Einen Augenblick kam ihre frühere Energie wieder zurück. Mit starker Hand schleuderte sie den Nachdringenden zurück und ergriff dann die auf dem Tische stehende Glocke, um durch deren Ton ihre Dienerin zu rufen.

Aber Niemand kam. Kein Leben schien in diesen Räumen, als das ihre und dasjenige des Verführers.

Dieser hatte sich scheinbar ruhig ihr gegenüber gestellt und bemühte sich, eine der Lampen anzuzünden.

„Wir wollen doch nicht so im Dunklen bei einander weilen, schönes Kind! Vergönnen Sie mir doch auch den Anblick Ihrer Reize. Ah, beim Teufel, Sie sind bezaubernd in dieser Stellung!" rief er nun, nachdem es ihm gelungen war, Helle im Zimmer zu verbreiten.

Adele fühlte sich jetzt abermals von jenem namenlosen und ihr bis jetzt unbekannten Gefühle durchbebt, welches ihr flüssiges Erz durch die Adern zu jagen schien und ihre Sinne zu verwirren drohte. Sie konnte sich kaum mehr aufrecht erhalten, und ihre Augen verschleierten sich.

„Ach, mein Herr! Haben Sie Mitleid mit mir! Ich weiß nicht, was in mir vorgeht; aber ich beschwöre Sie bei Allem, was Ihnen heilig ist, entfernen Sie sich von hier, entfernen Sie sich so schnell als möglich!"

„Nein, mein Kind! Das ist ein unvernünftiges Verlangen. Jetzt erst recht wollen wir bei einander bleiben. Wie Du zitterst, mein Engel! Oh, komm in meine Arme; die Stunde unseres Glückes schlägt!"

Der junge Mann hatte seinen Arm um Adelens Leib geschlungen und suchte sie an sich zu ziehen. Ihrer Lage unbewußt, mit wirren Blicken und heftig wogendem Busen stand Adele wie im Traume versunken da. Aber als sie sich von des Verführers Arm umspannt, als sie seinen stechenden Blick auf sich ruhen fühlte, gelang es ihr noch einmal, sich von ihrer Betäubung zu ermannen.

„Zurück, Elender! Wenn Sie schon keine Ehre und Sitte haben, wenn Sie schon die Gebote der Moral und Religion mit Füßen treten, um mit Glück und Ehre eines schwachen Mädchens schändlich Spiel zu treiben; so mögen Sie doch zurückweichen vor dem Gedanken, daß es Ihre Schwester ist, welcher Sie die Schande Ihrer entehrenden Gegenwart aufbürden!"

Mit flammenden Augen und stolz erhobener Gestalt, die Rechte wie abwehrend gegen den Wüstling ausgestreckt, hatte sie mit fester Stimme diese Worte gesprochen.

Die Antwort darauf war ein helles, wieherndes Hohngelächter.

„Ah, Adele! Sie meine Schwester? Ha, ha, ha, fürwahr, das ist ein ganz neuartiger Versuch, sich aus einer solchen Affaire zu ziehen! Ein guter Spaß, wahrhaftig!"

„Herr Emil Dussny, ich ersuche Sie, meine Worte als das zu nehmen, was sie sind, als entsetzlichen Ernst. Ja, wirklich entsetzliches Bewußtsein, einen solchen Bruder zu besitzen."

„Ah, Sie kennen meinen Namen! Ah, und Sie wollen mich also glauben machen, mein guter Papa — denn ich weiß wohl, daß er oft bei der schönen Adele ist — mein guter Papa — — —"

„Wie, Sie wissen, daß Ihr edler Vater hierher kommt, und wagen dessen ungeachtet, diese Räume durch Ihr Betreten zu entweihen!"

„Ah bah! Mein Vater, oder ein Fremder, gleichviel! Sie gefallen mir nun einmal, schönes Kind, und ich habe mir in den Kopf gesetzt, heute noch glücklich zu werden. Also keine Umstände weiter, spröde Schöne, Sie würden mich zwingen — —"

„Verruchter! Haben Sie mich nicht verstanden! Muß ich wiederholen, daß ich — — daß ich Ihres Vaters Tochter bin!"

Diese letzten Worte hatte Adele mit unsicherer, leiser Stimme gesprochen; denn sie fühlte sich beschämt, daß sie, um sich zu retten, das Geheimniß ihrer Geburt preisgeben, einem solchen Menschen preisgeben mußte. —

„Nun genug! Die Zeit verstreicht unter unnützen Plaudereien, die schöne Zeit, die wir tausendmal besser anwenden könnten. Meine Schwester oder nicht, das ist gleich — Du mußt mein werden!"

Mit wildem, nicht mehr zu bändigendem Verlangen in den entstellten Zügen stürzte er auf Adelen zu, welche bis zum Fenster zurückwich.

„Keinen Schritt näher, Herr! Ich habe Sie bis jetzt geschont, Ihres Vaters wegen. Sie zwingen mich, daß ich um Hülfe rufe."

Und Adele versuchte, die Vorhänge zur Seite zu schieben und den Fensterflügel aufzustoßen.

„Verdammt! Das Mädchen scheint Ernst zu machen. Nun gilt's!"

Er faßte sie von rückwärts um den Leib und riß sie mit Gewalt zurück. Sie versuchte zu schreien; aber er drückte ein Tuch auf ihren Mund. Nun bemühte er sich, sie zum Sopha zu tragen. Adele wehrte sich nur schwach. Jener betäubende Schwindel hatte, als sie sich zum Fenster neigte, sie neuerdings befallen. Abermals kochte das Blut in

ihren Adern und drängte stürmisch nach ihrem, des Denkens nunmehr un-
fähigen Gehirne. Nach kurzer Gegenwehr sank sie in einen Taumel, der
ihr Gedächtniß und Bewußtsein raubte.

Der Schändliche konnte mit leichter Mühe die willenlos sich ihm Ueber-
lassende durch das Boudoir in's Schlafgemach tragen. Ein wildes, gräß-
liches Lächeln spielte um seine zuckenden Lippen. Seine Augen glänzten im
Triumphe der vollbrachten Niederträchtigkeit. Er hat sein Ziel erreicht.
Sein Opfer liegt in seinen Armen. —

In dem Augenblicke, als Emil mit seiner schönen Beute die Thürschwelle
des Boudoirs überschritt, öffnete sich geräuschlos die gegenüber liegende
Thür, welche in's Bibliothek- und Arbeitszimmer führt.

Zwei Köpfe erschienen unter dem zurückgeschlagenen Vorhang. Ein
Ausruf der Ueberraschung entfuhr ihren Lippen, als sie die sich ihnen bie-
tende Scene erblickten.

„Teufel! man ist uns zuvorgekommen! rief der Eine, indem er heftig
mit dem Fuße auf den Boden stampfte.

„Wer mag hier sein? Aber wer es auch sei, ich will nicht umsonst gekommen sein!"

Wir erkennen in dem Sprechenden und in seinem Gefährten jene zwei
Männer, welche in den Champs Elysées ihren sauberen Plan berathen hatten und durch Bernard verjagt worden waren.

Ihr geübter Blick hatte sogleich erkannt, daß der hier weilende Mann
nicht der alte Dussuy, noch daß die Scene, von welcher sie Zeugen, eine
Liebesscene sei. Hier lag Gewaltthätigkeit vor. Gewaltthaten aber waren
ihr eigenes Handwerk. Darin durften sie sich unmöglich von einem Fremden zuvorkommen und überbieten lassen. Ihr Entschluß war im Augenblicke gefaßt. —

Jenes Bibliothekzimmer, von welchem wir gesprochen, bildet die Ecke
des Hauses gegen den schmalen Zwischenraum, der dieses von dem großen Gebäude trennt. Es hat zwei Fenster, eines gegen diesen Hofraum, eines
gegen die Straße.

Die beiden Spitzbuben, die mit den Gewohnheiten und Gebräuchen
dieses Hauses wohl vertraut zu sein schienen, hatten im Schatten des gegenüberliegenden Gebäudes gewartet, bis Herr Dussuy durch die kleine Pforte
das Haus verlassen hatte. Dann hatten sie sich vorsichtig genähert, das
Schloß dieser Thür mittelst eines Nachschlüssels geöffnet, den innen vorgeschobenen Riegel durchfeilt und waren endlich in den Hofraum getreten.
Dort an der Wand des großen Hauses waren mit Ketten einige Leitern,
wie sie für Feuersgefahr in vielen Häusern vorräthig sind, befestigt. Sie

durchfeilten nun eine dieser Ketten, stellten die ihnen somit zugängliche Leiter gegen das oben erwähnte Bibliothekfenster, stiegen zu diesem empor, und indem sie eine Scheibe desselben eindrückten — durch ein darauf geklebtes Papier, an welchem alle Glasstücke haften blieben, diese Operation unhörbar machend — und dann den Fensterriegel von innen öffneten, gelangten sie in das Gemach.

Bei ihrem Eintritte wurde ihre Aufmerksamkeit durch Adelens Stöhnen und das Rauschen ihres Kleides in dem kurzen Kampfe mit Emil Dussny, sowie durch dessen gemurmelte Flüche und heiseres Lachen erregt. Vorsichtig öffneten sie, wie wir gesehen, die Salonthür. Nach einigen wenigen Flüsterworten schlichen sie Emil auf den Zehenspitzen durch den Salon und das Boudoir in das Schlafgemach nach.

Dieser hatte nun, unter der leichten Bürde keuchend, jenes Asyl der Keuschheit erreicht, welches vor ihm noch kein männlicher Fuß betreten. Das regungslose Opfer in seinen Armen war von tiefer Ohnmacht umfangen.

Nun legte er die reizende, zarte Gestalt Adelens auf das weiche, feine Linnen des Bettes. Einen Augenblick, als er seine Blicke auf den unschuldsvollen kindlich reinen Zügen des unglücklichen Mädchens ruhen ließ, schien er vor dem beabsichtigten Verbrechen zurückzubeben. Aber nur einen Augenblick; denn da er seine Blicke weiter über ihre sanft hingegossene, schwellende Gestalt gleiten ließ, erwachte wieder, ungestümer denn je, die wild lodernde, verzehrende Sinnenlust.

Er hörte und sah und fühlte nichts von seiner Umgebung. Seine Seele war in üppige, wollüstige Wünsche, in das Vorgefühl des Kommenden versenkt. —

Er beugte sich, nach Befriedigung lechzend, über sein Opfer — —

Ein Zischen durch die Luft, ein Schmerzensschrei — und dahin geschmettert von schwerem Schlage lag Emil's blutender Körper am Boden.

Ueber ihn weg sprang die schmächtige Gestalt Cobin's, des Diebes.

Dessen Gefährte Lorac riß ihn von Adelen zurück, welche er mit roher Hand berührt hatte.

„Ah bah! Laß diese da jetzt! zuerst die Arbeit, dann das Vergnügen!"

„Aber sie regt sich nicht! Sollte der Bursche sie ermordet haben?

„Und wenn? — Was weiter! Spute Dich; wo hat das Mädchen ihre Schätze verborgen?"

„Dort, in dem kleinen Schränkchen! Ah, Diable! Nehmen wir erst das wimmernde Scheusal weg, das uns den Weg versperrt!'

Bei diesen Worten stieß Cobin mit dem Fuße gegen den Körper des jungen Wüstlings, der sich stöhnend am Boden wand. Aus einer breiten, wenn auch nicht tiefen, von einem stumpfen Instrumente verursachten Stirnwunde quollen große, dunkle Blutstropfen.

Lorac beugte sich zu ihm nieder und schleifte ihn in einen Winkel des Gemaches.

„Der Bursche hat den Scherz übel verstanden! Sieh', wie er solch einer unbedeutenden Verletzung wegen blutet! Er wird indeß bald zu sich kommen. Wir wollen ihn unschädlich machen."

Die beiden Diebe banden nun dem noch immer Bewußtlosen die Hände und Füße mit starken Stricken und gaben ihm einen Knebel in den Mund. Dann suchten sie das von Cobin bezeichnete Behältniß zu öffnen, was ihnen auch bald gelang.

Währenddessen war Adele aus ihrer starren Betäubung in eine Art von fieberischem Halbschlummer übergegangen, in welchem sie sich mit brennender Stirn, halbgeöffneten Augen und glühendem Körper auf ihrem Lager unruhig umherwälzte.

Unverständliche Worte drangen über ihre Lippen. Ihre schönen, vollen Arme griffen sehnsüchtig in die Luft. Ein freundliches Phantom schien ihr zu nahen. Sie lächelte und ein Seufzer der Sehnsucht entwand sich dem wogenden Busen.

Aber jetzt veränderten sich ihre Gesichtszüge. Ein Ausdruck entsetzlichen Schreckens breitete sich über dieselben. Schwer athmend zitterten ihre Lippen. Abwehrend breitete sie die Hände über ihren Körper. Ein Schrei der fürchterlichsten Angst entfuhr ihren Lippen.

Gleich einem Echo antwortete diesem aus der Tiefe des Ganges ein ähnlicher Angstschrei. —

Ueberrascht und erschreckt hoben die beiden Diebe, welche eben die Cassette mit den Werthpapieren gefunden hatten, ihre Köpfe.

Der Lärm von Stimmen und Männertritten näherte sich dem Gemache. Man hörte eine kreischende Weiberstimme, welche den Ankömmlingen den Eintritt zu verwehren schien. Aber diese schienen sich nicht darum zu kümmern. — Unter ihre rauhen Stimmen mischte sich das Getöse von Waffen.

Die Diebe waren aufgesprungen. Nur einen Blick tauschten sie miteinander, dann eilten sie gegen die Thüre zu.

Aber auch Adele hatte, von ihrem eigenen Schrei erweckt, das Bewußtsein wieder gewonnen. Mit einem einzigen Blicke übersah sie ihre Lage. Zwar war ihr die Erinnerung der letzten Augenblicke noch nicht vollständig wieder gekehrt; aber sie erblickte die Galgenphysiognomien der Diebe, in ihren Händen die Schatulle tragend; und in schneller Folge den Zusammenhang errathend, sprang sie hülferufend auf und erreichte vor den Dieben die Thür, ihnen den Ausgang verwehrend.

„Zurück da, Weib, wenn Dir Dein Leben lieb ist!" rief Lorac, indem er sie zur Seite zu schieben trachtete.

„Hülfe! Diebe!" waren die einzigen Worte, welche Adele entgegnete, während sie furchtlos und blitzenden Auges den Elenden gegenüber Stand hielt.

„Nun denn! Wenn Du nicht gutwillig gehst. Metze! so nimm dies!" Mit diesen Worten zückte Gobin den blanken Stahl gegen Adelens entfesselten Busen.

Doch ehe die mörderische Waffe diesen erreicht, wurde sie dem Banditen von starker Faust aus der Hand geschlagen.

Dies Alles war das Werk eines Augenblickes. Zwischen Adelens Erwachen und dem Erscheinen der so unerwartet zu Hülfe Kommenden waren nicht drei Minuten verflossen. Diese Retter, welche nun die beiden Diebe nach geringem Widerstande gefesselt und in ihre Mitte genommen hatten, erwiesen sich als Polizeibeamte und Stadtsergeanten.

Sie waren durch das Hauptthor des Vorderhauses in der Rue des Rosiers eingetreten, hatten, unnöthiges Geräusch vermeidend, den Hof durchschritten, und zur Thür von Adelens Wohnung gelangt, hatten sie von der alten Dienerin Einlaß begehrt. Diese, welche zwar den Grund polizeilichen Einschreitens nicht kannte, auch natürlicherweise nichts von dem Einbruche wußte — jenen ersten Schrei Emil Dussny's hatte sie nicht gehört oder einer andern Ursache zugeschrieben, — welche aber nichtsdestoweniger durch ihr abscheuliches Attentat auf Adelens Unschuld ihre Seele belastet und mit Furcht vor den Folgen erfüllt hatte, erblickte in den Polizisten die Rächer derselben, und vor Angst fast der Besinnung beraubt, suchte sie sich ihrem Eintritte zu widersetzen. Daran kehrte man sich aber wenig. Mit Gewalt wurde die Thür eröffnet, und gerade noch zur rechten Zeit, um die Ermordung des jungen Mädchens zu verhindern, trafen sie auf dem Schauplatze dieser Ereignisse ein.

Einer der Beamten, ein ältlicher, bartloser aufgedunsener Mann mit einem jener chamäleonartig stets den Ausdruck wechselnden Gesichter, deren Eigenthümlichkeit in dem Nichtvorhandensein jeder Eigenthümlichkeit besteht, trat nun mit der den Dieben abgenommenen Cassette zu Adele, welche den kurzen Tumult benützt hatte, um in ihrem Boudoir eiligst ihre etwas derangirte Toilette zu vervollständigen.

Aus dieser taktvollen Aeußerung der Besonnenheit geht hervor, daß Adele die fieberhafte, durch das ihr beigebrachte Gift verursachte Aufregung verloren und jene Ruhe, jene Herrschaft des Verstandes wieder gewonnen hat, welche ihr sonst eigen.

Allerdings lag es noch wie ein dumpfer, bleierner Nebel um ihre Stirn und Schläfe, und die Erinnerung an das, was mit ihr seit der Entfernung ihres Vaters geschehen, war noch nicht vollständig zurückgekehrt. Aber wußte sie auch nicht genau, was geschehen war, so wußte sie doch, was nun geschehen sei, und sie trat dem Beamten mit dem Anstande einer Königin entgegen.

„Ich danke Ihnen, mein Herr! für Ihre eben so unerwartete, als noth= wendige Hilfe. Ihr Erscheinen hat mich nicht nur vor dem Verluste des Vermögens, sondern auch vor dem des Lebens bewahrt!"

Der Polizeibeamte hatte währenddessen die Meldung eines Untergeord= neten entgegengenommen, welcher eben den geknebelten und verwundeten Emil Dussny in jenem Winkel entdeckt und der Pflege und Beaufsichtigung seiner Kameraden übergeben hatte. Er wendete sich nun mit einem sarka= stischen Lächeln wieder an Adele.

„Es gereicht mir zur besonderen Genugthuung, wenn Sie unser kleines Verdienst für die Erhaltung Ihres Lebens und Vermögens so hoch anrech= nen. Wir haben nur unsere Pflicht gethan, indem wir diese Bursche, diese Störer Ihrer stillen Freuden, an weiterem Unfuge verhinderten."

Die Betonung dieser letzteren Worte, das sie begleitende Lächeln mach= ten auf Adelens noch bleiche Wangen eine flammende Röthe steigen.

„Mein Herr! ich verstehe den Sinn Ihrer Worte nicht!"

Während sie dies sagte, folgten ihre Augen denjenigen des Beamten, welche auf den eben aufgerichteten, blutbefleckten Emil Dussny geheftet waren.

Adele hatte augenscheinlich diesen bis jetzt noch nicht bemerkt. Sie hatte dessen Anwesenheit gänzlich vergessen; oder besser gesagt, jenen sie ver= folgenden Fiebertraum, in welchem seine Gestalt eine so schändliche Rolle spielte, nicht für Wahrheit gehalten.

Aber nun, mit dem ersten Blicke auf die hämischen Züge des Elenden, kehrte mit Blitzesschnelle die ganze Folge der vor Kurzem stattgehabten Er= eignisse vor ihre Seele zurück. Eine vernichtende Schaam, der entsetzliche Gedanke, durch falsche, unrichtige Voraussetzungen und Folgerungen der Zeugen dieser Scene in deren Augen, in den Augen aller Welt auf ewig entehrt zu sein, raubten ihr fast die Besinnung.

Sie wäre, wir haben dies gesehen, unschuldig gewesen auch an dem

Entsetzlichsten, was hätte geschehen können. Dies war ja aber noch zur rechten Zeit verhindert werden. Ihre Ehre war rein und fleckenlos, wie sie es stets gewesen. Aber was galt dies in den Augen der verurtheilungssüchtigen Welt? — Der junge, als Wüstling bekannte Mann in solcher Stunde bei ihr im Zimmer; das in Unordnung gerathene Bett; ihre Toilette selbst, wie sie bei dem Eintritte der Beamten gewesen; die Weigerung der Dienerin zu öffnen, endlich die Aussage der beiden Verbrecher über die Lage, in welcher sie Adelen angetroffen: all dies mußte sie nothwendig in einem mehr als zweifelhaften Lichte erscheinen lassen.

Diese Gedanken zuckten mit Blitzesschnelle durch Adelens Gehirn. Die jetzt ziemlich klare Erklärung an jene durch ihren Stiefbruder erlittenen Unbilden; die hohe Schaam über die, ihr vollkommen unbegreifliche, unnatürliche Schwäche, welche sie in einigen Momenten diesem gegenüber bewiesen, vereinigten sich mit ersteren, um ihre Seele zum Tode zu verwunden, ihre Brust zusammenzuschnüren und ihren Augen Thränen der Verzweiflung entströmen zu lassen.

Sie barg ihr Antlitz in die zitternden Hände und sank sprachlos in einen Stuhl.

Aus den Augen Emil Duffny's, der seine Fassung vollkommen wiedererlangt hatte, leuchtete ein Strahl schadenfrohen Triumphes.

Ein ähnlicher Ausdruck der Genugthuung spiegelte sich auf dem Antlitz des vorerwähnten Polizeibeamten.

Für jeden der Anwesenden, mit Ausnahme Emil's galt dieser stumme Schmerz Adelens als ein Geständniß ihrer Schwäche, als eine, vielleicht heuchlerische Schaam über die Entlarvung ihres Treibens.

Der Polizeibeamte wechselte mit Duffny einige Worte. Dann wurde dieser nach einer höflichen, gegenseitigen Verbeugung von einem Stadtsergeanten zur Thür hinaus geleitet.

Als sich diese hinter ihm geschlossen hatte, wendete sich der Polizeibeamte wieder zu Adelen.

„Mein Fräulein! diese Cassete ist Ihr Eigenthum, nicht wahr?"

Nur mit gewaltsamer Anstrengung gelang es Adelen, sich soweit zu fassen, daß sie diese Frage zu beantworten vermochte.

„Ja, mein Herr! Sie und ihr Inhalt sind mein eigen."

„Sie werden genöthigt sein, diese Aussage bei Gericht zu wiederholen und zu beweisen!"

„Das werde ich. — Aber nun, mein Herr! darf ich wohl darauf rechnen, daß Sie meiner Bitte, mich allein zu lassen, willfahren werden!"

Der Beamte schaute einen Augenblick mit verlegenem Lächeln vor sich hin.

„Ich bin in der That zu bedauern, mein Fräulein, daß ich Ihrem Wunsche, höherer Rücksichten halber, nicht nachzukommen im Stande bin. Im Gegentheil, mein Fräulein, muß ich Sie ersuchen, uns zu folgen!"

Adele trat bei diesen Worten erstaunt einen Schritt zurück. Sie schaute den Sprechenden mit durchdringenden, forschenden Blicken an. Dieser zuckte mit nichtssagender Miene die Achseln.

„Wie, mein Herr! Ich soll Ihnen folgen, ich — der Polizei?"

„Wie ich zu sagen die Ehre hatte. Es geschieht dies nur behufs schleunigster Ermittelung der Thatsachen, welche diesem Einbruche zu Grunde liegen. Sie begreifen — — —"

Adele unterbrach ihn, indem sie heftig auf ihn zu trat.

„Sie wollen mich täuschen, Herr! Dies ist nicht der Grund. Und wenn ich mir überlege, daß Sie mit so viel Mannschaft in dem Momente schon zur Stelle waren, als ich nach Hülfe rief — — mein Himmel! wie konnte ich einen Augenblick glauben, daß dieser Hülferuf Sie herbeibrachte!"

„Nun denn, Fräulein! Sie haben Recht! Wir waren schon da, als Sie uns zu rufen beliebten. Das Verhängniß ist freundlich gegen Sie gesinnt; denn ohne jene Spezial-Mission, die mich in so guter Stunde zu Ihnen führte, wären Sie vielleicht verloren gewesen."

„Und welche Mission ist dies, mein Herr! wenn's beliebt?"

„Mein Auftrag ist, Fräulein Adele Duchatelet freundlichst zu ersuchen, mir in einen dort unten haltenden Wagen zu folgen, der Sie an jenen Ort bringen wird, wo Sie das Weitere vernehmen werden."

„Aber, mein Herr! Mit welchem Rechte unterfangen Sie sich — —"

„Entschuldigen Sie, mein Fräulein, hier ist der Verhaftsbefehl! Das genügt wohl, um Ihnen mein Recht an Ihre Person zu beweisen. — Und nun muß ich Sie ersuchen, sich möglichst zu eilen. Wir haben diese Nacht noch mehr zu thun!"

„Mein Herr! ich bestreite Ihnen das Recht, in ein Privathaus zu bringen und dort, auf eine vielleicht fingirte Ordre hin, nach Belieben zu schalten und zu walten, und über Person und Eigenthum zu verfügen. — Oder haben Sie vielleicht auch einen Befehl, meine Papiere, meine Gelder und Präziosen zu verhaften, weil diese Herren dort sich mit deren Fortschaffung bemühen?"

In der That hatten während diesen kurzen Unterhandlungen mehrere der Eingedrungenen die Schränke und Pulte eröffnet und Briefe, Papiere und Gelder zu jener den Dieben abgenommenen Cassette gefügt, und schickten sich nun an, sich damit zu entfernen.

„Ich wiederhole, mein Herr! ich werde gegen dieses gesetzlose und gewaltsame Verfahren Protest einlegen, und sollte ich damit bis in die Säle der National-Versammlung dringen!"

Ein heiseres Lachen tönte von des Beamten Lippen.

„Die National-Versammlung! ha, ha, mein Fräulein! Diese wird wohl am wenigsten in der Lage sein, Ihren Protest zu berücksichtigen! Uebrigens habe ich auch keine Lust, dies weiter zu thun. Wenn Sie mich nicht zwingen wollen, Gewalt zu ergreifen, so fügen Sie sich willig!"

Während dieser letzten Worte war von der Straße herauf ein lebhafter, laut und heftig geführter Wortwechsel vernehmlich geworden.

Der Beamte schritt unruhig gegen das Fenster, indem er seinen Untergebenen einen bedeutsamen Wink gab.

Diese näherten sich mit einer unmöglich mißzuverstehenden Miene Adelen. Nach einer kurzen Ueberlegung hatte diese ihren Entschluß gefaßt. Was konnte sie gegen die übermächtige, rohe Gewalt ausrichten! Was blieb ihr über, als sich in das Unvermeidliche zu fügen! Sie warf noch einen Blick auf all diese trauten Gegenstände ihrer Umgebung, auf all diese Zeugen glücklicher Stunden — dann schritt sie den Polizeibeamten voran der Thüre zu.

Der leitende Beamte hatte unterdessen seine Aufmerksamkeit dem sich immer mehr nähernden Lärme vor dem Hause zugewendet. Ein junger Offizier war in heftigem Streit mit zwei Stadtsergeanten gerathen, welche die von den Dieben eröffnete Thür besetzt hielten und ihm den Eintritt verwehrten. Er suchte sich jetzt mit dem Säbel in der Faust Bahn zu brechen, da Worte zu nichts fruchteten. Zu dieser tollkühnen Handlung wurde Bernard — dies ist der Offizier — dadurch bewogen, daß einzelne Sätze des Wortwechsels zwischen seiner Braut und dem Polizeibeamten durch das geöffnete Fenster herunterdrangen und ihm vernehmlich wurden, aus welchen er die dringende Gefahr Adelens erkannte,

In dem Augenblick, als Adele das Zimmer verließ, wurden ihre Schritte durch den gellenden Ruf Bernard's festgebannt: „Noch einen Augenblick harre aus, Adele! Ich bin hier, Dich zu retten!"

Ein Schrei der freudigen Ueberraschung entfuhr ihren Lippen. Ihre Züge verklärten sich. Aber nur einen Moment. Dann kehrten die düsteren Schatten noch vermehrt auf dasselbe zurück. Denn nun handelte es sich nicht mehr um sie allein. Auch ihr Geliebter war in Gefahr, und sein tollkühner Muth konnte ihn daraus — das fühlte sie wohl — unmöglich retten.

Sie eilte mit fliegenden Schritten die Treppe hinab, ihrem Geliebten entgegen. Dieser hatte sich durch die auf ihn eindringenden Schergen Platz gebahnt und war in den Hof gedrungen. In diesem war es zwar ziemlich dunkel, aber er konnte auf der entgegengesetzten Seite die Gestalt Adelens erkennen, welche durch einige Stadtsergeanten verhindert wurde, zu ihm zu gelangen. Wenige Schritte von dieser Gruppe hielt im Hofraum ein geschlossener Wagen, nach welchem hin Adele gedrängt wurde.

„Horace! Rette mich! Zu Hülfe!" Dieser von Adelen ausgestoßene Ruf drang markdurchschauernd durch Bernard's Seele.

Sein gerechter Zorn ebenso wie sein Verlangen, sie zu retten, wurden dadurch zur wilden Flamme angefacht, zur höchsten Potenz gesteigert. Er sah nicht mehr wohin er traf. Ohne Wahl fiel seine scharfe Klinge in die dichtgedrängten Körper seiner Gegner und bahnte sich eine blutige Straße.

Aber auch diese waren nicht müßig. Manch tüchtiger Schlag fiel auf ihn, aus mehr als einer Wunde blutete er, ohne daß er indessen darauf einige Rücksicht nahm. Nun drangen seine Gegner auch von rückwärts auf ihn ein. Im nächsten Augenblicke war er umringt, nach kurzem, heftigem Faustkampfe entwaffnet und zu Boden geworfen, und die Sieger warfen sich auf ihn, um ihm die Hände zu binden und einen Knebel in den Mund zu stopfen.

Adele mußte mit herzzerreißendem Jammer diesem Schauspiele zusehen, ohne daß es ihr möglich gewesen wäre, ihrem Geliebten zur Hülfe zu eilen. Von dieser jedenfalls zu keinem Resultate führenden Handlung wurde sie durch die Diener „napoleonischer Gerechtigkeit" abgehalten, welche den Schlag des Wagens geöffnet hatten und sie schonungslos und ohne auf ihr Geschlecht die mindeste Rücksicht zu nehmen, gegen denselben hinzerrten.

Der oberste Beamte, der die ganze Unternehmung geleitet, hatte unterdeß die Wohnung versperren und versiegeln lassen.

Nun trat er in den Hof, gerade in dem Augenblicke, als Adele in den Wagen gehoben und der Schlag hinter ihr geschlossen wurde.

Die Pferde zogen an, der Wagen setzte sich in Bewegung, und durch das Stampfen der Huftritte, durch das Rollen der Räder tönte von Adelens Lippen ein letzter, markdurchbohrender Ruf nach Horace.

Ein Lächeln spielte um des Beamten Lippen. Er war mit seiner „Arbeit" zufrieden. Nicht nur das Mädchen, auch ihr Geliebter ist in seiner Gewalt. Man kann nicht wissen, in wie fern dieser Umstand von Wichtigkeit ist. Eine Belobung, vielleicht ein Orden kann ihm kaum entgehen.

Während der Wagen durch den Haupteingang in der Rue des Rosiers das Haus verließ, wurde Bernard, gebunden, geknebelt und mißhandelt, von Stadtsergeanten umgeben durch die kleine Mauerpforte seinem Bestimmungsorte zugeführt.

Und die Nacht des zweiten Dezember breitete wieder ihre Ruhe, ihre Dunkelheit über diesen Schauplatz napoleonischer Gerechtigkeit. —

Viertes Kapitel.

Der Staatsstreich.

„Verblendet durch Eure Leidenschaften, wie der Stier durch das rothe Tuch, werdet Ihr mit gesenktem Kopf auf den ausgestreckten ruhigen Degen losrennen, der Euch erwartet."

Diese Worte, in einem Artikel Granier's aus Cassaignac vom 24. November 1851 enthalten, welcher die Ueberschrift trug: „Die beiden Dictaturen," und in welchem er mit schaamloser Dreistigkeit die National-Versammlung anzugreifen wagte: diese Worte hätte besagte Kammer etwas mehr berücksichtigen und beherzigen sollen.

Zwar ahnte jedes einzelne Mitglied der National-Versammlung, wie diese als Ganzes selbst, ein sie bedrohendes Ereigniß. Aber es war nicht genug Einigkeit, nicht genug Energie vorhanden, um zu gemeinschaftlichen, zur Erhaltung ihrer Rechte nothwendigen Schritten zu führen. Man sah die ziemlich offen betriebenen, verderbenschwangeren Vorbereitungen Louis Napoleon's, und dessenungeachtet konnte der Antrag des legitimistischen Volksrepräsentanten de Tinguy, welchen er in der Sitzung der National-Versammlung vom 28. November stellte, nicht zur Annahme gebracht werden.

Dieser Antrag lautete: „Im Falle, daß die Assembleé durch ein gewaltsames Ereigniß in der Ausübung ihres Mandats behindert wäre, sollen sich die Mitglieder der Generalräthe bei Strafe der verletzten Pflichttreue sofort an den Hauptorten der Departements versammeln, um mit den Civil- und Militär-Behörden, die unter derselben Strafandrohung ihre Mitwirkung zu leihen haben, einen Rath der öffentlichen Sicherheit zu bilden, dessen Pflicht sein wird, den gesetzlichen Widerstand zu organisiren und aufrecht zu erhalten, bis zur vollen Wiedereinsetzung der parlamentarischen Gewalt."

Wäre dieser Antrag angenommen worden, viel über Frankreich hereinbrechendes Urtheil wäre verhütet, viel Blut unvergossen, namenloses Leiden erspart worden.

Aber die sich widerstrebenden Parteien der Kammern arbeiteten Louis Napoleon's Plänen in die Hände. Nur ein kleiner Theil der Bergpartei hatte — wie wir gesehen — Muth genug, Nebenrücksichten aufzugeben, um sich zum Hauptzwecke mit Führern aus den verschiedensten Lagern zu vereinen und Louis Napoleon entschieden entgegenzutreten

Wir haben gesehen, daß ihr Plan mißlang. Die Meisten der Verschworenen waren in den Morgenstunden des zweiten Dezember bereits verhaftet. —

Ein trüber, nebliger Morgen war angebrochen. In den ersten Morgenstunden ist Paris nicht belebt. An diesem Morgen indessen war eine lebhafte Bewegung auf den Straßen und Plätzen unverkennbar vorhanden. Aber es waren Soldaten, nichts als Soldaten, welchen das Auge begegnete, deren Lärmen das Ohr belästigte.

Der Concordien-Platz über den Quai von Billy und bis an den Pont de la Concorde war von Cavalleriemassen besetzt. Die Infanterie erstreckte sich den Quai d'Orsay entlang bis zur Brücke von Jena, und auf der andern Seite der Seine am Tuilerien-Quai und in den Elyseischen Feldern bis zum Elysée.

Der Palast Bourbon, in welchem die National-Versammlung ihre Sitzungen hielt, war von Truppenmassen dicht umgeben. Sowohl vom Quai d'Orsay als von der Place de Bourgogne war der Zutritt zu diesem Gebäude vollständig abgesperrt. Das Sitzungsgebäude, in welches man durch die prachtvolle offene Colonnade vom Platze de Bourgogne aus und durch den großen Ehrenhof gelangt, war der Schauplatz einer wilden Verwüstung. Arbeiter waren beschäftigt, die Bänke desselben, die Sitze, welche die Abgeordneten bis jetzt eingenommen, die Rednertribüne, von welcher aus der Dichter Frankreich's, Lamartine, seine beredten, die Helden Cavaignac und Changarnier ihre feurigen Worte geschleudert hatten, alle Geräthschaften und Möbel, welche der National-Versammlung gedient, zu zerstören oder hinwegzuräumen.

Ebenso ungenirt und mit ebenso wenig Umständen räumt Louis Napoleon die Kammer selbst hinweg.

In jenen großen Verkehrspunkten von Paris, auf jenen Straßen und Plätzen, welche wie der Juli-Platz stets der Herd der Revolution gewesen, lagerten ebenfalls zahlreiche Truppen und erquickten sich einstweilen an Würsten, Wein und Branntwein, welch letzterer in besonders großen Quantitäten den ohnedies aufgeregten Soldaten verabreicht wurde. —

Allmählich erwachte die Bevölkerung. Der Arbeiter, der Commis, der Schreiber und der Bettler verließen ihre Betten, ihre Strohbündel oder die Schwellen der Paläste, die Wölbungen der Brückenbogen, welche ihre Nachtlager gebildet hatten.

An diesen vorbei, und schlaf- oder sinnestrunken wohl auch mit ihnen zusammenstoßend, kamen jene Leute, welche von Orgien, von den Schauplätzen wilder Gelage, aus den Spielhöllen und den Schlupfwinkeln des Lasters, der Corruption und des Verbrechens, der wohlverdienten Ruhe zutaumelten.

Alle diese hielten sich nicht mit großen Betrachtungen über die während weniger Stunden in Paris, in Frankreich vollbrachten Veränderungen auf, welche sich durch jene Truppenmassen, durch diese die Straßenecken bedeckenden Maueranschläge manifestiren.

Nur hie und da blieb Jemand stehen und sah mit Befremden die Entfaltung solch großer militärischer Macht, oder las eine jener Proklamationen. Es waren dieser drei: Ein kurzes Dekret, und „Aufruf an das Volk," ein solcher an die Soldaten, und alle drei zeichneten sich vor bis jetzt erschienenen ähnlichen durch den Mangel zweier Phrasen aus. Bis jetzt waren diese nämlich an ihrer Spitze mit den pomphaften Worten:

République Française.

Liberté, Egalité, Fraternité.

Au nom du peuple français.

geziert gewesen. Bei den heutigen Maueranschlägen begnügte sich der Prinz-Präsident mit der letzten Phrase, welche immerhin noch ironisch genug in den Augen dieses selben Volkes leuchtete, in dessen Namen er zu sprechen vorgab.

Das Dekret lautete wie folgt:

„Im Namen des französischen Volkes."

„Die National-Versammlung ist aufgelöst.

Die allgemeine Abstimmung ist wieder hergestellt. Das Gesetz vom 31. Mai ist aufgehoben.

Das französische Volk ist in seinen Wahlcollegien vom 14. Dezember bis zum 21. Dezember zusammenzuberufen.

Der Belagerungszustand ist im Umfange der ersten Militärdivision verhängt.

Der Staatsrath ist aufgelöst.

Der Minister des Innern ist mit dem Vollzuge dieses Dekretes beauftragt."

„Gegeben im Palais-Elysée, 2. Dezember 1851."

„Louis Napoleon Bonaparte.

Der Minister des Innern.

Morny."

Die Lesenden sahen sich betroffen an. Sie begriffen gar nicht, was
vorgefallen; sie begriffen auch nicht, was folgen sollte; aber sie begriffen,
daß sie gewisse Gedanken und Meinungen, die sich in ihrem Innern regten,
für sich behalten müßten; denn unfehlbar stand jedesmal hinter einer Gruppe
von auch nur zwei Personen eines jener Gespenster mit ungemein empfind-
samen Hörorganen und stets bereiten, behenden Fangarmen, welche der Pariser „Mouchard" zu nennen pflegt. —

Wer an dieser ersten Probe neu-napoleonischer Gesinnungstüchtigkeit,
an dieser ersten gedruckten Kundgebung der ränkevollen, macchiavellistischen
Politik des Kaiser-Neffen noch nicht genug und alle Lust zum Weiterlesen
noch nicht verloren hatte, der mochte sich an den weiteren Proklamationen
ergötzen, welche wir zum Verständnisse des Ganzen wörtlich folgen lassen
müssen.

Der Aufruf an das Volk lautete:

„Franzosen!"

„Die gegenwärtige Lage kann nicht länger fortwähren. Jeder dahin-
gehende Tag vergrößert die Gefahren für das Land. Die National-Versammlung, welche der Ordnung stärkste Stütze sein sollte, ist ein Krater
von Conspirationen geworden. Die Vaterlandsliebe von drei Hunderten
ihrer Mitglieder war nicht im Stande, ihre verderblichern Bestrebungen
zurückzuhalten. Statt Gesetze für das allgemeine Wohl zu entwerfen,
schmiedet sie die Waffen für einen Bürgerkrieg; sie vergreift sich gewaltsam
an der Macht, die ich unmittelbar von der Nation überkam; sie entflammt
alle schlimmen Leidenschaften; sie setzt Frankreich's Ruhe in Gefahr; ich
habe sie daher aufgelöst und rufe das Volk in seiner Gesammtheit zwischen
ihr und mir zum Richter auf."

„Die Verfassung ist, wie Euch bekannt, zu dem Zwecke ausgearbeitet
worden, die Macht von vornherein zu schwächen, die Ihr mir anzuvertrauen
im Begriffe waret. Sechs Millionen Stimmen waren eine glänzende Protestation gegen diese Verfassung, die ich dennoch treulich beobachtet habe.
Die Provokationen, die Verläumbungen, die Beleidigungen sogar haben
mich gleichmüthig gelassen. Aber dermalen, wo auch selbst der Grundvertrag
von Jenen nicht mehr beachtet wird, die fortwährend an denselben appelliren,

und wo mir jene Männer (die schon zwei Dynastien über den Haufen geworfen haben) die Hände binden wollen, um die Republik zu stürzen, ist es meine Schuldigkeit, ihre treulosen Entwürfe zu hintertreiben, die Republik aufrecht zu erhalten und dadurch das Land zu retten, daß ich das feierliche Urtheil des einzigen Oberherrn anrufe, den ich in Frankreich anerkenne: Das Urtheil des Volkes!" —

„Ich lasse daher eine gesetzliche Berufung an die gesammte Nation ergehen und sage Euch: Wenn Ihr diesen leidigen Zustand, der uns erniedrigt und unserer Zukunft gefährlich ist, fortdauern zu lassen geneigt seid, so wählt statt meiner einen Anderen; denn ich will eine Macht nicht länger behalten, die unzulänglich ist, das Gute zu bewirken, die mich für Thaten verantwortlich macht, welche ich nicht hindern kann, und die mich an's Steuer bindet, während ich das Schiff dem Verderben entgegeneilen sehe."

„Habt Ihr dagegen noch Zutrauen zu mir, so gebt mir die Hülfsmittel an die Hand, den hohen Auftrag zu erfüllen, der mir von Euch geworden ist: Dieser Auftrag besteht darin, die Epoche der Revolutionen zum Abschlusse zu bringen, indem man die gerechten Forderungen der Nation erfüllt und sie gegen die zerstörenden Leidenschaften schützt. Sie besteht vorzüglich darin, Einrichtungen zu treffen, welche die Menschen überdauern und endlich die Grundfesten bilden, über denen man etwas Bleibendes aufzubauen vermag."

„Ueberzeugt, daß der Unbestand der Macht, das entscheidende Uebergewicht einer bloßen National-Versammlung, die fortdauernden Grundursachen von Unruhen und Zwiespalt sind, unterlege ich Eurer Abstimmung folgende Grundlagen einer Verfassung, welche spätere National-Versammlungen ausarbeiten werden."

„1) Ein verantwortliches Oberhaupt, auf zehn Jahre ernannt."

„2) Minister, die nur von der ausübenden Macht abhängig sind."

„3) Einen Staatsrath, der aus den ausgezeichnetsten Männern gewählt ist, — welcher die Gesetze vorbereitet und die Discussionen über dieselben vor dem gesetzgebenden Körper leitet."

„4) Einen gesetzgebenden Körper, der die Gesetze untersucht und über dieselben endgültig abstimmt, und der durch allgemeine Abstimmung — ohne Wahllisten, welche die Wahlen blos fälschen — ernannt wird."

„5) Eine zweite National-Versammlung, hervorgegangen aus allen glänzenden Capacitäten des Landes, welche das Gleichgewicht der Gewalten herstellt und den Grundvertrag der öffentlichen Freiheiten bewahrt."

„Dieses System, welches der erste Consul beim Beginne des Jahrhunderts schuf, hat Frankreich schon einmal Ruhe und Wohlstand verliehen und wird ihm diese nochmals sichern."

„Dies ist meine innigste Ueberzeugung. Theilt Ihr sie, so erklärt es durch Eure Abstimmung. Zieht Ihr dagegen eine monarchische oder republikanische, kraftlose Regierung, die, ich weiß nicht, welcher Vergangenheit entlehnt oder auf welche imaginäre Zukunft gestützt ist, vor, so gebt eine verneinende Antwort.

„So werdet Ihr denn seit 1804 zum ersten Male mit Sachkenntniß abstimmen, da Ihr wißt, für wen und für was Ihr abstimmt."

„Wird mir Eure Stimmenmehrheit nicht zu Theil, so werde ich die Einberufung einer neuen National-Versammlung veranstalten und derselben das Mandat zurückgeben, das mir von Euch geworden ist."

„Glaubt Ihr aber, daß die Sache, deren Symbol mein Name ist, das heißt das durch die Revolution von 1789 regenerirte und durch den Kaiser neu organisirte Frankreich, noch immer die Eurige ist, so ruft es laut aus, indem Ihr die Vollmacht bestätiget, die ich von Euch begehre."

„Dann werden Frankreich und Europa vor Anarchie sichergestellt, die Hindernisse beseitigt, die Eifersüchteleien verschwunden sein, denn Alle werden in dem Beschlusse der Nation zugleich den Beschluß der Vorsehung achten."

„Gegeben im Palais-Elysée, 2. Dezember 1851."

„Louis Napoleon Bonaparte."

Was man auch von dieser Proklamation denken mag, man muß gestehen, daß sie mit einer auch den kleinsten Umstand wohl in Acht nehmenden Klugheit, mit einer das Vertrauen der großen Masse herausfordernden Zurschaustellung von Biederkeit, Ehrenhaftigkeit und aufrichtigem Willen, für des Volkes Wohlfahrt zu sorgen, abgefaßt; mit einem Worte, daß sie vollkommen darauf berechnet war, die Gemüther des Volkes für den Präsidenten zu gewinnen. —

Leuchtet denn nicht aus diesen phrasenreichen Zeilen die Unterwerfung unter den Willen des Volkes, die Anerkennung seiner National-Souveränetät blendend hervor? Wird nicht mit den gefährlichen Prinzipien von 1789 auf eine wahrhaft bethörende Weise kokettirt? Und wird nicht durch Verunglimpfung und Herabsetzung aller seit dem großen Kaiser — welchen Titel man indessen noch nicht auszusprechen wagte — bestehenden Regierungsformen, durch rücksichtsvolle Umschiffung aller gefährlichen Klippen, jene Verfassung vom Jahre VIII. dem Volke überzuckert und mundgerecht gemacht?

Denn diese selbe Verfassung vom achten Jahre der Republik, welche Sièyes und Bonaparte mit aller Schlauheit ausgearbeitet hatten, und welche nach dem Frieden von Amiens dem englischen Gesandten auf die Frage des ersten Consuls: „Nun, Herr Botschafter, was halten Sie von meiner Regierung?" die Antwort abnöthigte: „Was mir an Ihrer Regierung am meisten gefällt, ist Ihr Parlament, das nicht parlirt;" diese selbe Verfassung, die Frankreich abermals eine stumme Kammer giebt, ist es, die von dem Neffen scheinbar erweitert und mit kunstreichen Ventilationen versehen, jetzt dem Volke zur Annahme aufgenöthigt wird.

Ist in diesem Plakate dem Volke geschmeichelt, so wird in dem folgenden die Armee mit Geschick haranguirt! und nicht blos wird das Heer die „Elite der Nation" genannt, nicht nur werden demselben die glorreichen Erinnerungen Napoleonischen Angedenkens zurückgerufen, sondern es wird ihm auch der Stachel des in den Revolutionsjahren 1830 und 1848 verletzten Point d'Honneur tief in die Weichen gedrückt, und Rachegefühle gegen das Volk werden wachgerufen.

Dieses Plakat lautete:

Proklamation des Präsidenten der Republik an die Armee.

„Soldaten!"

„Seid stolz auf Eure Mission; Ihr werdet das Vaterland retten, denn ich zähle auf Euch, nicht um die Gesetze zu verletzen, sondern um dem obersten Landesgesetze, der National-Souveränetät, deren gesetzlicher Repräsentant ich bin, Achtung zu erwirken."

„Seit lange littet Ihr gleich mir durch die Hindernisse, welche sich sowohl dem Guten, das ich Euch erweisen wollte, als den Beweisen Eurer Sympathie für mich, entgegenstellten."

„Ich erlasse einen gesetzlichen Aufruf an die Nation und das Heer und sage ihnen: Entweder gebt mir die Mittel, Eure Wohlfahrt zu sichern, oder erwählt statt meiner einen Andern."

„Im Jahre 1830 und auch im Jahre 1848 hat man Euch als Ueberwundene behandelt. Nachdem man Eure heroische Uneigennützigkeit beschimpft hatte, verschmähte man es sogar, Eure Sympathien und Eure Wünsche einer Berathung zu würdigen, und Ihr seid dennoch die Elite der Nation. Heute, in diesem feierlichen Augenblicke, will ich, daß auch die Armee ihre Stimme vernehmen lasse."

„Stimmt daher frei als Bürger ab; aber als Soldaten vergeßt auch nicht, daß der leidende Gehorsam gegen die Anordnungen des Hauptes der Regierung die strenge Pflicht des Heeres, vom General an bis zum gemeinen Soldaten ist. Mir, der ich vor der Nation und der Nachwelt für meine Handlungen verantwortlich bin, steht es zu, jene Maßregeln zu ergreifen, welche mir für das allgemeine Beste unerläßlich scheinen."

„Was Euch betrifft, so werdet Ihr in den Vorschriften der Mannszucht und der Ehre unerschütterlich sein. Helft durch Eure achtunggebietende Haltung dazu, daß das Land seinen Willen mit Ruhe und Ueberlegung aussprechen könne. Macht Euch bereit, jeden Versuch gegen die freie Volkssouveränetät niederzuhalten.''

„Soldaten, ich rede nicht von den Erinnerungen, die mein Name bei Euch weckt. Sie stehen in Euren Herzen geschrieben. Wir sind verbunden durch unauflösliche Bande. Eure Geschichte ist auch die meinige; unter uns giebt es in der Vergangenheit Gemeinsamkeit des Ruhmes und des Unglückes; wir werden in Zukunft gemeinsamen Sinn und gemeinsamen Entschluß für Frankreichs Ruhe und Größe haben.'

Gegeben im Palais Elysée, 2. Dezember 1851.

Louis Napoleon Bonaparte.''

Die Aktenstücke sind ebenso bezeichnend für den napoleonischen Geist, wie für die Art und Weise, wie man das französische Volk kirre zu machen vermag. Sie enthalten in sich schon jene Grundgedanken, welchen das Kaiserreich, die Entfaltung seiner Machtstellung gegen Außen, die in Anspruch genommene Suprematie der „großen Nation'' und die später durch den Krieg in's Leben getretene Verwirklichung der „napoleonischen Traditionen'' ihre Entstehung verdanken.

Das Volk las und schwieg, schüttelte vielleicht, wenn es sich unbeobachtet wähnte, den Kopf, oder machte in der Tasche eine Faust — aber es ging ruhig seiner gewohnten Beschäftigung nach und beeilte höchstens seine Schritte, um aus der unheimlichen Atmosphäre der Straßen zu gelangen.

Als der Tag weiter vorgerückt war, verfügten sich nach und nach die Deputirten nach ihrem Sitzungssaale.

Man kann sich das Erstaunen der Nichtsahnenden denken, als sie den Zugang zu demselben von allen Seiten mit gewaltigen Militärmassen abgesperrt fanden.

Manche von ihnen kehrten allsogleich mit langen Gesichtern und zagenden Herzen in ihre Wohnungen zurück. Andere hielten Stand und erwarteten ihre Collegen, um mit diesen zu berathen. Einer der Herren, mit Namen Lagrange, suchte sich mit Gewalt Eingang in das ihnen widerrechtlich verschlossene Local zu erzwingen. Aber die vom Oberst Espinasse befehligten Soldaten, durch welche er sich den Weg bahnen wollte, drängten ihn mit Kolbenstößen zurück und verhafteten ihn schließlich, indem sie den anderen umstehenden Deputirten mit gleichem Schicksale drohten, falls sie sich nicht augenblicklich entfernten.

Einen Zugang indessen, eine kleine Pforte in dem Eisengitter, welches den Palast Bourbon gegen den Quai abschließt, neben der Statue Colbert's, hatte man, vielleicht absichtlich, offen gelassen. Durch ihn gelangten ungefähr sechzig Kammermitglieder, unter ihnen der Vorsitzende Dupin, in den Sitzungssaal.

Die stürmisch aufgeregte Versammlung schaarte sich um ihren Führer und forderte diesen auf, mit ihnen Maßregeln, die nun zu nehmen wären, zu berathen. Aber ehe dieser noch das Wort ergreifen konnte, trat klirrenden Schrittes, den gezogenen Degen in der Faust, Oberst Espinasse, von Soldaten gefolgt, in den Saal.

Der auf's Tiefste entrüstete Präsident Dupin schritt ihm entgegen und begann mit vor Zorn bebender Stimme:

„Ich habe das Gefühl des Rechtes und rede seine Sprache — —"

Aber ehe er weiter fortfahren konnte, machte ihn ein Befehl des Offiziers und das Klirren der Ladestöcke in den mit Geräusch zu Boden gestellten Gewehrläufen verstummen.

Der alte, tieferschütterte Mann, gegen den und dessen Collegen auf diese Weise die rohe Brutalität der Gewalt gerichtet wurde und der aus den finsteren Mienen Espinasse's und seiner Offiziere den vollen Ernst der Situation entnahm, wendete sich nun gegen die Deputirten, die zähneknirschend um ihn standen, mit den Worten:

„Meine Herren! Man entwickelt gegen uns den Apparat der Gewalt, und wir sind nicht die Stärkeren. Wir können nur protestiren, und ich protestire hiermit im Namen der Kammer gegen diese Verletzung des Rechts und der Verfassung. Ich rathe Ihnen wegzugehen, wie ich es thue, und habe die Ehre mich Ihnen zu empfehlen!"

Dupin ging. Aber die Mehrzahl der Abgeordneten verfügte sich laut murrend auf diejenigen Plätze, welche von den Arbeitern noch nicht zerstört worden waren, und nahm ihre Sitze ein. Sie suchten diese Arbeiter für sich zu gewinnen; aber ehe noch einer von ihnen eine kurze Ansprache hatte beenden können, wurden sie von den Soldaten mit Bajonnetstößen und Kolbenschlägen von den Sitzen vertrieben, auf die roheste Weise mißhandelt und theils verhaftet, theils aus dem Saale gejagt.

Zur selben Stunde, während auch auf der Straße noch viele Deputirte, bekannte Clubredner und andere hervorragende Persönlichkeiten verhaftet wurden, hatten sich einige zwanzig Abgeordnete des Berges unter dem Vorsitze Cremieux' in dessen Wohnung versammelt. Diese wurden nun umzingelt, die rohen, zum Theile berauschten Soldaten drangen ein, und ohne daß die Versammelten einen doch vergeblichen Widerstand auch nur versucht hätten, wurden sie dennoch unter lästerlichen Flüchen und Verwünschungen mißhandelt, gebunden und in's Gefängniß abgeführt.

Paris hatte unterdessen einen immer düsterern Charakter angenommen. Eine bange Unruhe hatte sich aller Gemüther bemächtigt. Die Arbeiter zwar in ihren Ateliers schienen sich um das Vorgefallene nicht sehr zu kümmern. Man diskutirte über die Ereignisse, man sah gespannt und neugierig neuen Nachrichten entgegen, man berieth wohl auch hin und wieder, ob und in welcher Weise man sich an der Sache betheiligen solle: aber es fehlte der rechte Impuls, es fehlten die Führer, und nachdem sie zwanzigmal umsonst ihr Leben gewagt, umsonst ihr Blut vergossen hatten bei geringeren Anlässen und für unwichtigere Dinge, schienen die Ouvriers diesmal der Provokation der Regierung nicht Folge geben zu wollen.

Und doch wäre ein bedeutender Aufstand gerade jetzt eben dieser Regierung so erwünscht gewesen, die ja seit lange schon alle Hülfsmittel bereit, alle Vorkehrungen getroffen hatte, um ihn siegreich unterdrücken zu können!

In den besseren Kreisen der Gesellschaft hingegen, in den besitzenden Klassen, in den Lagern der Legitimisten, der Orleanisten und jener Republikaner, die es nicht aus Noth und Armuth, aus schnödem Eigennutze oder verbrecherischen Machtgelüsten waren, mit einem Worte, in dem besseren Theile der Pariser Bevölkerung gährte es gewaltig, und jede entfliehende Stunde fügte neue Gründe gerechter Unzufriedenheit, neue Elemente eines sich vorbereitenden Aufstandes hinzu.

Die Abgeordneten der Mehrheit irrten ruhelos, überall abgewiesen, wo sie sich festsetzen wollten, umher. Das in Belagerungszustand versetzte Paris konnte ihnen keinen Punkt gewähren, von dem aus sie die Welt in Bewegung hätten setzen können.

Erst gegen Mittag wurde ihnen das Gebäude der Mairie des zehnten Bezirkes angeboten. Dort versammelten sich denn nach und nach 232 Abgeordnete der verschiedensten Fraktionen. Da man nicht viel Zeit zu verlieren hatte, so hielt man sich nicht mit Berathungen auf, sondern faßte alsogleich Beschlüsse.

Ludwig Bonaparte wurde abgesetzt und mit seinen Mitschuldigen dem Staatsgerichtshofe überwiesen. Die Kammer übernahm zugleich die vollziehende Gewalt. Alle Offiziere und Beamten, welchen Rang sie auch immer bekleiden mochten, wurden angewiesen, den Anordnungen dieser Kammer bei Strafe des Hochverrathes unbedingten Gehorsam zu leisten.

Diese einmüthigen Beschlüsse der Kammer wären vielleicht gestern oder vorgestern noch an der Zeit gewesen. Heute kamen sie zu spät. Die

Die trockene Guillotine.

Einigkeit und Energie hatte sich sonach in der National-Versammlung erst dann geltend gemacht, als diese Kammer faktisch schon nicht mehr existirte.

Ferner wurde beschlossen, General Oudinot, den ersten Befehlshaber der Expedition gegen Rom, zum Oberbefehlshaber der Truppen und der Nationalgarde, Oberst Tamisier zu seinem Generalstabs-Chef zu ernennen; aber als diese Herren ihre Posten einzunehmen, den Saal verlassen wollten, sahen sie sich durch die alle Treppen besetzt haltenden Soldaten an ihrem Vorhaben verhindert.

Die Offiziere dieser Truppen traten in den Saal und forderten die Abgeordneten auf, sofort auseinanderzugehen.

Diesem Befehle wurde jedoch, auch als er nochmals wiederholt worden, keine Folge geleistet, bis gegen drei Uhr aus dem Ministerium des Innern Befehle an den Truppenkommandanten eintrafen, der Sache rasch und entschieden ein Ende zu machen.

Nun trat ein Polizeikommissär mit einem Gefolge von Offizieren und Soldaten in den Saal.

Der Befehl an die Versammlung, auseinanderzugehen, wurde mit lauter Stimme vorgelesen. Das Accompagnement zu diesen Worten bildete das Rasseln der Kanonen, welche vor dem Gebäude aufgefahren wurden.

Die Versammlung berief sich auf die Verfassung und die Rechte der Kammer; allein all diesen Reklamationen wurde die einzige Antwort zu Theil:

„Wir haben Befehl!"

Die Abgeordneten beriethen noch einmal, was zu thun. Sie beschlossen, nur der Gewalt zu weichen, und theilten diesen Beschluß dem Polizeikommissär mit. Die Thörichten! Sie glaubten, daß man ihre Personen achten werde, nachdem die Verfassung, auf welcher ihre Unverletzlichkeit beruhte, vernichtet worden war!

Diese schöne Illusion sollte nur kurze Zeit währen. Der Polizeikommissär trat auf jenen Abgeordneten zu, der ihm den Beschluß der Kammer mitgetheilt hatte. Er faßte den Rockkragen desselben mit der Faust und sagte, mit bezeichnender Geberde auf die Soldaten weisend:

„Sie werden nicht wollen, daß die Gewalt weiter gehe!"

Solchen Argumenten war allerdings nichts entgegenzusetzen. Die Deputirten fügten sich in das Unvermeidliche. Sie wurden in den Hof und von diesem zwischen zwei Reihen Liniensoldaten in die nächste Kaserne geführt. Dort wurden sie bis zum hereinbrechenden Abend in Verwahrsam gehalten. In der Nacht fuhren Zellenwagen vor und führten die Repräsentanten des Landes nach dem Mont Valerien.*)

Ebenso wie diese wurden auch alle anderen Versammlungen von Deputirten, wo immer deren in größerer oder geringerer Anzahl tagen mochten, alle Clubs, alle Vereine gesprengt oder aufgelöst.

Alle Journale, mit Ausnahme der bonapartistischen, waren suspendirt worden. In den Druckereien, in den Redaktionszimmern, besonders von Siècle, Presse und République, waren Truppen postirt, um jene Pressen, welche nicht zerstört worden, zu überwachen.

Endlich, gegen Abend, war auch der Staatsgerichtshof aufgelöst worden, und somit jede gesetzliche Korporation, die gegen das gesetzlose Treiben des Prinz-Präsidenten Einsprache hätte erheben können, vernichtet.

Dessenungeachtet hatte man Gelegenheit gefunden, jene Beschlüsse, welche in der Versammlung der 232 Deputirten in der Mairie des zehnten Bezirkes gefaßt worden, sowie andere, die vom Widerstands-Ausschusse ausgegangen waren, drucken und unter das Volk vertheilen zu lassen.

In unzähligen Exemplaren circulirten gegen Abend diese Proklamationen, welche folgendermaßen lauteten:

„Urtheil des hohen Gerichtshofes.

„Kraft des Artikels 68. der Verfassung erklärt der hohe Gerichtshof: „Louis Napoleon Bonaparte des Hochverrathes angeklagt.

„Berufe derselbe das hohe National-Geschworengericht zusammen, um „ohne Aufschub zum Urtheile zu schreiten, und beauftragt den Rath Renouard „mit den Verrichtungen des Staatsanwaltes bei dem hohen Hofe.

„Signirt: Hardouin, Präsident. Delapalme, Bataille, Moreau (von der Seine), Cauchy — Richter.

„Erlassen zu Paris, 2. Dezember 1851."

Eine zweite Proklamation hatte folgenden Inhalt:

„Louis Napoleon ist ein Verräther.

„Er hat die Verfassung verletzt und ist außer dem Gesetz erklärt.

---

*) Ueber das fernere Schicksal dieser Deputirten führen wir Folgendes an: „Man entledigte sich ihrer später auf eine sehr eigenthümliche Art. Die Gefangenen wollten von Freilassung nichts wissen; die Sieger ihrerseits wollten ihnen die Ehre eines Martyriums nicht gönnen. So entschloß man sich kurz. Man setzte sie auf Wagen und führte sie in's freie Feld. Sie wollten nicht aussteigen. Da kündigte man ihnen einfach an, daß man die Pferde ausspannen und die Wagen stehen lassen werde. Dies half. Um nicht lächerlich zu werden, stiegen sie aus und gingen fort. Zu Hause angelangt, fanden sie, daß Alles bereits zu Ende war." (Veron.)

7*

„Die republikanischen Repräsentanten erinnern das Volk und die Armee „an den Artikel 68. und den folgendermaßen abgefaßten Artikel 110.: Die „constituirende National-Versammlung vertraut die Vertheidigung der gegen- „wärtigen Verfassung und der Rechte, welche sie bestätigte, dem Schutze und „der Vaterlandsliebe aller Franzosen an.

„Das Volk ist von nun an im Besitze des allgemeinen Stimmrechtes, „es bedarf keines Prinzen, um ihm dasselbe wiederzugeben; es wird den „Rebellen züchtigen.

„Möge das Volk seine Pflicht thun!

„Die republikanischen Repräsentanten werden an seiner Spitze mar- „schiren."

Folgen die Unterzeichnungen.

Dieser Aufruf hatte den Zweck, das Volk von Paris zu den Waffen zu rufen. Vier Deputirte wurden durch das Loos bestimmt, sich mit dem nächsten Tagesanbruche an die Spitze der Bewegung zu stellen und den Kampf zu leiten. Diese waren: Schölcher, Baudin, Madier de Montjeau und Esquiros. Sie sollten im Hauptquartiere der Volks-Repräsentanten, im Faubourg Saint-Antoine, das erste Zeichen zur Empörung geben und dort mit dem Baue der Barrikaden beginnen.

Von dem Widerstands-Ausschuß, der sich bei Tortoni versammelte und dessen Präsident Victor Hugo war, wurde endlich folgender Aufruf erlassen:

„An das Volk!

„Die Verfassung ist dem Schutze und der Vaterlandsliebe der franzö- „sischen Bürger anvertraut.

„Louis Napoleon ist außer dem Gesetz erklärt.

„Der Belagerungszustand ist aufgehoben.

„Das allgemeine Stimmrecht ist wieder hergestellt.

„Es lebe die Republik!

„Zu den Waffen!

Für die vereinigte Bergpartei:
Der Repräsentant Victor Hugo."

Durch diese Vorgänge, durch diese Proklamationen wuchs die Auf- regung in einem bedenklichen Grade. Das Volk fing allmählich an, an den Ereignissen Theil zu nehmen.

In demselben Grade wuchs auch die Aufregung der Truppen. Nur waren hier die bewegenden Ursachen nicht Patriotismus, nicht Freiheits- liebe, nicht Begeisterung für irgend ein Ideal, sondern: der reichlich ver- theilte Branntwein.

Während Paris auf diese Art vom frühen Morgen bis zum Abende in sich steigernder Bewegung erhalten wurde, hatte Herr Louis Napoleon sich erst in später Stunde von seinem Lager erhoben, das er mit einbrechender Morgendämmerung aufgesucht hatte.

Im Vorgemache warteten bereits Graf Morny, der General Saint-Arnaud, der Polizeipräfekt Maupas und ein unbekannter, einfach und etwas fremdländisch gekleideter Mann von mittleren Jahren, gebräunter Gesichtsfarbe, scharf geschnittenen, südländischen Zügen und kohlschwarzem Haar und Barte.

Man konnte füglich etwas erstaunt sein, diesen Mann von nichts weniger als Vertrauen erweckendem Aeußern hier in nächster Nähe des Prinz-Präsidenten zu sehen, zu einer Stunde zumal, wo nur die Allervertrautesten Zutritt erlangen konnten.

Aber Graf Morny selbst hatte ihn mit sich gebracht und unterhielt sich auch jetzt vertraulich mit ihm, so daß er nicht einmal sich die Zeit nahm, aus Herrn Maupas' Dose zu schnupfen, oder diesen um den Erfolg seiner für ihn ausgeführten Unternehmung zu befragen. Nur einen flüchtigen, aber ausdrucksvollen Blick wechselten sie miteinander. Sie hatten sich verstanden, die Ehrenmänner, und ein Faunenlächeln flog über Morny's Lippen.

Saint-Arnaud war der Erste, welcher von Herrn Mocquart in des Gebieters Zimmer gerufen wurde.

In dem Momente, als dieser General eintrat, verschwand durch eine Tapetenthür eine reizende, niedliche, schwarzlockige Mädchengestalt.

Louis Napoleon kam Saint-Arnaud freundlich, aber mit mattem Blicke und müden Schrittes entgegen.

„Ah, mein lieber General! Wie steht's in Paris?"

„Alles ruhig, Monseigneur!"

„Hm — mir wäre lieber, wenn Sie mir das Gegentheil berichteten. Ohne Kampf keinen Sieg, und ohne Sieg, ohne faktischen, blutigen Sieg keine Dauer der Verhältnisse!"

„Monseigneur, das Volk ist noch zu verblüfft über die Neuheit seiner Lage. Lassen Sie noch vierundzwanzig Stunden vergehen, und — ich bürge mit meinem Kopfe dafür — man beginnt zu murren; in weiteren vierundzwanzig Stunden ist die Revolution fertig, und dann — —"

„Und dann werden meine braven Truppen ihre Schuldigkeit thun?"

„Monseigneur können sich darauf verlassen. Für die Armee von Paris, welche Sie mir anvertrauten, garantire ich."

„Schön, mein General! Ihre Dienste sollen nicht unbelohnt bleiben.

Ich weiß, Sie sind durch Ihre Aufopferung für die gute Sache in etwas mißliche Verhältnisse gerathen. Bauen Sie auf mich — welcher Art diese auch seien, ich werde sie ordnen. Diesen Morgen schon habe ich Ihnen eine Summe von 500,000 Francs zur Verfügung stellen lassen."

„Oh, Monseigneur! Ihre Güte — —"

„Genug, mein Herr! Es wird Ihnen diese Tage über hoffentlich nicht an Gelegenheit mangeln, Ihre Dankbarkeit durch die That zu beweisen!"

Saint-Arnaud verbeugte sich und verließ langsam und gesenkten Hauptes das Zimmer. Vielleicht schämte er sich, daß er seine Dienste, ein ächter Miethling, dem Meistbietenden verkaufte. Aber Louis Napoleon hatte Recht. Nicht nur seine Vermögensverhältnisse waren auf das Aeußerste derangirt, sondern es drohte ihm auch eine im höchsten Grade kompromittirende Untersuchung beim Gerichte in Oran, der er nur dadurch hatte entgehen können, daß er die Stelle des Kriegsministers angenommen. Nun war er ein willenloses Werkzeug in den Händen des Präsidenten. Louis Napoleon weiß seine Helfer zu suchen und an sich zu fesseln.

Als Saint-Arnaud das Gemach verlassen hatte, schaute ihm der Prinz-Präsident verächtlich lächelnd nach.

„Diese ausgedörrte Gestalt wird ohnedies nicht mehr lange leben. Ich brauche nicht zu fürchten, daß er mich einst kompromittire. Der gute Mann hat zu schnell und leidenschaftlich gelebt" — bei diesen Worten durchschauerte Napoleon selbst ein eigenthümlich bangendes Gefühl, und er schaute erbleichend seine verstörten Gesichtszüge im gegenüberhängenden Spiegel — „Ihm — man sollte eigentlich seine Kräfte sparen. — Aber Geld wird mir dieser Saint-Arnaud noch kosten, viel Geld! Immerhin — ich werb's ja leicht zahlen können."

Mit einem ironischen Lächeln trat er nach diesen vor sich hingemurmelten Worten an den Tisch und ergriff die dort stehende Glocke.

„Graf Morny möge eintreten!"

Nach einigen Augenblicken erschien dieser; hinter ihm die Gestalt des Fremden.

Napoleon zuckte bei dessen Anblick heftig zusammen; er griff instinktmäßig nach einer auf seiner Brust verborgenen Waffe. Aber sogleich hatte er sich wieder gefaßt und winkte mit freundlicher Miene Morny zu sich heran, der seines Gebieters Willen auch alsogleich befolgte.

Der düstere, schwarze Fremdling blieb mit übereinandergeschlagenen Armen am Eingange des Zimmers stehen, seine dunklen Augen starr und brennend auf die beiden Sprechenden gerichtet.

Napoleon zog den Grafen in eine entferntere Fensternische.

„Wen bringen Sie mir da?" herrschte der Prinz seinem Günstling mit leiser, aber unfreundlicher Stimme zu.

„Der Mann kommt von London, mit jenem geheimen Zeichen sich bei mir einführend, welches mich zwang, ihn zu Monseigneur zu geleiten. Er überbrachte diesen Brief an Sie."

Mit einer tiefen Verbeugung übergab Morny dem Präsidenten ein großes versiegeltes Schreiben. Dann zog er sich von diesem zurück, der dasselbe erbrochen hatte und gierigen Blickes die Zeilen verschlang.

Eine Pause von mehreren Minuten trat ein.

Louis Napoleon trat nun in die Mitte des Gemaches. Er winkte den Fremdling zu sich heran.

Stolz und gemessenen Schrittes, gleich einem altrömischen Senator, kam dieser auf Napoleon zu. Ruhig blieb er vor ihm stehen und erwartete dessen Anrede.

„Sie kommen aus London, Herr!"

„Ja!"

„Sie sind mir dringend von einer Seite empfohlen, welcher ich gern einen Einfluß auf mich zuerkenne. — Außerdem, ich gestehe es, kommt es mir vor, als hätte ich Sie schon irgendwo einmal gesehen!"

Ein Lächeln spielte um die Lippen des Fremdlings.

„Ah, also erinnern Sie sich meiner doch noch einigermaßen, Prinz!" sagte er mit fremdem Accente. „Es ist allerdings lange her, seit Sie als Mitglied in die Carbonaria getreten sind."

Bei diesen Worten zuckte der Prinz-Präsident abermals zusammen, und sich den kalten Schweiß von der Stirn wischend, bedeutete er Morny, sich etwas zurückzuziehen.

„Sprechen Sie leiser, Herr! wenn ich Sie darum ersuchen darf."

„Und warum? Darf man die Wahrheit nicht laut verkünden? Aber freilich, die Zeiten haben sich verändert. Monseigneur haben wohl längst der Carbonaria, längst der beschworenen Zwecke derselben, längst auch des 19. März 1831 vergessen, wo es mir vergönnt war, Sie und Ihren Bruder aus Bologna und vor der österreichischen Armee zu retten, deren Kommandant, falls wir in seine Hände gefallen, Monseigneur, Ihrer hohen Geburt unerachtet, wahrscheinlich ebenso gut hätte erschießen lassen, wie Ihren unterthänigen Diener."

Napoleon hatte mit zuckenden Lippen dem Sprecher zugehört. Die Ader an seiner Stirn war hoch aufgeschwollen, und seine Augen leuchteten. Aber er bezwang augenscheinlich mit großer Mühe seine innere Bewegung und wendete sich ruhig und freundlich an den Fremden.

„Ich bin wahrlich erfreut, meinen Lebensretter wiederzusehen, und bitte mich zu entschuldigen, wenn ich Sie nicht im ersten Augenblicke wieder erkannte. Aber, wie Sie ganz richtig erwähnten, es ist seitdem eine lange Zeit verflossen, eine große Reihe von Jahren — die indessen in meinen Gefühlen und Gesinnungen nichts zu ändern vermochten."

„Desto besser, Prinz! Unsere Gesellschaft und deren Comité in London warten des Augenblickes, wo Sie Ihr gegebenes Wort einlösen, Ihre Versprechungen halten werden. Man hat mich beauftragt, Monseigneur an diese zu erinnern, sowie an die Dienste, welche wir Ihnen bis jetzt geleistet, welche wir Ihnen noch länger leisten werden, falls Sie Ihrer beschworenen Pflicht nachkommen werden. — Graf Orsini, welcher mich ganz besonders — — — —"

Louis Napoleon unterbrach den Sprecher.

„Ich weiß, was Sie mir sagen wollen. Ich muß Ihnen indeß bemerken, daß ich gerade heute keine Zeit habe, weitläufige Erörterungen anzuhören!"

„Gerade heute aber kann unsere Partei Ihnen abermals nützlich sein, sofern Sie unsere Hülfe durch ein schriftliches, bindendes Versprechen erwidern!"

Ein eigenthümlicher, seltsamer Ausdruck flammte über Napoleon's Züge. Er schien einen Augenblick in Gedanken versunken, während er den Fremden starr anschaute. Dann athmete er tief auf und sagte mit freundlicher Stimme:

„Sie haben Recht, Herr! Es ist heute der geeignete Augenblick, um unsere Versprechen gegenseitig zu erneuern. Kommen Sie mit mir in dieses Kabinet! Sie, Morny, warten hier auf mich!"

Mit diesen Worten schritt der Prinz-Präsident dem Fremdling voran in das Nebengemach. Die Thür schloß sich hinter ihnen, und selbst das geübteste Ohr konnte dann nur noch ein leises Flüstern vernehmen.

Nie hat bis jetzt ein Mensch erfahren, was in diesem Zimmer verhandelt wurde. Ueber eine Stunde blieb die Thür geschlossen. Als sie endlich nach Verlauf dieser Zeit wieder geöffnet wurde und die beiden Männer das äußere Gemach betraten, lag auf Beider Zügen ein Ausdruck großer Befriedigung.

Louis Napoleon übergab seinen Begleiter dem Grafen Morny, welcher sich mit ihm nach einem herzlichen Abschiede zwischen dem Prinzen und dem Fremden zurückzog.

Kaum aber hatte sich die Thür hinter den Beiden geschlossen, als das freundliche Lächeln von Napoleon's Lippen verschwand und einem Ausdrucke eiserner, seelenloser Kälte Platz machte.

Seine Augenbrauen zogen sich zusammen, und eine düstere Falte lagerte auf seiner Stirn.

Er ließ den Polizei-Präfekten Maupas zu sich entbieten.

Dieser trat ein.

„Haben Sie sich den Mann wohl angesehen, der so eben mit Morny das Zimmer verließ?"

„Ja, genau, Monseigneur!"

„Nun gut! Dieser Mann kann mir jetzt von großem Nutzen sein. Er ist staatsgefährlich — aber ich brauche ihn. Verstehen Sie mich wohl! In fünf Tagen wird dieser Mann Paris verlassen, um nach London zurückzukehren. Er darf London nie erreichen!!! — — — verstanden? — — —

Diese mit eisiger Ruhe, Silbe für Silbe ausgesprochenen Worte schienen nicht aus dem Munde eines Sterblichen zu kommen. Das Schicksal selbst schien sie zu sprechen, so bestimmt, so unwiderruflich klangen sie.

Und Maupas begriff auch, daß das Schicksal des Carbonari unwiderruflich beschlossen sei. Er verbeugte sich, ohne eine Silbe zu erwidern; nur eine kleine Notiz machte er sich in seinem Taschenbuch.

„Dieser Mann" — fuhr Napoleon fort — „hat Dokumente und Briefe bei sich, die ich unter allen Umständen haben muß, und zwar bald; — freilich wird er sie gutwillig nicht herausgeben, aber — es ist Ihre Sache, Hindernisse zu beseitigen, um meinen Zweck zu erreichen. Nächstdem werden Sie mir durch Ueberbringung der Dokumente den Beweis liefern, daß der Mann unschädlich geworden ist."

Diese letzten Worte hatte Napoleon mit höhnischem Lachen begleitet. Dann wendete er sich rasch mit einer entlassenden Handbewegung von Maupas ab und rief seinen Kammerdiener.

„Mein Pferd! — ich will meine Truppen inspiziren!"

Und wenige Augenblicke später galoppirte er auf dem feurigsten Pferde seines Marstalls zum großen Thore des Elysée's hinaus, vor welchem die aufmarschirten Truppen ihn mit lautem jubelnden Zurufe empfingen.

Sein Ritt glich einem Triumphzuge. Ueberall wurde er von dem Militär mit erschütterndem Jubelrufe empfangen. Auf der Place de la Concorde begnügte man sich sogar nicht mehr mit dem üblichen Rufe. Man begrüßte den „Retter der Gesellschaft" mit enthusiastischem: „Vive Napoléon!" „Vive l'Empereur!"

Er ritt weiter durch den Tuileriengarten über die Carroufel-Brücke auf's linke Seine-Ufer und an den Quais fort. Der Empfang war überall von Seiten des Militärs gleich. Aber die Menge des Volkes, die besseren Klassen insbesondere, blieben ruhig. Kein Ruf tönte aus diesen Reihen.

Endlich kehrte Napoleon ziemlich befriedigt in das Elysée zurück.

Er hatte seine imposanten Truppenmassen in bester Ordnung gefunden. Man hatte ihm während des Rittes einige der gegen ihn geschleuderten Anklageschriften gezeigt. Er konnte also auf eine Revolution, auf ein Gemetzel, auf einen blutigen Sieg hoffen. Das war Alles, was er verlangte. —

Fünftes Kapitel.
In der Gewalt des Verführers.

In einer Seitenstraße der Elyseeischen Felder gegen die Vorstadt St. Honoré zu, vor einem von Gärten umgebenen und durch Gebüsche und Bäume fast verdeckten, elegart aussehenden Gebäude hielt in früher Morgenstunde ein dicht verschlossener Wagen, auf dessen Kutschsitze neben dem Pferdelenker eine in schwarze, festzugeknöpfte Kleider gehüllte, lange Gestalt thronte.

Dieser Wagen war im scharfen Trabe von der Seite der inneren Stadt herkommend durch die Rue St. Honoré gefahren.

Obgleich der Nebel sich verdichtet hatte und in einen feinen durchbringenden Regen überging, den ein scharfer, schneidender Wind mit dem Gefühle eisiger Nadeln gegen die Haut von Menschen und Pferden trieb, fuhr der Wagen doch langsam und jedes Geräusch vermeidend, als er die Nebenstraße erreicht hatte, und schien sich nicht zu beeilen, ein schützendes Obdach zu erreichen.

Vor dem zierlichen Gitter, das besagten Garten von der Straße trennte, hielten die Pferde an. Eine, jener auf dem Kutschsitze gleichende, Gestalt war von dem hinteren Tritte gesprungen und hatte den Griff des Glockendrahtes erfaßt, der von der Straße zu dem Hause führte.

Fünf Minuten vergingen, ehe sich im Hause Leben zeigte.

Während dieser Zeit blieb im Wagen Alles stille. Er konnte Todte beherbergen, solche Ruhe war in seinem Innern.

Jetzt näherten sich durch den Garten eilige Tritte. Das große Thor inmitten des Eisengitters wurde geöffnet. Der Wagen fuhr durch dasselbe.

Die Thüre schloß sich wieder. Aber all dies geschah mit möglichster Vermeidung jeglichen Lärmes.

Nun hatte der Wagen, über den Kiesweg des Gartens rollend, die Veranda erreicht, welche von schön kannelirten, ionischen Säulen getragen, auf beiden Seiten eine Auffahrt bietend, sich vor dem Gebäude befand. Ein alter Diener in schlichter, schwarzer Kleidung wartete dort der Ankommenden. Das Haus selbst schien ausgestorben. Kein Geräusch ließ sich vernehmen, kein Lichtstrahl fiel durch die großen Fenster, durch das geöffnete Portal.

Der Mann auf dem Kutschsitze sprang herab und öffnete die Thüre des Wagens.

Zwei Männer in der Uniform der Polizei-Kommissäre stiegen aus und hoben nun eine weibliche Gestalt aus dem Wagen.

Dieser Frau, welche zitternd und bebend keine Versuche machte, sich solchem Verfahren zu widersetzen, waren mit einem weißen Tuche die Augen verbunden, während ein anderes Tuch sich fest um ihren Mund schlang.

Die Hände der Unglücklichen, welche in ihrem leichten Kleide und ohne jeglichen anderen Schutz den Unbilden der Witterung im vollsten Grade ausgesetzt war, wurden von jenen, mit ihr aus dem Wagen gestiegenen Männern gehalten, die sie nun durch das offene Portal in das Innere des Hauses führten.

Wir brauchen kaum zu sagen, daß diese Bedauernswerthe Adele Duchatelet ist.

Die Männer, die Adele führten, schienen gut Bescheid in diesem Hause zu wissen. Denn ohne zu fragen, ohne ihre Schritte anzuhalten, folgten sie durch den dunklen Raum dem voranschreitenden Diener. Jetzt schritten sie eine Treppe hinauf, von deren oberem Theil ein schwacher Lichtschimmer herniederfiel. Sie erreichten einen von einer Lampe spärlich erhellten Corridor. Nach einigen Schritten hielten sie an. Der Diener öffnete eine Thür. Sie traten in ein hell, fast blendend erleuchtetes Gemach, so daß der starke Lichtschimmer selbst durch die Binde hindurch Adelens an das Dunkel bereits gewöhnte Augen schmerzte.

Hier verließen die Männer Adele, nachdem sie dieselbe zu einem Ruhebette geführt hatten.

Der Diener verriegelte hinter den sich Entfernenden die Thüre des Zimmers und folgte diesen dann die Treppe hinab.

Einer der Polizeibeamten redete den alten Diener an.

„Wollen Sie so gefällig sein, mir eine Quittung über die richtige Ablieferung der Person auszustellen?"

„Gewiß! Ich bitte einen Augenblick einzutreten,“ entgegnete der Gefragte, indem er die Thür eines Parterrezimmers öffnete und den Polizisten voranschritt.

„Machen Sie sich's bequem, meine Herren! Ein Glas Punsch wird in solch rauher Nacht wohl nicht schaden. Sie sehen, ich habe Ihre Ankunft schon erwartet. Dort dampft bereits das süße Gebräu. Bedienen Sie sich, währenddeß ich die verlangte Quittung schreibe.“

Während jene nun tranken und dieser schrieb, setzten sie ihr Gespräch fort, welches zeigte, daß diese drei würdigen Herren auf einem sehr vertrauten Fuße miteinander standen und offenbar schon viel derartige Geschäfte abgeschlossen hatten.

Die Polizeibeamten schienen in die Geheimnisse dieses Hauses vollkommen eingeweiht und diese Geheimnisse der Art zu sein, daß Männer von Ehre sich nicht daran betheiligt, nicht damit befaßt hätten.

Das Haus gehörte dem Grafen M.... Es war indessen nicht seine eigentliche Wohnung. Es war sein Absteigequartier, der verschwiegene Ort seiner Mußestunden, sein Hirschpark, sein Serail.

In diesem Hause gab es Gelasse und Gemächer, mit dem übertriebensten Luxus eingerichtet, für die raffinirtesten Genüsse. Da waren jene Speisesäle, in welchen der Graf mit seinen Genossen abscheuliche Orgien feierte. Da waren zur Seite jene kleinen, abgesonderten Kabinete, jene Tempel der Wollust, deren jegliche Spiegelscheibe, hätte sie Sprache gehabt, die entsetzlichsten Scenen hätte erzählen können. Da waren die nach türkischer Sitte eingerichteten Bäder; und dort viele abgesonderte Wohnungen, welche die Opfer der Verführung, der Bestechung, des Kaufes und der Niederträchtigkeit enthielten.

Aber es gab auch gewisse Zellen in diesem Hause, welche mit den berüchtigten Bleikammern im Dogenpalaste zu Venedig in Konkurrenz zu treten berechtigt waren. Es gab Kerker, welche jenen der Inquisition in Sevilla nichts nachgaben. —

Dieses Haus wurde freilich von dem Grafen M.... weder erbaut, noch eingerichtet. So wie es ist, hatte er es von einem reichen alten Engländer gekauft und übernommen. Aber aus dem Gespräche des Hausverwalters und der Polizeibeamten zu schließen, gebrauchte er es in einer seiner ursprünglichen Bestimmung entsprechenden Weise. — —

Adele war allein in jenem Zimmer zurückgeblieben, in welches man sie geführt hatte.

Sie fühlte, daß sich die Menschenräuber entfernten; sie hörte den Riegel vor die Thüre schieben; aber sie machte keine Bewegung, die Binden

von Mund oder Augen zu nehmen; sie regte kein Glied — und wenn sich
ihr Busen nicht krampfhaft gehoben hätte in schmerzlichen Zuckungen, wenn
nicht wieder und wieder ein konvulsivischer Schauder diesen Körper durchbebt hätte, wäre man versucht gewesen, sie für ein Marmorgebilde, für eine
Leiche eher, als für ein lebendes Wesen zu halten.

Seit dem Augenblicke, als sie den letzten Schrei Horace's gehört, als
sie seine Gestalt unter den Streichen der Gegner zusammensinken gesehen
hatte; seit dem Augenblicke, da man sie mit Gewalt in den Wagen zerrte
und ihr keine Hoffnung mehr blieb, sich mit dem Geliebten zu vereinigen,
war sie in eine Art von Lethargie, von besinnungslosem Hinbrüten versunken, aus welchem sie nicht das Rollen des Wagens, nicht die Ansprache der
Beamten, nicht die Kälte der Nacht, nicht die wohlthuende Wärme, die sie
jetzt umfächelte, erweckte.

Ein Bild nur stand vor ihrer Seele, das Bild ihres Geliebten. Ihr
Geist war unempfänglich für jeden anderen Gedanken; aber diesen einen spann
sie fort und fort, die ebenerlebte Scene tausendmal wiederholend, und jetzt
glaubte sie abermals den Wuth- und Schmerzensschrei Bernard's zu vernehmen.

Sie sprang auf. Der Zauberbann des betäubenden Schmerzes, der auf
ihr geruht, war gebrochen. — Sie riß die Binde von den Augen; sie schleuderte das Tuch, das ihren Mund umhüllte, weit in die Ecke.

Mit großen, erstaunten Augen schaute sie um sich. Wo war sie? Wem
gehörte dieses prächtig eingerichtete, luxuriöse Gemach? —

Ihre Erinnerungen suchten sich zu sammeln. Mit ungetrübtem Blicke
überschaute sie jetzt die verflossenen Stunden. — Sie war von Polizeibeamten abgeholt worden. Dies stand fest. Horace, der ihr zu Hülfe eilen
wollte, war ebenfalls in deren Händen. Mit Schaudern dachte sie daran. —
Aber sie selbst — — war denn dieses Zimmer ein Gefängniß, ein Polizei-
gelaß? Und wo waren die Wächter?"

Sie eilte gegen die Eingangsthür. Diese war verschlossen. Sie rüt-
telte mit Macht an dem Schlosse. Allein vergebens. — Sie rief; aber
Niemand antwortete ihr. Das dumpfe Echo allein hallte ihren Ruf wieder.

Sie betrachtete sich nun das Gemach näher. Es war mit dem feinsten Geschmack und mit der größten Berücksichtigung weiblicher Bedürf-
nisse und Gewohnheiten ausgestattet. — Kein Zweifel — sie befand sich
in dem reizenden Parlour einer Dame von Welt.

Von diesem Zimmer führte eine Thür in ein Nebengemach. Adele
ergriff einen Leuchter und verfügte sich in dieses. Es war ein Schlafzimmer. Neben diesem ein Ankleidegemach. Beide auf das Eleganteste
und Sorgfältigste möblirt. Auf der anderen Seite des Sprechzimmers be-

fand sich ein kleines, im gothischen Style eingerichtetes Speisezimmer. Kalte Küche und Weine waren auf dem Tische servirt. Im Kamine flackerte die helle, erwärmende Flamme.

Es fehlte nichts, um diese Räume zu einem erwünschten und angenehmen Aufenthalte zu machen; nichts, als das Bewußtsein, zu Hause oder unter Freunden zu weilen; nichts, als der Wille, hier zu bleiben, und die freundliche Wirthin, welche den Gast hätte empfangen sollen.

Adele kehrte in das erste Zimmer zurück. Sie begriff durchaus nichts von ihrer Lage. Daß sie Gefangene sei, war allerdings klar genug. Aber bei wem, und zu welchem Zwecke? — Sie suchte umsonst, dies zu enträthseln. Sie wußte ja nicht einmal, in welchem Stadttheile sie sich befand. Vielleicht war es Privathaß und Rachsucht, der sie zum Opfer gefallen. Aber sie wußte auch nicht, daß sie Feinde hätte. Vielleicht war ihr Vater ebenfalls verhaftet und sie als Zeugin eingezogen worden. In diesem Falle mußte sie der Polizei noch danken, daß man ihr als Gefängniß die Gemächer einer Dame — denn bei einer solchen war sie, wie sie nicht bezweifelte — angewiesen hatte.

Während des Nachsinnens über dieses Räthsel übermannte Adele der, in Folge all dieser Aufregungen und Anstrengungen mit Gewalt sich aufdrängende Schlaf. Ihre Augenlider schlossen sich. Noch zuckte sie manchmal empor, um dem Schlummer Widerstand zu leisten. Aber die Abspannung und Ermattung waren zu groß. Ihr Kopf sank in die Ecke des Sophas zurück. Ihr Busen hob sich im gleichmäßigen Athmen des Schlafes. Ihre Hände lagen gefaltet im Schooße, und ein mildes Lächeln spielte um ihre Lippen. — Ein süßer Traum sucht sie für die Leiden der Wirklichkeit zu entschädigen. —

Verlassen wir jetzt einen Augenblick Adelen und kehren wir zu dem Schauplatze der Entführung, zu dem blutgetränkten Orte der dieselbe begleitenden Gräuelscenen zurück.

Der Wagen, in welchem sich Adele befand, hatte den Hofraum verlassen, und sein Rollen verhallte bereits in der Ferne, als Bernard aus einer momentanen Betäubung, in welche ihn der starke Blutverlust aus einer Schulterwunde und die an Wahnsinn grenzende Verzweiflung über Adelens schreckliche Lage gestürzt hatten, erwachte und sich gefesselt und von dunklen Gestalten umringt, auf einer schwankenden Tragbahre erblickte.

Der Zug hatte sich mit dem Gefangenen nach einem unbekannten Ziele in Bewegung gesetzt.

Die Eskorte bestand aus acht Mann, theils bewaffneten Stadtsergeanten, theils Polizisten in Civilkleidern.

Sie hatten ungefähr zwanzig Schritt in der schmalen, jetzt fast vollkommen dunklen Gasse zurückgelegt, als — wie gesagt — Bernard erwachte.

Die tiefe Stichwunde in seiner linken Schulter schmerzte ihn. Ein Seufzer entrang sich seinen Lippen, ehe er noch vollständig sein Bewußtsein wiedererlangt hatte. Die schaukelnde Bewegung der Tragbahre machte ihn völlig munter. Im Augenblicke hatte er seine volle Besinnung wieder gefunden, und mit ihr kehrte der Zorn und die Verzweiflung in seine Seele zurück.

Er stieß einen heiseren Wuthschrei aus und suchte sich seiner Fesseln zu entledigen und sich aufzurichten.

Aber ein Hohngelächter und spöttische, verletzende Bemerkungen von Seite seiner Begleiter waren der einzige Erfolg seiner Bemühungen.

„Gehabt Euch ruhig, Bursche, und sucht keinen unnützen Lärm zu machen! Wir wären sonst genöthigt, Euch abermals einen Knebel zwischen die Zähne zu stecken."

Diese Worte sagte der Nächstgehende seiner Feinde, indem er dieses schon oft gebrauchte Instrument aus der Rocktasche zog.

Bernard sah die Erfolglosigkeit seines Widerstandes ein und schwieg zähneknirschend stille.

Aber der Schrei, den er ausgestoßen, war nicht ungehört verhallt.

An der Adelens Hause gegenüberliegenden Seite der Straße schienen sich im tiefen Dunkel viele Gestalten zu bewegen.

Flüsternde Stimmen ließen sich jetzt einen Augenblick hören. Aber sogleich verstummten sie wieder.

Die Eskorte sah und hörte diese Bewegungen, dieses Geräusch nicht. Die Männer der Gewalt suchten sich eiligst ihres Auftrages zu entledigen, um aus dem eisigen Winde, aus dem peinigenden, feinen Regen zu gelangen.

Indessen hatten jene dunklen Gestalten, welche aus der Erde zu wachsen schienen und an Zahl immer zunahmen, sich aus der schützenden Nähe der Häuser entfernt und die Gasse in ihrer Breite auf beiden Seiten vor und hinter dem Zuge überschritten.

Ohne Geräusch und ungesehen von den Schergen Napoleon's schloß sich ein weiter, wohl aus dreißig Männern bestehender Kreis um dieselben und rückte langsam mit dem Zuge vor.

Auf einmal durchschrillte ein heller Pfiff die tiefe Stille der Nacht.

Die dunklen Gestalten stürzten sich mit Windeseile auf die erstaunte und erschreckte Polizeimannschaft.

Ein kurzer, kaum sekundenwährender Kampf erfolgte. Ein wirres Geräusch, Waffenklang, fluchende und hülferufende Stimmen, vermischt mit den Signalrufen der Polizisten, durchtobten die Straße und scheuchten die Ruhe von den Schlummernden.

Aber nur einen Augenblick währte dieser Lärm. Ehe sie Zeit gefunden, sich von ihrer Ueberraschung zu erholen, lagen die Meisten der Eskorte, unter den gewaltigen Streichen der Angreifer gefallen, am Boden.

Eine riesige Gestalt hatte sich im ersten Momente gleich der Tragbahre genähert und den wieder bewußtlosen Bernard auf den starken Armen aus dem Gewühle getragen.

Dies schien auch für die Uebrigen das Zeichen zum Rückzuge zu sein.

So schnell wie sie gekommen und ehe einer der Polizeibeamten sich zur Verfolgung hätte aufraffen können, verschwand die Schaar im Dunkel der Nacht.

Als durch den Lärm herbeigezogen von allen Seiten Stadtsergeanten auf dem Kampfplatze erschienen, fanden sie diesen bereits von dem Feinde geräumt, ihre Kameraden aber fluchend und scheltend, blutbedeckt und mit geschundenen und gequetschten Gliedmaßen um die leere Tragbahre versammelt.

Wüthend suchte die in ihrer Würde und Amtirung so gröblich beleidigte Hermandad, unterstützt von den herbeigekommenen Gefährten, die Spur der Angreifer zu verfolgen. Nach allen Seiten richtete man seine Bemühungen, ihrer habhaft zu werden. Mit einem, einer besseren Sache werthen, Eifer wurde die ganze Umgegend durchsucht. Allein vergeblich. Ohne Bernard, und in ihrem hohen Begriffe von sich selbst etwas herabgestimmt, kehrte die geschlagene Polizeimannschaft heim. —

Als der Riese Bernard auf seinen Armen hielt, eilte er mit dieser für ihn leichten Bürde um die Ecke der Straße gegen die Rue St. Antoine.

Kaum daß er fünfzig Schritte in dieser Richtung gelaufen, so zeigte sich zu seiner Rechten ein geöffnetes Hausthor.

In dieses verschwand er. Ihm nach drängte sich die Schaar seiner Begleiter. Die Thüre schloß sich hinter ihnen.

Dies Alles war so schnell, so geräuschlos geschehen, daß tiefe Dunkel der Nacht, der heulende Wind und der am Sehen verhindernde Regen hatte ihr Vorhaben so wirksam unterstützt, daß eine Minute nachdem die Schaar den Kampfplatz verlassen hatte, auch keine Spur von ihnen mehr übrig geblieben war und das Haus, in welches sie verschwunden, ebenso ruhig und unbetheiligt aussah, wie jedes andere in dieser Stadtgegend.

Durch einen langen, dunklen Hausflur eilten die Männer in ein weites, unbeleuchtetes Gemach. Für sie bedurfte es keines Lichtes. Sie schienen jede Ecke, jede Biegung genau zu kennen.

Das Gemach, vielleicht ein ehemaliger Stall, eine Küche, war mit großen Steinplatten gepflastert. Einer der Männer hob eine solche weg. Sogleich verschwanden auch drei andere neben derselben. Eine Fallthüre zeigte
sich. Sie wurde geöffnet. Man stieg eine breite Steintreppe hinab in
einen Keller.

Dort erst, nachdem man die Fallthüre wieder geschlossen und einer der
Männer, der, weil er in diesem Hause wohnte, zurückgeblieben war, die
Steinplatten wieder an ihre Stelle gebracht hatte, zündete man eine
Fackel an.

Es war ein gewöhnlicher Keller, in welchem sich die Gesellschaft nun
befand; ein Keller, wie ihn jedes Haus besitzt, mit Brettergerüsten für Ge-
müse und Früchte, mit Holzgestellen für aufgeschichtete Weinflaschen versehen, und in einer entfernten Ecke fehlte auch eine Reihe von gewaltigen,
umfangreichen Stückfässern nicht.

Bernard war wieder zu sich gekommen. Er warf einen erstaunten
Blick auf seine Umgebung. Sein Retter war über ihn gebeugt und bemühte sich, das Blut, das noch immer der Wunde entquoll, zu stillen. Er
erkannte in ihm seinen Freund Lepaile. Er wollte sprechen; aber Lepaile
legte einen Finger auf seinen Mund und bedeutete ihn, zu schweigen.

Währendeß war einer der Männer die Reihe der Stückfässer hinab
geschritten und vor einem derselben, das sich durch nichts von den anderen unterschied, stehen geblieben. Er klopfte gegen dessen Wände. Ein
hohler Ton ließ sich hören. Nun rückte er einen der nur lose befestigten
Reife gegen eine gewisse Stelle. Sogleich drehte sich die Bodenscheibe des
Fasses um die Are ihres Vertikalschnittes, so daß die eine Hälfte derselben
im Innern des leeren Raumes verschwand, die andere weit hervorstand, und
zu beiden Seiten dieser Scheidewand sich eine Oeffnung zeigte, groß genug,
um einen Mann in etwas gebeugter Stellung hindurch zu lassen.

Auf der andern Seite des Fasses, auf jener gegen die Kellerwand zu,
hatte sich eine ganz gleiche Oeffnung gebildet, und man erkannte nun, daß
die Mauer an dieser Stelle, so weit sie von dem Fasse verdeckt wurde, durch-
brochen war und den Zugang zu einem langen und schmalen Corridor bildete.

Jener mit der Fackel voran, schritten die Männer durch das Faß und
die Maueröffnung in den Gang hinaus, aus welchem eine kalte, feuchte
Moderluft wehte.

Bernard hatte sich aufgerafft, und auf den Arm Lepaile's gestützt, war
es ihm möglich, den Voranschreitenden zu folgen.

Hinter ihnen schloß sich der Boden des Fasses und der Steinverschluß
der Maueröffnung. Sie waren abermals in den Katakomben.

Die trockene Guillotine.

Den Verwundeten zu schonen, schritt man langsam vorwärts durch die
Corridore, Höhlen und Säle, bis man zu einer Stelle gelangte, von wel-
cher her schon seit einiger Zeit ein immer lauter werdendes Rauschen und
Murmeln tönte.

Es waren unterirdische Wasser, die hier ihren unerforschten, dunklen
und gespenstischen Weg seit Jahrtausenden durch die Eingeweide der Erde
verfolgten. Das grelle Licht der Fackel fiel auf die schwarze, schwerfällige
Fluth, deren Wellen mit leise klagendem Tone an die Felsen schlugen und
dann in undurchbringlicher, grauenvoller Finsterniß verschwanden.

Das ist der Acheron, und dort hält Charon's Nachen.

Und in der That, Bernard konnte einen Ausruf der Ueberraschung und
des Grauens nicht unterdrücken, als er jetzt wirklich — wie um die düsteren Sagen der Unterwelt zur Wahrheit zu machen — mit langsamem
Ruderschlage einen Nachen auf die Gruppe am Ufer zukommen sah, in welchem eine gebeugte, graue, vom Alter gebrochene Gestalt stand.

Das kleine Fahrzeug hielt, und ein Theil der Gefährten Lepaile's,
unter ihnen dieser selbst und Bernard, stiegen zu dem alten Fährmann in
die gebrechliche Barke.

Keine Silbe wurde mit diesem getauscht. Lautlos, mit leisem Ruderschlage fuhren sie hinein in die dichte Finsterniß. Der Fackelglanz am Ufer
war bald ihren Blicken entschwunden. Es war Bernard unmöglich, auch
nur den nächsten Gegenstand, nur die Hand vor den Augen zu erkennen,
so vollkommen war die Dunkelheit. Er konnte keinen Laut vernehmen, als
das Athmen seiner eigenen Brust und das Rauschen der Wellen. Die Luft
war drückend und schwer und beengte das Athmen. Ein Schauer durchrieselte Bernard's Körper.

Sie mochten vielleicht fünf Minuten gefahren sein, als Bernard einen
schwachen Lichtschein, ihnen entgegenkommend, zu bemerken glaubte. Zu
gleicher Zeit fühlte er eine frischere Luft um sein im Wundfieber glühendes
Antlitz fächeln.

Dieser Lichtschimmer vermehrte sich, und es machte sich von derselben
Seite her ein dumpfes Brausen vernehmlich.

Die Barke glitt rasch vorwärts, ohne daß der Fährmann zu rudern
brauchte. Eine starke Strömung trug sie dahin.

Auf einmal sprühte Bernard und seinen Gefährten kalter, eisiger Regen
in's Gesicht. Zu gleicher Zeit vernahm er durch das vermehrte Rauschen
der Brandung Lepaile's Stimme: „Nieder auf den Boden! Wahrt Eure
Köpfe und Gliedmaßen!" und Bernard fühlte sich von seinem Freunde auf
den Boden des Fahrzeuges niedergedrückt.

Den Nachen erfaßte ein mächtiges Schwanken. Er schien sich einige Male um sich selbst zu drehen. Dann schoß er blitzschnell vorwärts durch die brandenden Wogen, daß der Schaum und Gischt über die darin Weilenden hinweg spritzte.

Bernard wischte sich das kalte Naß aus dem Gesichte und konnte, als er die Augen auf seine Umgebung richtete, einen leisen Ausruf der Ueberraschung nicht unterdrücken.

Sie befanden sich unter freiem Himmel auf den sanft schaukelnden Wogen der Seine. Durch den Regen und Nebel konnte Bernard zur Linken, keine hundert Schritt entfernt, den Pont neuf und dort, wo diese Brücke die Cité überschreitet, in die Mitte des Stromes hinausragend, die Reiterstatue Heinrichs IV. gewahren. Ueber den Häusermassen der Insel thronte der gewaltige Bau der Notre-Dame-Kirche.

Der Nachen steuerte auf den mit Gebüschen und Bäumen umgebenen Vorbau, der die Statue trägt, zu. An einer in den Strom hineinragenden Anlegebrücke hielt er an. Die Gefährten Lepaile's verließen hier nach einem stummen Händedrucke, vor jedem Späherauge durch das tiefe Dunkel, das die Bäume über der Wasserfläche breiteten, geschützt, das Fahrzeug.

Der alte Schiffer, Lepaile und Bernard setzten ihre Fahrt fort. Sie ließen sich von der Strömung, sich immer in der Nähe des linken Seine-Ufers und somit in dem dort stärkeren Dunkel haltend, durch den Pont des Arts bis in die Nähe der Caroussel-Brücke treiben. Dort lavirte der Fährmann einige Augenblicke, mit großer Geschicklichkeit die Ruder benützend und doch jedes Geräusch vermeidend, bis er jenen Punkt erreicht hatte, den er suchte.

Fast direkt unter dem ersten, großen, weit gesprengten Bogen dieser Brücke, einige Schritte neben dem gewaltigen Uferpfeiler derselben, zeigte sich, von Gebüschen halb verdeckt, eine niedere, kaum vier Fuß über das gegenwärtige Niveau des Wassers hervorragende Wölbung im Uferdamme.

Bei höherem Wasserstande mußte sie nothwendig von den Wellen überfluthet und unsichtbar sein. Indessen auch im gegenwärtigen Zustande hätte Niemand, keiner der Seineschiffer, keiner der Polizei-Agenten in dieser niederen, finsteren und schlammigen Cloaken-Ausmündung einen für Menschen passirbaren Zugang zu dem unterirdischen Paris vermuthet.

Und doch war es so. Die drei Männer legten sich abermals platt auf den Boden des Fahrzeuges nieder. Ein Seitendruck des Steuerruders, und das Boot schlüpfte durch die hier weniger starke Brandung in den gähnenden Schlund.

Ein mephitischer Geruch stieg aus dem durch des Fahrzeuges Kiel und

8*

die Ruder aufgewühlten Schlamme empor. Langsam nur drang der Kahn vorwärts.

Nach fünf Minuten ungefähr erweiterte sich der Kanal zu ihren Seiten und über ihren Häuptern. In der dichten Dunkelheit war es den Eindringlingen in die Unterwelt natürlich nicht möglich, diese Erweiterung zu sehen. Aber der alte Fährmann, der mit unglaublicher Sicherheit, als ob er im hellen Sonnenlichte jede Biegung, jede Ecke sähe, seinen Weg verfolgte, rief Bernard zu, daß er sich aufrichten könne. Mit dem Gefühle, als wälze sich eine schwere Last von seiner Brust, that er dieses. Der Moder- und Schlammgeruch hatte sich vermindert, die Luft war freier geworden, unter dem Buge des Fahrzeuges rieselte eine schnellere und weniger dicke Fluth.

Lepaile, der in Gedanken vertieft, stumm neben seinen Gefährten gesessen, zündete nun eine Laterne an und stellte sie in die Mitte des Fahrzeuges.

Bernard bemerkte bei deren schwachem Schimmer, daß sie sich in einer gewaltigen Felsenhöhlung auf einem wohl klafterbreiten Wasserspiegel fortbewegten.

Seine Wunde schmerzte ihn heftig bei der schnellen Bewegung, welche er, um sich aufzurichten, mit den Schultern gemacht hatte. Seine Lippen waren heiß und trocken. Er lechzte nach einem Trunke Wasser.

Lepaile reichte ihm mit wehmüthigem Blicke seine mit Wein gefüllte Feldflasche.

„Armer Horace! Dein Leiden dringt durch meine Seele. Aber nur noch einen Augenblick Geduld. Bald werden wir in meiner Wohnung und ich in der Lage sein, Dir ausgiebige Hülfe zu leisten!"

Bernard schüttelte heftig und mit einer Miene der Verachtung den Kopf.

„Was sprichst Du — von diesen — körperlichen — Leiden!" preßte er langsam zwischen den geschlossenen Zähnen hervor. Dann bedeckte sein eben noch in Fieberhitze erglühendes Gesicht Leichenblässe, und ein schmerzliches Stöhnen entfuhr seinen Lippen.

„Adele — ist — geraubt!" diese Worte mit hohler, geisterhafter Stimme von Bernard ausgestoßen, wiederhallten von den hohen Wölbungen, und in grauenhaften, gespenstischen Modulationen tönte es von der Decke, von den Wänden und aus der Tiefe des Wassers wieder:

„Adele ist geraubt."

Bei diesem schrecklichen Echo blickte Horace seinen Retter Lepaile mit dem Ausdrucke des Vorwurfes durchdringend an, und seine unverwundete Rechte hob sich mahnend gegen seinen Freund.

Lepaile verstand diese stumme Sprache des Schmerzes. Mit umdüster-
ter Stirn und dumpfer Stimme wandte er sich an Bernard.

„Ich kam zu spät, das ist leider zu wahr. Ich verdiene Fluch, da
ich mein Versprechen nicht gehalten, Deine Geliebte nicht gerettet habe. —
Aber — ich schwöre Dir, Horace! bei den Rachegöttern, welche hier unten
schlummern, daß es nicht meine Schuld war. Höre mich, und Du wirst
mich nicht verdammen. —

„Als ich Dich in den Champs Elysées verlassen, eilte ich in die Katakomben und zu den meiner harrenden Gefährten zurück. Ich hatte ja noch
Zeit übrig und mußte, ehe ich der Pflicht der Freundschaft Genüge that,
erst noch eine andere, nicht minder dringende Pflicht erfüllen. — Du hattest
mir von dem Schlage, den Napoleon gegen die Gesellschaft heute auszuführen Willens ist, Mittheilung gemacht. Jene Männer, welche uns so eben
verlassen haben, sind Proscribirte wie ich. Sie hatten sich diese Nacht versammelt, um sich über einen Versuch, den Tyrannen zu stürzen, zu vereinigen. Von dem Flüchtlings-Comité in London waren Dispositionen getroffen und uns mitgetheilt worden, welche schleunige Maßnahmen erforder-
ten. Nach Ledru-Rollin's Plane, der immerwährend einen Dampfer bereit
hält zur Invasion in Frankreich, sollte in den nächsten Tagen hier der
Kampf beginnen. Die Armee der Emigrirten würde allsogleich zu uns ge-
stoßen sein. Aber wir erhielten heute ein Schreiben Louis Blanc's, welches uns dringend abmahnte, im jetzigen Augenblicke einen Aufstand zu versuchen. — Die Gründe, die er uns anführte, schienen uns nicht stichhaltig.
Erst nachdem ich aus Deinem Munde von dem Vorhaben Eurer Partei,
von der Entdeckung der Verschwörung und der Bereithaltung der Truppen
von Seiten Napoleon's, Kunde erhalten, begriff ich, daß es nothwendig sei,
jeden Befreiungsversuch aufzugeben, um einen passenderen Augenblick abzu-
warten. Ich eilte, das, was ich von Dir gehört, meinen Freunden mitzutheilen. Nach kurzer Berathung beschlossen wir, die anderen Verbündeten
von unserem Vorhaben in Kenntniß zu setzen. Was auch geschehen möge in
diesen Tagen — die wahren Republikaner, die Partei des Volkes, werden sich
nicht daran betheiligen. Unsere Stunde wird später schlagen. —

„Ich vergaß während dieser nothwendigen Berathung nicht einen Augenblick meines Dir gegebenen Versprechens. Ich hatte genau die Zeit berechnet, in welcher ich auf den unterirdischen Wegen und in welcher jene Diebe
auf den gewöhnlichen in die Rue des Rosiers gelangen konnten. Von einer
anderen Gefahr wußte ich nichts. Ich hatte beinahe eine halbe Stunde
zur Verfügung. Dessenungeachtet ließ mich ein banges Gefühl die Unterredung, so viel immer thunlich, beschleunigen, und aus demselben mir uner-

klärlichen Gefühle bat ich meine Genossen, mir zu folgen. Mit den beiden Schurken, die Fräulein Duchatelet berauben wollten, wäre ich wohl allein fertig geworden. Aber meine Ahnung ließ mich meine Gefährten zur Hülfe auffordern. Indessen dies ist gerade der Grund, weshalb ich zu spät auf den Kampfplatz kam. Ein Theil jener Männer war vorausgeeilt, während ich noch einige nothwendige Vorkehrungen traf, und als ich mit den Andern am Ufer dieses Flusses anlangte, war der Kahn bereits abgestoßen und außer dem Bereiche unserer Stimme. Wir mußten seiner Rückkunft harren. Als wir dann schleunigst den Vorangeeilten folgten, war es bereits zur Rettung Deiner Geliebten zu spät. Wir kamen gerade noch zur rechten Zeit, um wenigstens Dich zu befreien."

Bernard hatte seinem Freunde in düsterem Schweigen zugehört. Als dieser geendet, drückte er mit einem trüben Lächeln seine Hände. Lepaile fuhr fort.

„Aus Allem, was ich gesehen und vernommen, schließe ich, daß Fräulein Duchatelet von der Polizei weggeführt wurde. Ist es so?"

Bernard nickte stumm mit dem Haupte.

„Und was berechtigte die Polizei zu diesem Schritte? Welchen Grund zur Verfolgung hatte sie? Und was ist vorgefallen, daß ich Dich blutend und gefesselt fand?"

„Das ist mir ebenso unbegreiflich, wie Dir, Lepaile! Als ich bei Adelens Haus ankam, fand ich dasselbe von Stadtsergeanten umgeben. Man wollte mir den Eingang verwehren. Ich mußte sehen, wie man Adelen fortschleppte; mein Kämpfen gegen die Uebermacht war vergeblich!"

In diesem Augenblicke hielt der Nachen an. Lepaile half Bernard aus dem Fahrzeuge und führte ihn die wenigen Schritte, welche er zu seiner Wohnung zurückzulegen hatte.

Schweigend betraten sie die düstere Halle, in welcher Lepaile schleunig ein Lager für Bernard bereitete. Er wusch und verband ihm seine Wunde und mischte einen kühlenden Trank, dessen Genuß Bernard bald in einen, wenn auch unruhigen Schlummer sinken ließ. Lepaile wachte bei dem trüben Scheine der Ampel an des verwundeten Freundes Bett. —

Der milde Traumgott verbindet mit unsichtbaren Fäden die beiden Liebenden, die Unglücklichen, durch die rauhe Hand des Schicksals Getrennten. Er spannt eine Brücke zwischen den Schlummernden, zu deren Material er die Liebe und die Sehnsucht nimmt, und der Zug der Sympathie führt sie auf diesem schimmernden Bogen zusammen und läßt sie im glücklichen Traume die herbe Gegenwart vergessen. —

Kehren wir zu Adelen zurück.

Der Morgen dämmert, die Sonne wirft — einen Augenblick durch die dichten Nebelschwaden brechend — einen wehmüthigen Blick auf das dem Unglücke geweihte Paris, die Stunden schreiten vorwärts, es wird Mittag — und Adele liegt noch immer in tiefem Schlafe. —

Die Anstrengungen, die Aufregung der vergangenen Nacht können nicht allein diesen ununterbrochenen Schlummer verursacht haben. Er ist zum großen Theile eine Folge jenes, Adelen von ihrer alten Dienerin beigebrachten Trankes.

Ein starkes Klopfen an die von Adelen auch von Innen verriegelte Thür, das sich mehrmals wiederholte, machte sie endlich aus ihrem Schlafe aufschrecken.

Verwundert und bestürzt schaute sie um sich. Sie konnte sich einen Augenblick der Begebnisse, welche sie hierher brachten, nicht erinnern. Aber das fortgesetzte Klopfen störte sie aus ihrem Nachsinnen auf.

Die vor der Thür befindliche Person hatte das Rauschen von Adelens Kleidern vernommen, und daraus auf das Erwachen der Gefangenen geschlossen.

Eine jugendliche Frauenstimme rief nun durch das Schlüsselloch:

„Ist Madame erwacht? Darf ich dieselbe bitten, Ihrer Dienerin zu öffnen!"

Der Klang dieser Stimme beruhigte Adele. Sie befand sich also doch bei einer Dame, wie sie aus der weiblichen Bedienung schließen zu dürfen glaubte.

Sie erhob sich, und noch im höchsten Grade ermattet und wankenden Schrittes, ging sie zur Thür, den Riegel wegzuschieben.

Ein kaum vierzehnjähriges, hübsches Mädchen von unendlich zartem Körperbaue und milden, kindlichen Gesichtszügen trat ein und stellte sich mit einer tiefen, obwohl etwas schalkhaften Verbeugung vor Adele, indeß sie durch die gesenkten, langen Wimpern einen verstohlenen, lächelnden und forschenden Blick auf ihre neue Herrin richtete.

Adele schaute freundlich auf das schwarze Lockenköpfchen nieder und fragte das Mädchen, indem sie die Hand auf ihre Schulter legte:

„Wer bist Du, schönes Kind?"

„Ihre ergebenste Dienerin, Madame!"

„Es freut mich, daß man mir zu dieser ein so liebes Geschöpf erwählte. Aber sage mir vor Allem, wo und bei wem befinde ich mich eigentlich?"

Das junge Mädchen erröthete leicht; dann schaute sie mit einem durchdringenden Blicke, in welchem ein Funke hämischer Schadenfreude sprühte, auf Adele und antwortete:

„Madame wissen dies nicht und sind doch hierher gekommen?"

„Ich bin hierher gebracht worden. Beantworte meine Frage!" entgegnete Adele in etwas ungehaltenem Tone.

„Ich bin im Dienste der Prinzessin M......." antwortete die Kleine mit einem versteckten, schlauen Lächeln.

„Der Prinzessin M......., der Verwandten des Präsidenten?" rief Adele im höchsten Grade überrascht.

„Derselben, Madame! Manchmal bewohnt die Prinzessin selbst diese Gemächer!" Und ein unterdrücktes Kichern begleitete diese Worte.

Ein leises „Ah!" entrang sich Adelens Lippen. Sie schaute einen Augenblick in tiefes Nachsinnen verloren vor sich nieder.

„Und dieses Haus gehört also der Prinzessin?"

„Das heißt, Madame, es gehört zu den Besitzungen ihrer Familie!"

„Nun wohl! Und was wünscht die Dame von mir, daß sie mich auf so eigenthümliche Weise hierhergeleiten ließ?"

„Dies kann ich Madame nicht sagen. Ich habe den Auftrag erhalten, Sie zu bedienen. Sonst ist mir nichts weiter mitgetheilt worden."

Das junge Mädchen sprach diese Worte mit einem so herzgewinnenden Ausdrucke der Unschuld und Naivetät, daß Adele ihr Glauben schenkte und nicht weiter mit Fragen in sie drang, der Zukunft weitere Aufklärungen überlassend.

Das Mädchen servirte ein vortreffliches Frühstück, von welchem indessen Adele nur wenig genoß.

Nachdem die Dienerin Adele verlassen und die Thür hinter sich wie früher verschlossen hatte, blieb sie allein mit ihren trüben und peinigenden Gedanken.

Sie versuchte umsonst sich zu zerstreuen. Eine ausgewählte, kleine Bibliothek in eleganten Maroquinbänden befand sich in einem der Nebengemächer. Sie blätterte mechanisch, ohne ihren Geist der Lektüre zuzuwenden, in Racine's, Molière's und Rousseau's Werken. Sie griff später ein Fach höher nach englischen und italienischen Klassikern, nach Shakespeare und Tasso; aber sie legte nach kurzer Zeit auch diese wieder zur Seite, unruhevoll das Gemach durchschreitend.

Ihre Lage wurde ihr immer drückender, immer unerträglicher, und als bei Einbruch der Dunkelheit die kleine Dienerin die Lichter anzündete und das Mittagsmahl servirte, bestürmte Adele diese abermals mit Fragen, ohne jedoch eine befriedigende Antwort erhalten zu können.

Vergeblich hatte sie sich bemüht, wenigstens zu erforschen, in welchem Stadttheile sie sich befände, oder die Livree der Dienerschaft zu entdecken.

Aber die Fenster ihrer Gemächer führten in einen großen, weitgedehnten Garten, dessen dichte und hohe Bäume jede Aussicht verwehrten und auf dessen Kieswegen kein Menschentritt sich hören ließ.

Nach dem Speisen zog sich Adele in das Schlafkabinet zurück, indem sie jede Hülfeleistung der Dienerin von sich wies und allein zu bleiben begehrte. Hinter der sie Verlassenden verriegelte Adele sorgfältig die Thür. Sie durchsuchte, von ängstlichen Ahnungen gepeinigt, das Zimmer, konnte aber nichts Verdachterregendes entdecken.

Endlich entkleidete sie sich und suchte ihr Lager auf. Aber der Schlummer, ungnädiger als gestern, floh ihre Augen. Zu Häupten des prächtigen Bettes bemerkte Adele auf einem zierlichen Gestelle mehre Bücherreihen.

Sie langte eines derselben herab. Die Zeit entschleicht so langsam, und die Minuten zu zählen, von welchen jede peinigender ist als deren Vorgängerin, wäre entsetzlich.

Aber kaum hatte Adele einen Blick in das mit Kupfern gezierte Buch geworfen, als sie wie von einer Natter gebissen emporzuckte und dasselbe mit Abscheu weit von sich schleuderte.

Das mit Recht so behandelte, schändliche Buch, von welchem zur Ehre der Gesellschaft nur noch wenige Exemplare existiren, war Marquis Sade's „Philosophie im Boudoir."

Dieser Zwischenfall hatte Adelens ganzen Verdacht wieder wachgerufen. Denn konnte die Unschuld sicher sein in einem Hause, wo man solche Bücher liest?

Fieberhafte Angst schüttelte Adelens Körper. Entsetzt war sie aufgesprungen und hatte sich wieder in die Kleider geworfen. Sie durchwachte die endlos lange Nacht unter allen Folterqualen der Hölle und sehnte den Tag herbei, der ihr doch keinen Trost bringen sollte. —

Der zweite Tag verfloß wie der erste.

Niemand als die kleine Dienerin, die heute noch öfter und hämischer lächelte, als gestern, und allen Fragen Adelens mit fuchsschlauer Gewandtheit auswich, betrat ihr Gemach.

Die schreckliche Ungewißheit über ihr Schicksal, die bangenden Schrecken vor einer entsetzlichen Zukunft, die an der Seele Tiefe nagenden Erinnerungen an ihren Vater und an Horace brachten nachgerade Adele in einen Zustand stumpfer Verzweiflung.

Die Nahrungsmittel dieses Tages blieben unberührt.

Gegen Abend endlich sank Adele, nachdem sie lange gegen die Ermattung angekämpft, in einen unruhigen Schlummer. — —

Es mochte Mitternacht vorüber sein, als ein leises, schwirrendes Geräusch durch das Zimmer tönte.

Die von reichen, seidenartigen Tapeten bedeckte Wand theilte sich an einer, durch einen großen Spiegel verdeckten Stelle und zeigte eine geöffnete, schmale Thür.

Im Zimmer war es dunkel. Aber außerhalb der Thür machte sich eine matte Helle bemerkbar, und in diesem gedämpften Lichtschein erschienen zwei leise auftretende, lauschende Gestalten.

Die eine derselben war die junge Dienerin, in diesem Augenblicke in ein phantastisches, die jugendlichen Formen mehr enthüllendes, als verbergendes Gewand aus weißen, golddurchwirkten Seidenstoffen gekleidet.

Um ihre Schläfe wand sich ein Kranz aus rothen Rosen, und darunter hervor fielen die üppigen, schwarzen Locken auf den entblößten, schneeigen Nacken.

Die Gestalt neben ihr war die des Grafen M....

Dieser war in seinem gewöhnlichen, schwarzen Salonanzuge. Aber die sonst so sorgfältig gehaltene Toilette war heute in etwas derangirtem Zustande. Seine Halsbinde war gelöst, und sein Haar hing verwirrt in das weinglühende, erregte Antlitz.

Dieses und die wankende Haltung, die unsichere und gebrochene Stimme, die zusammengekniffenen, verglasten Augen waren ebenso viele Zeugen einer so eben unterbrochenen Orgie. Seine bebende Rechte hielt noch mit krampfhaftem Griffe ein geleertes Champagnerglas, während er sich mit der linken auf seiner Begleiterin Schulter stützte.

Einen Augenblick lang verweilten diese Beiden bewegungslos in lautlosem Schweigen. Nur das leise Kichern des Mädchens, das keuchende Schnaufen des weit vorgebeugten, mit stierem Blicke die Dunkelheit durchdringen wollenden Grafen vermischten sich mit den sanften Athemzügen Adelens.

„Das Mädchen schläft, Aspasia! Weißt Du es gewiß?" wendete sich letzterer mit leiser, murmelnder Stimme an seine Begleiterin.

„So ist es, Herr! Sie wachte vergangene Nacht und war den Tag über in fieberhafter Bewegung. Gegen Abend schlief sie aus Ermattung ein."

„Nun gut, ich will sie erwecken. Kehre in den Saal zurück und sage meinen Freunden, daß ich in Bälde mit der schönen Beute, mit der neuen Genossin unserer Freuden wieder bei ihnen erscheinen werde. — Geh — doch halt, Aspasia! gieb mir den Kranz aus Deinen Haaren. So geschmückt ziemt sich's, daß der Priester zum Opfer schreite!"

Ein Grinsen, halb Faunenlächeln, halb jenes stumpfe, blöde Lachen der Trunkenheit, verzerrte seine Züge, als er nach diesen Worten den vollen, rothen Kranz aus den zarten Händen des Mädchens nahm, die ihn mit schmollender Miene darbot und ihn um seine Schläfe wand.

„Nun geh, Kind. Hymen's Fackel lodert — ah, richtig, bringe doch erst Licht herein! Ich will nicht im Dunklen bleiben. — Nun hurtig, spute Dich!"

Das Mädchen eilte durch die Thür davon. Der Graf suchte, mit den Händen tastend, in das Zimmer einzudringen, und den regelmäßigen, leisen Athemzügen folgend, gelangte er geräuschlos bis in die Nähe Adelens.

Sie lag auf dem Ruhebette. Sie schlief ruhig und tief und träumte von dem Glücke reiner, schuldloser Liebe.

Ihr duftiger Athem fächelte berauschend um des Grafen glühendes Antlitz, das er lauschend über das ihre neigte.

Er sank, halb gebrochen von innerer Erregung, halb aus angewohnter Galanterie vor der reizenden Schläferin auf die Knie.

Er suchte eine ihrer Hände zu fassen, welche sie gegen den jungfräulichen Busen gepreßt hielt. Mit leisem Griffe erfaßte er, sanft über diesen hinstreifend, ihre zarten, feinen Finger.

Bei dieser schwellenden Berührung zuckte ein elektrischer Strom durch des Grafen Körper. Seine Gestalt erbebte, seine Hände zitterten, die Augen quollen aus ihren Höhlen, und Zunge und Gaumen wurden vom glühenden Athem so getrocknet, daß dieser pfeifend und röchelnd ward.

Er beugte sich über sein Opfer und drückte die verdorrten Lippen auf die blühenden Adelens.

In diesem Augenblicke erschien, einen silbernen Armleuchter tragend, die vierzehnjährige Aspasia auf der Thürschwelle. Der Blick, den die jugendliche Verworfene mit Blitzesschnelle in das Gemach und auf die Gruppe am Sopha gleiten ließ, hatte etwas Dämonisches, und der enthüllte, zarte Busen hob sich und sank in mächtiger, leidenschaftlicher Bewegung.

Ihre Lippen zuckten, aber sprachen kein Wort. Die Zähne hatte sie fest geschlossen, die erweiterten Nasenflügel strömten glühendes Gas aus, und die großen, weit aufgerissenen Augen strahlten im Feuer der Begierde.

Bei dem plötzlich in das Gemach fallenden Lichtstrahle zuckte der Graf empor. Aber auch Adele erwachte, sowohl durch die Berührung des Wüstlings als durch die plötzliche Helle erweckt.

Sie sprang auf. Ihre weit geöffneten Augen starrten entsetzt auf ihre Umgebung. Furchtbare Schrecken schnürten ihren Busen zusammen, und nur ein leiser, aber gellender, durchdringender Angstschrei drang über ihre Lippen.

Diesen Schrei beantwortete ein höhnisches Lachen des jungen Mädchens, und aus der Ferne ertönte gleich einem Echo ein johlendes, scheußliches Jubelrufen und Gläserklirren.

Adele bedeckte ihre Augen mit der Hand. Sie glaubte noch zu träumen, entsetzlich zu träumen. Der silenartige, rosengeschmückte Mann zu ihren Füßen, die Bachantin dort an der Thür, der wilde Jubelschall verwirrten und betäubten sie.

Der Graf war auf das junge Mädchen zugeschritten und hatte ihr mit einem leisen Befehle den Armleuchter genommen. Hinter der noch einen letzten, schadenfrohen zugleich und neidischen Blick zurückwerfenden Dienerin schloß der Graf die Tapetenthür, welche so vortrefflich eingerichtet war, daß nun nach deren Verschließung auch der schärfste Blick die Stelle, an welcher sie sich befand, nicht hätte entdecken können.

Der Graf kehrte langsamen, wankenden Schrittes, sein Opfer nicht einen Augenblick aus den stierblickenden Augen lassend, zu Adele zurück, welche bebend und wie erstarrt vor diesem stechenden, scheußlichen Schlangenblicke keines Wortes, keiner Bewegung mächtig zu sein schien.

Aber als er nun dicht vor Adelen stand und mit schändlichem, lüsternen Lächeln seinen Arm um ihren Busen legen wollte, als sein giftiger Hauch die zarte Haut ihrer Glieder berührte, kehrte ihr die entflohene Lebenskraft zurück; und mit einem wiederholten, aber lauteren und gellenderen Schrei sprang sie hinter den runden, vor dem Sopha stehenden Tisch zurück, diesen auf solche Art zwischen sich und ihren Angreifer bringend, und schaute dem Frechen mit zornleuchtendem Antlitz fest in die Augen.

Mit nicht vor Angst, sondern vor Entrüstung bebender Stimme rief sie ihm zu:

„Zurück, Elender! und keinen Schritt weiter! Ich durchschaue jetzt die niederträchtige Machination, mittels welcher man mich in Ihre Gewalt bringen wollte. Durch List und die rohe Faust des Stärkeren hat man sich meiner zwar bemächtigen, mich in Ihre Netze liefern können; aber bei der heiligen Jungfrau, in deren Schutz ich mich begebe, schwöre ich, daß es Ihnen nicht gelingen soll, Ihren schändlichen Plan weiter auszuführen!"

Ein wüstes, heiseres Gelächter war des Grafen Antwort. Dann suchte er seine Blicke wieder auf Adelens Augen zu heften und sprach:

„Madame erweisen mir zu viel Ehre, wenn Sie von besonderen Machinationen und Machtentwickelungen von meiner Seite sprechen. Ich muß dies Compliment zurückweisen. Was mit Ihnen geschehen, geschieht alle Tage und ist etwas durchaus Gewöhnliches. — Sie gefallen mir, und ich will Sie besitzen — das ist eben Alles. Und da es so ist, so würde ich Ihnen in Ihrem Interesse wohl einen besseren und ausgiebigeren Schutz wünschen, als den, welchen Sie anriefen; denn — aufrichtig gestanden — dieser wird mich nicht hindern, Sie binnen zehn Minuten mein zu nennen."

Diese Worte hatte der Graf mit entsetzlicher, eiskalter Ruhe gesprochen. Das Feuer der Aufregung schien für den Augenblick verflogen, und über den ausgebrannten Schlacken seiner Seele lagerte das dumpfe Miasma, welches systematisch und mit Wohlbehagen Jahre lang geübte Laster erzeugen.

Er hatte bei den letzten Worten seine Taschenuhr gezogen und sie vor sich auf den Tisch legend, wiederholte er:

„Zehn Minuten! Haben Sie mich wohl verstanden, Madame? Ich denke, diese Zeit wird genügen, um Sie das Unnütze eines Widerstandes einsehen zu lassen, und um mit jenen hergebrachten Förmlichkeiten, mit jenen herzzerreißenden Lamentos, welche die Unschuld eines Mädchens dokumentiren sollen, fertig zu werden. Uebrigens gestehe ich Ihnen, daß ich darauf keinen besonderen Werth lege, und Sie können sich daher Thränen, Bitten und was deß mehr ist, füglich ersparen."

Adele hatte diese schändlichen Worte wohl kaum gehört; denn während der Graf sprach, arbeitete ihr Geist mit aller Kraft, um einen Rettungsweg aus dieser entsetzlichen Lage zu suchen, und ihre Augen irrten im Gemache umher, jeden erfaßten Gegenstand in den Bereich der Flucht- und Rettungsgedanken ziehend.

Der Graf bemerkte diese spähenden Blicke und errieth deren Grund. Mit hämischem Lächeln ließ er sich in einem Fauteuil, den er vor den Eingang in's Schlafgemach geschoben, nieder.

Adele hatte ihren Entschluß gefaßt. Sie richtete einen innigen Blick gen Himmel und sprang dann mit einem schnellen Satze zur Thüre, den von ihr selbst vorgeschobenen Riegel schnell zurückreißend.

Aber die Thür öffnete sich nicht. Sie gab dem Drucke der schwachen Hand nicht nach. Sie war von Außen versperrt.

Ein tiefer Seufzer entrang sich Adelens Busen. Wo ist jener Mann hereingekommen? Jedenfalls durch eine verborgene Thür. Aber wo ist diese Thür? Diese Frage, deren Beantwortung sie nicht finden konnte, drehte sich in ihrem Gehirne.

Der Graf hatte diesem fruchtlosen Fluchtversuche lächelnd zugeschaut. **Er ergriff wieder die Uhr.**

„Sie haben noch drei Minuten, Madame! Sieben Minuten der Ihnen
von mir großmüthig zur Verfügung gestellten Zeit sind bereits verflossen.
Sie bemühen sich übrigens vergeblich, wenn Sie auf Flucht sinnen. Habe
ich Ihnen nicht gesagt, daß Ihr Schutz und Schirm ein schwacher ist?"

Die Ruhe dieses Mannes erfüllte Adelen mit Schrecken. Er mußte
seiner Sache wohl im höchsten Grade sicher, und keine Möglichkeit der Rettung für sie vorhanden sein. Aber dessenungeachtet gab sie die Hoffnung
noch nicht auf.

Der Graf wendete sich wieder an die Arme.

„Sie werden mir vielleicht zürnen, Madame, weil ich Sie seit zwei
Tagen bereits, die Sie in meinem Hause weilen, vergeblich auf meinen
Besuch warten ließ. Sie werden darin eine Unhöflichkeit erblicken. —
Aber Sie werden mich entschuldigen, wenn ich Ihnen sage, daß es die
wichtigsten Staatsgeschäfte sein mußten, die mich von einer so willkommenen
Visite abhalten konnten. — Heute aber will ich Sie und mich entschädigen.
Der Augenblick ist gekommen, schöne Widerstrebende! Die zehn Minuten
sind verflossen!" —

Nach diesen spöttischen Worten sprang er hastig auf und suchte Adele,
die behende vor ihm flüchtete, zu erhaschen. Es gelang ihm indessen nicht
sogleich. Adele benutzte geschickt jedes sich darbietende Möbel, um es zwischen
sich und den Verfolger zu bringen. Aber lange konnte diese Jagd nicht
dauern. Schon einigemale hatte der Elende sie zu erfassen gewußt, und
wenn sie sich auch immer wieder losmachte, schwand doch bei diesem un-
gleichen Kampfe ihre Kraft, und sie sah den Augenblick voraus, wo sie er-
liegen mußte.

Ihre Verzweiflung war auf's Höchste gestiegen. Hätte sie in diesem
Augenblicke eine Waffe gehabt, sie hätte sich damit unzweifelhaft das Dasein genommen, um nicht lebend in des Niederträchtigen Hände zu fallen.
Aber selbst dieser Rettungsweg blieb ihr verschlossen, und sie sah die Schande,
die ihr hundertmal schrecklicher als der Tod schien, drohend vor Augen.

In dem Momente, wo sie sich abermals hinter einen Stuhl, der
neben dem großen Spiegel stand, flüchten wollte, ergriff sie der Graf mit
voller Kraft beim Arme und zog die halb Ohnmächtige an seine Brust.

Durch die Jagd und das vergebliche Haschen, sowie durch den Anblick
des reizenden, in ihrer Angst ihm schöner als je erscheinenden Mädchens,
dessen durch den Kampf in Unordnung gebrachte Gewänder ihn bis jetzt
verborgene Schönheiten errathen ließen, waren des Grafen Sinne wieder
im höchsten Grade entflammt, und als er die bebende Gestalt Adelens nun
in seine Arme drückte, übermannte ihn die Aufregung dermaßen, daß er

mit seiner schönen Last auf jenen Stuhl sank, den Adele eben zu erfassen gesucht hatte.

Adele, entsetzt und halb von Sinnen durch die rohe Berührung, suchte mit krampfhafter Gewalt seinen Kopf, der sich gierig nach ihren Lippen drängte, zurückzustoßen und sich von den ihren Leib umklammernden Händen loszumachen. Ersteres gelang ihr auch, indem sie mit einem heftigen Stoß sein Haupt zurückschleuderte, daß es dröhnend gegen die Wand schlug.

Ein kreischender Fluch entfuhr des Grafen Lippen, und er griff mit beiden Händen nach der Schläfe, von welcher ein dicker, rother Blutstreifen niederquoll.

Adele hatte diesen Augenblick benutzt, um sich von dem Erschreckten und einen Augenblick aus der Fassung Gebrachten loszumachen.

Als sie sich umwandte, entfuhr ein Freudenschrei ihren Lippen.

Bei dem heftigen Anschlagen von des Grafen Kopf an die Mauer hatte dieser eine dort verborgene Feder berührt, und die geheime Tapetenthür war aufgesprungen.

Adelen bot sich ein Weg zur Flucht.

Ehe noch der Graf sich von seiner augenblicklichen Betäubung hatte erholen können, war Adele aus dem Zimmer gestürzt und durcheilte im schnellen Laufe jenen mattbeleuchteten Gang vor demselben.

Sie schöpfte neue Hoffnung. Vielleicht führt der Gang in's Freie. Jedenfalls bietet sich, einmal aus dem Zimmer und der unmittelbaren Nähe des Verführers entkommen, leichter eine Gelegenheit zur Rettung.

Niemand hält Adele in ihrem Laufe auf. Kein Mensch begegnet ihr. Aber der Corridor, durch keine Thür, durch kein Fenster, durch keine Nische unterbrochen, scheint sich endlos auszudehnen. — Die Wahrheit ist, daß sich auf der einen Seite des Corridors genug Thüren befanden, gleich jener, aus welcher Adele so eben kam. Aber sie waren so täuschend gearbeitet, so sorgsam in die Mauer eingefügt, daß die schnell an ihnen Vorbeieilende sie nicht bemerken konnte.

Endlich erblickt Adele eine geöffnete Thür. Ein scharfer Lichtstrahl dringt auf den halbdunklen Gang. Vorsichtig und leise, mit angehaltenem Athem schleicht sie nun vorwärts.

Sie hat die Thüröffnung erreicht. Behutsam streckt sie den Kopf durch dieselbe. Sie will sich orientiren. Aber ein leiser Schrei entfährt ihren Lippen, und ein Schauder durchrüttelt ihren Körper. — Sie erblickt vor sich dasselbe Zimmer, welches sie so eben verlassen hatte, und in demselben den

Grafen, der eben das Blut, das noch immer seiner Wunde entrieselte, mit einem darauf gedrückten Tuche zu stillen suchte.

Der Corridor war im Kreise gebaut und scheinbar ohne Anfang und Ende.

Adelens leiser Aufschrei wurde von einem gellenden Wuthschrei des Grafen beantwortet, der sie so eben erblickt hatte.

Ohne recht zu wissen, was sie eigentlich beginnen soll, läuft Adele neuerdings mit Aufgebot aller ihrer Kräfte vorwärts. Hinter ihr her der Graf, der indessen durch den bei der Bewegung beschleunigten Blutverlust aufgehalten, allmählich mehr und mehr zurückbleibt.

In dem Augenblicke, als Adele zurückschauend ihren Verfolger nicht mehr hinter sich erblickte, öffnete sich wenige Schritte vor ihr zur linken Seite eine von ihr früher nicht bemerkte Thür.

Eine Anzahl Stufen führten von dieser in einen breiten, hellerleuchteten Gang hinunter, der sich in einen lichtstrahlenden, glänzenden Saal öffnete, aus welchem Musik und betäubendes Lärmen tönte.

Auf der obersten Stufe stand jene Person, welche zu so gelegener Zeit die Thür geöffnet hatte. Es ist Aspasia, deren hochgeröthete Wangen und glühende Augen zeigen, daß sie während der Zeit ihrer Abwesenheit dem dort unten in Strömen fließenden Champagner weidlich zugesprochen hatte.

Erstaunt richtete sie ihre Blicke auf Adele, welcher hier zu begegnen sie sicher nicht vermuthet hatte.

Adele erkannte in dieser phantastisch ge - oder vielmehr entkleideten jugendlichen Gestalt, in diesem üppigen, glühenden und jede Zurückhaltung ihres Geschlechtes bei Seite setzenden jungen Mädchen kaum mehr ihre sanfte und zarte Dienerin von wenigen Tagen.

Einen Augenblick durchblitzte Adele der Gedanke, diese um Hülfe anzurufen. Aber als sie einen zweiten Blick auf die entblößte Gestalt, auf das im Sinnentaumel erregte Antlitz derselben geworfen hatte, ließ eine tiefe Verachtung, die sich Adelens bemächtigte, einen solchen Schritt nicht zu.

Das junge Mädchen schien Adelens Gedanken errathen zu haben. Mit einem herausfordernden Blicke maß sie deren Gestalt und streckte dann ihre Hand nach ihr aus, wie um ihr weiteres Vordringen verwehren zu wollen.

Adele fühlte übrigens nicht die geringste Lust, in den wüsten Zecherkreis, den sie von hier aus erblicken konnte, einzudringen. Im Gegentheile wandte sie sich, ihre Flucht nach einer anderen Richtung fortzusetzen, als sie daran durch den Anblick des Grafen verhindert wurde, der langsam näher kommend in der Tiefe des Ganges sichtbar ward.

Es blieb ihr sonach keine Wahl. Entweder vorwärts auf die Stätte der Bachanalien und Orgien, oder zurück in die Gewalt des Elenden.

Adele wählte das Erstere, und sich mit rascher Wendung von der sie haltenden Hand Aspasiens losmachend, flog sie in eiligen Sätzen die wenigen Stufen hinunter und durch den Corridor dem Saale zu. — — —

In diesem mit dem größten Luxus ausgestatteten, prachtvollen Saale waren um eine lange, in der Mitte desselben aufgepflanzte Tafel bei vierzig Personen, Männer jeden Alters, versammelt. Die Ueberreste eines incullischen Mahles deckten die zerknitterten Damastbehänge des Tisches, auf welchem neben diesen zahlreiche Reihen geleerter Weinflaschen Zeugniß der vollbrachten Thätigkeit in dieser Beziehung gaben. Auf den an den Wänden angebrachten Kredenzen befanden sich alle möglichen Arten von Spirituosen und anderen Getränken in fein geschliffenen Karaffen, und auf dem mit Smyrna-Teppichen belegten Boden harrten in mächtigen Eiskübeln die Geister der Champagne, in starke Flaschen gebannt, ihrer Erlösung.

Dieses Erlösungswerk war bis jetzt anscheinlich mit Eifer und Erfolg betrieben worden. Es war unzweifelhaft, daß alle diese Herren im Genusse des Weines des Guten zu viel gethan hatten. — Sie saßen und lagen in den seltsamsten und unbeschreiblichsten Stellungen auf einer Art von römischen Ruhebetten um die Tafel. Die Meisten derselben waren in jenem gesetzteren Mannesalter, in welchem man auf gewöhnlichem Wege bereits in den Besitz von Würden und Orden, von Gicht und Podagra gelangt ist. Viele trugen Uniformen, die Anderen waren im schwarzen, mit Orden geschmückten Staatskleide. Es war ohne Zweifel eine Versammlung von diplomatischen und militärischen Würdenträgern. — Aber in diesem Augenblicke trugen sie gerade das Gegentheil der Würde zur Schau, und einige hatten dieselbe sogar soweit schon abgelegt, daß sie unter den Tisch gesunken waren.

Die Bedienung bestand aus einer Schaar von jungen, kaum dem Kindesalter entwachsenen Mädchen in ähnlichem Anzuge und Zustande, wie wir ihn bereits bei einer ihrer Gefährtinnen, bei Aspasien, gesehen haben. Für jeden der Gäste war eine dieser jugendlichen Bachantinnen zur Bedienung bestimmt. Sie eilten zwischen der Tafel und den Kredenzen hin und her, um die Gläser ihrer Gebieter keinen Augenblick ungefüllt zu lassen, oder saßen auch wohl, von den Armen eines oder des andern sich besonders Herablassenden umschlungen, neben diesen auf dem Ruhebette.

Eine sanfte Musik, deren Urheber unsichtbar waren, tönte durch den Saal, wurde aber durch die lauten Gespräche und das Klirren der Gläser beinahe übertäubt. Mit den balsamischen Wohlgerüchen von prächtigen exotischen Blumen, welche allüberall im Saale angebracht waren, mischten sich die Düfte von feinen Cigarren, deren bläulicher Rauch über der Tafel sich kräuselte. —

Als Adele flüchtigen Schrittes den Saal betrat, hielt sie einen Augenblick, überrascht von diesem seltsamen Bilde, ihren Lauf an. Aber der Verfolger war hinter ihr. Sie trat, unfähig in ihrer entsetzlichen Lage, einen rettenden Entschluß zu fassen, und keine Hülfe erblickend, wankend und todesbleich in die Mitte des Gemaches.

Mehrere der Gäste hatten ihr Erscheinen bemerkt. Eine allgemeine Bewegung entstand um die Tafelrunde. Man sah sich mit fragenden Blicken an, und einige der Jüngeren erhoben sich, um Adelen entgegenzutreten.

Von der anderen Seite nahte eine Schaar jener jungen Mädchen, und — Adele für eine neue Genossin ihrer Orgien ansehend — schickten sie sich an, dieselbe mit Blumen zu begränzen und zur Tafel zu geleiten.

Die drängende Gefahr gab Adelen ihre Geistesgegenwart zurück. Mit stolzem Blicke und starrem Ernst in ihren Zügen trat sie festen Schrittes gegen die Tafel vor und wendete sich an die dort Versammelten.

„Meine Herren! Wider meinen Willen bin ich störend in einen Kreis eingedrungen, dem ewig fern zu stehen mein innigster Wunsch wäre. Aber dennoch bin ich nun einmal hier und stehe Männern gegenüber, an deren Ehre und Billigkeit zu appelliren ich für mein Recht und meine Pflicht erachte. — Hören Sie die Rede eines durch schändliche Gewalt ihrer Familie entrissenen Mädchens! Hören Sie den Ruf der Unschuld, die Stimme der Ehre! — Man hat auf niederträchtige Weise eine freie Bürgerin des freien Frankreich geraubt. An Sie, die Sie hohe Aemter der Republik zu bekleiden scheinen, wende ich mich um Hülfe und Rettung. Sie werden den Gesetzen, denen wir Alle unterstehen, Geltung zu verschaffen suchen; Sie werden mich den Händen der Gewalt entreißen, Sie werden mich meiner Familie wiedergeben!" —

Diese Worte schienen einen tiefen Eindruck auf die Versammlung zu machen. Einen Augenblick herrschte lautlose Stille, dann beugten sich die Herren flüsternd zu einander, ihre Meinungen über die sonderbare und unerwartete Erscheinung auszutauschen.

Ehe sich indessen eine Stimme für oder gegen die Sprecherin hätte erheben können, erschien Graf M.... auf der Schwelle des Gemaches, blutbefleckt, wuthschnaubend und vernichtende Blicke auf Adele schießend.

Er hatte ihre Rede mit angehört. Langsam trat er auf Adele zu und bemühte sich, ein Lächeln auf seinen entstellten Zügen hervorzurufen. Als ihm dies einigermaßen gelungen, wandte er sich im leichten, fast scherzenden Tone an die Tafelrunde.

„Meine Herren, laſſen Sie ſich in Ihrer Fröhlichkeit nicht ſtören durch einen Zwiſchenfall, den hervorgerufen zu haben mir unendlich leid iſt. — Es handelt ſich einfach um ein Mißverſtändniß, welches ich, wie Sie ſehen, mit meinem Blute bezahlen mußte. Dieſes Fräulein iſt aus gewichtigen Gründen meiner Obhut anvertraut worden; aus Gründen, welche hier näher zu definiren weder der Ort noch die Zeit iſt. — Ich denke, Sie werden mich verſtehen, wenn ich Ihnen ſage, daß das Fräulein einen Beſuch, den ich ihr eben abſtattete, falſch auffaßte und ihm in einer unerklärlich reiz- baren Stimmung eine Deutung unterſchob, die er nicht hatte. Sie ſuchte mir zu entfliehen, und in der Haſt, ihr zu folgen, ſtieß ich mich hart gegen eine Ecke der Thür. — Das iſt, meine Herren, die Sache; und ich erſuche auch das Fräulein, dieſelbe von dieſer Seite zu betrachten. — Wollen das Fräulein," fügte der Graf mit einem liſtigen Augenblinzeln gegen ſeine Gäſte hinzu, „da Sie doch ſchon einmal hier ſind, uns die ausgezeichnete Ehre erweiſen, in unſerer Mitte Platz zu nehmen, ſo erlaube ich mir, Sie hiermit freundlichſt einzuladen!"

Adele hatte dem Wortſchwalle des Grafen mit einem Lächeln tiefſter Verachtung zugehört. Als er geendet, wandte ſie ſich mit der Miene einer beleidigten Königin, mit dem Stolze der Unſchuld und des Rechtes auf den edlen Zügen an die Verſammlung.

„Ich leſe aus Ihren Geſichtszügen, Ihr Herren, daß ich nicht noth- wendig habe, dieſen — — Mann hier der Lüge zu zeihen. Wenn Sie das Recht nur hören wollen, auf welcher Seite es iſt, wiſſen Sie bereits. Ich fordere, daß man mich frei von hier in den Kreis der Meinen zurück- kehren laſſe, ich fordere — — —"

„Mein Fräulein," unterbrach der Graf ihre Rede, indem er einigen durch Aspaſien herbeigeholten Dienern winkte, „ich muß Sie erſuchen, ſich kurz zu faſſen. Entweder theilen Sie hier unſere Freuden, oder — be- mühen Sie ſich gefälligſt in Ihre Gemächer zurück. Dieſe Diener werden Sie geleiten."

„Nie! Nimmermehr!" rief Adele, indem ſie ihre Hände abwehrend gegen die Andringenden ausſtreckte. „Hier will ich um Gerechtigkeit rufen, bis man ſie mir gewährt. Hören Sie, meine Herren, Gerechtigkeit!"

Adele hatte die letzten Worte in leidenſchaftlicher Erregung geſprochen. Der laute Schall ihrer Stimme drang durch das geräumige Gemach, und als ob der Ruf nach Gerechtigkeit den oberſten Lenker derſelben in dieſem Lande herbeigerufen hätte, öffnete ſich in dieſem Augenblicke eine große, mit reichen Draperien verhängte Flügelthür, und ein Diener rief in den Saal hinein:

„Seine kaiserliche Hoheit, der Prinz-Präsident!"

Wie ein Zauberschlag berührten diese Worte Adelen, und mit gespanntester Aufmerksamkeit blickte sie diesem Manne entgegen, dessen Eintritt eine allgemeine Bewegung im Saale hervorrief.

Aus der Art, wie der Graf und seine Gäste Louis Napoleon entgegenkamen, zeigte sich eine gewisse Vertraulichkeit und ging hervor, daß er nicht ungeladen und unerwartet bei diesem Feste erschien, sondern daß man seinem Erscheinen schon lange entgegengesehen habe.

Dessenungeachtet schien dem Gastgeber der Eintritt des Herrschers gerade in diesem Augenblicke ungelegen zu sein, und er konnte sich nicht enthalten, während der Empfangsförmlichkeiten halb ängstliche, halb zornige Blicke auf Adele zu werfen, welche zum Fortgehen zu bewegen die Diener sich umsonst bemühten.

Der Gebieter Frankreichs wollte eben an der Seite seiner getreuen Willensvollstrecker Platz nehmen, als sein Blick auf Adelen fiel, deren Augen sich sogleich fest auf ihn richteten und deren Mund den Ruf „Gerechtigkeit" wiederholte.

Louis Napoleon schaute fragend auf den Grafen, der sich vergeblich bemühte, seine Verlegenheit zu verbergen, und der unter den spöttischen Blicken und dem sarkastischen Lächeln seines Herrn nur unzusammenhängend und unklar seine Erzählung vorzubringen vermochte.

Einige Augenblicke schaute Napoleon regungslos und wie träumend vor sich nieder. Dann richtete er seine matten, grauen und unheimlichen Blicke auf Adelens reizende Gestalt und sagte langsam und mit leiser Stimme:

„Sie sollen nicht umsonst an die Gerechtigkeit appellirt haben, Madame! Die Gerechtigkeit das bin ich! Vertrauen Sie mir Ihre Sache an. Ich will sie untersuchen und schlichten nach dem Befunde. Aber hier ist nicht der Ort dazu. Morgen will ich Sie hören. Bis dahin bringe man das Fräulein in sicheren Gewahrsam und lasse sie durch Niemand stören oder beunruhigen. Hören Sie, Graf! durch Niemand! Sie werden für die genaue Vollstreckung meiner Befehle Sorge tragen."

Mit einer befehlenden Handbewegung und leisem Neigen des Hauptes entließ Napoleon Adele, welche erstaunt und bestürzt, ohne weiteren Widerstand zu leisten, den Dienern folgte.

Morgen soll ihr Gerechtigkeit werden, und bis dahin bürgt des Gebieters Wille für ihre Sicherheit — dies beschwichtigte allmählich ihre

Befürchtungen und ihr Erstaunen darüber, daß man sie nicht allsogleich in Freiheit gesetzt; und sie betrat ruhig und gefaßt ihre früheren Gemächer. — —

Der Graf aber trat mit verwirrtem Lächeln an die Seite Napoleon's, und als sich die Thür hinter Adelen geschlossen, unterdrückte er gewaltsam einen in seinem Innern gährenden, wilden Fluch und erhob das gefüllte Kelchglas, um — auf das Wohl des „Retters der Gesellschaft" einen enthusiastischen Toast auszubringen. — —

Sechstes Kapitel.
Die Revolution im Fracke.

Das Unerhörte, Unglaubliche war geschehen. Die legislative Versammlung war gesprengt, die Verfassung abgeändert, die Gesetzmäßigkeit suspendirt und an deren Stelle das Phantom der allgemeinen Volkswahl, die Willkürherrschaft eines Einzelnen gesetzt worden.

Paris war erstaunt, erschreckt — und gestehen wir es — eingeschüchtert durch die imposante Machtentwickelung einer Truppenzahl von 120,000 Mann, welche innerhalb der Befestigungslinien der Stadt, in Kasernen und Hofräumen, auf Straßen und Plätzen vertheilt, vollständig bewaffnet und kriegsbereit nur des Befehles zur Schlacht nicht, sondern ز...a Schlachten harrten.

Dieser Befehl sollte nicht ausbleiben.

Wir haben gesehen, daß sich die versprengten Deputirten an einigen Orten wieder gesammelt und angefangen hatten, die Thätigkeit des Widerstandes zu entwickeln. Wir kennen bereits die von ihnen gegen Louis Napoleon erlassenen Proklamationen. Diese Deputirten, verstärkt durch ihre Anhänger aus allen Schichten der Bevölkerung, waren ferner einig geworden, am nächsten Tage, d. i. am dritten Dezember, mit der Gewalt der Waffen den Herausforderungen des Prinz-Präsidenten zu antworten.

Man hatte vier Deputirte gewählt, welche in der Faubourg St. Antoine den Kampf leiten sollten. Diese waren Schölcher, Baudin, Madier de Montjeau und Esquiros, welche Herren sich, mit ihren Insignien geschmückt, am Morgen des dritten Dezember an ihren Bestimmungsort begaben.

Während der verflossenen Nacht hatten sich, außer den Clubs der De-

dutirten bei Tortoni und an der Barrière-du-Trône, auch alle andern republikanischen, legitimistischen und orleanistischen Clubs versammelt und in
Permanenz erklärt. Gingen nun auch Vieler Ansichten in manchen Dingen
auseinander, in der Hauptsache waren sie einig. Es galt, einen Krieg auf's
Messer, einen Kampf auf Tod und Leben zu unternehmen. — Die verschiedenen Clubs setzten sich gegenseitig in Verbindung, und als die blut-
rothe Sonnenscheibe am Morgen des dritten ihr mattes Licht durch die
dichten Nebelschleier über Paris sendete, wartete schon ein muthiges, be-
waffnetes Häuflein hinter den Barrikaden der Straßen Cotte und Sainte-
Marguerite der anrückenden Soldaten, bereit, den ersten Anprall derselben
auszuhalten.

Einige Minuten nach halb neun Uhr rückten zwei Bataillone Jäger
und ein Linien-Infanterie-Regiment unter dem persönlichen Befehle des
General Marulaz gegen diese Barrikaden vor.

Man forderte die Vertheidiger derselben nicht zur Unterwerfung, nicht
zur Uebergabe auf. — Das wäre gegen die Pläne des Prinz-Präsidenten
gewesen, der ohnedies schon ungeduldig und unzufrieden über die diesmal
sich zeigende langmüthige Ruhe der Pariser, über die lange Verzögerung
des Kampfausbruches war. Was sollte Napoleon ein Sieg, der keinen
blutigen Lorbeer um die Schläfe des „Retters der Gesellschaft" wand? —
Wie wäre er überhaupt „Retter der Gesellschaft" geworden, wenn diese
Gesellschaft gar keiner Rettung bedurft hätte? — Es mußte also um jeden
Preis eine wirkliche Gefahr heraufbeschworen werden; es mußte Paris,
Frankreich, Europa gezeigt werden, daß die Gesellschaft an einem fürchter-
li..en Abgrunde gestanden sei, in den sie ohne die schnelle, energische Hülfe
Napoleon's unwiderruflich gestürzt wäre! — Es mußte zum Kampfe, zum
schenßlichen Gemetzel kommen; es mußte das Blut in Strömen vergossen
werden, und Hekatomben von Bürgerleichen mußten sich dem neuen
Gewalthaber Frankreichs thürmen, wenn der Staatsstreich wirklich als
vollbrachtes Faktum, als gesicherte erste Stufe zum Kaiserthrone gelten
sollte! —

In diesem Sinne handelten die Generale, die Offiziere, die Soldaten.
Die Generale, welche reicher Belohnungen harrten; die Offiziere, welche
den Marschallstab in ihren Taschen fühlten; die Soldaten, welche durch
übermäßigen, ihnen absichtlich gewährten und gebotenen Branntweingenuß
zu gefühllosen, blutlechzenden Bestien entwürdigt worden. —

Die Vertheidiger der Barrikaden warteten lautlos, in starrem Ernste,
den Finger am Drücker ihrer Musketen der anstürmenden, wildjauchzenden
Schaaren.

Die Truppen hielten. Die Gewehre senkten sich. Ein Wort von des General Marulaz Munde — und eine donnernde Salve sprühte ihren Kugelregen gegen die Barrikade.

Aber zu gleicher Zeit antwortete den Linientruppen eine Detonation von Seiten der Vertheidiger, und wohlgezielte Kugeln rissen Lücken in die Phalanx der Anstürmenden. — Auf beiden Seiten Todte und Verwundete. — Eine zweite Salve folgt. — Ununterbrochen knattert das Kettenfeuer. — Das Klirren der Waffen, das Rasseln der Trommeln, das Schmettern der Trompeten verbindet sich mit den Kommandorufen, dem Stöhnen der Sterbenden, dem Aechzen der Verwundeten zu einem grausigen, entsetzlichen Concerte. —

Nach und nach wird es ruhiger. Der Pulverrauch verzieht sich allmählich. Mit dem Bajonette die Verwundeten, die Betäubten niederstoßend, ersteigen die Soldaten die verlassene Barrikade. — Dort liegt ein Haufen Leichen, Sterbender, Verwundeter; Männer der besseren Klassen, die mit ihrem Blute Protest eingelegt hatten gegen die gesetzlosen Uebergriffe Napoleon's. Die Repräsentanten der National-Versammlung Madier und Esquiros wurden unter den Verwundeten hervorgezogen und zu Gefangenen gemacht. Baudin hauchte mit einem Strome Blutes seinen letzten Seufzer aus, als General Marulaz über Leichen weg die Barrikade erstiegen. —

Indessen hatte der Aufstand immer mehr um sich gegriffen. Waren auch diese ersten Barrikaden genommen, hinter denselben erhoben sich neue, umfangreichere, festere. — Die Läden schlossen sich; die Cafés, die Restaurants wurden von den Gästen verlassen. Dies nicht blos in den Vorstädten, sondern auch in der inneren Stadt, in den von den Truppen übermäßig besetzten Quartieren. — Die Bezirke der Arbeiter spieen aus ihren sich schließenden Fabriken und Ateliers Massen von Ouvriers, von Blousenmännern auf die Straßen. — Aber nur wenige von diesen eilten in ihre Wohnungen, um sich zu bewaffnen, oder nahmen Theil am Baue der Barrikaden, die gegen Mittag allüberall aus der Erde wuchsen. — Diese sonstigen Träger der Revolution blieben heute zum größeren Theile indifferent und müßige Zuschauer der sich vorbereitenden Ereignisse. Es war kein Kampf, der von ihnen ausging, von der sozialen Partei, welcher Napoleon bei jeder Gelegenheit huldigte und schmeichelte. — Es war nicht ihre Sache, um die es sich handelte; nicht die Sache der untersten Schichten der Bevölkerung, die sich wohl befanden unter einem Regime, das ihren Leidenschaften fröhnte; noch diejenige der arbeitenden Klasse, welche kein Vertrauen hatte zu der Bourgeoisie, von der jetzt der Widerstand ausging, die sie aber schon so oft betrogen hatte.

Was kümmerte die Arbeiter der Tiers-Etat, jener selbe dritte Stand, der ja auch ihre Bestrebungen nicht unterstützt hatte, der im Gegentheile ihren Unternehmungen im Jahre 1848 hindernd in den Weg getreten war!

Sie vergalten nun Gleiches mit Gleichem und hielten sich ferne vom Kampfe mit nur wenigen Ausnahmen.

Jene Blousenmänner mit den wilden, entsetzlichen Gesichtern, die schreiend und johlend, nach Waffen rufend und die Steine des Pflasters aufreißend, in geschlossenen Massen durch die Straßen liefen; jene wüthenden Trupps, welche die Jakobinermütze und die rothe Fahne schwingend, die friedlichen Bürger mit der Aussicht auf die Gräuelscenen des Jahres 93 erschreckten; jene Menschen, welche mit einem Worte sich das Ansehen von Ouvriers, von Barrikadenhelden, von Revolutionsmännern geben wollten, waren nicht das Eine noch das Andere. —

Es war die allgemeine Ansicht, daß diese Leute nicht mehr und nicht weniger als Mitglieder des ehrenwerthen Clubs vom 10. Dezember waren, und den Befehlen der Regierung gehorchend, den Aufstand auszubreiten und ihm eine furchtbare Gestalt zu geben suchten; einerseits, um somit als Lockvögel zu dienen und die Arbeiterklassen zur Theilnahme heranzuziehen; andererseits, um die Zahl der Revolutionäre scheinbar in den Augen aller Welt zu vergrößern, ohne den Unterdrücker der Revolte dadurch in Wirklichkeit größere Schwierigkeiten zu bereiten; Alles in Allem aber, um den so sehnlich erwünschten Aufstand mit Aufgebot aller so wohlbekannten, Effekt erzielenden, terroristischen Mittel prompt in Scene zu setzen. —

Aus dem Gesagten geht hervor, daß diese Revolution weder von dem stets zu jedem Zwecke sich hergebenden Gesindel, noch von der ihrer Aufgabe sich vollkommen bewußten Arbeiterklasse ausging und unterstützt wurde. Es war der Tiers-Etat, die Bourgeoisie, die ehrenwerthe, besitzende Klasse; es waren die Elite und die Abgeordneten des Landes, welche die Rechte der Nation gegen die Uebergriffe des Napoleoniden und seiner Prätorianer schützen und vertheidigen wollten. — Es war wirklich, wie sie von den Bonapartisten und Sozialisten spottend genannt wurde, eine „Revolution im Fracke und in Glacéhandschuhen." —

Aber, wenn auch die Anhänger Napoleon's sie verächtlich so bezeichneten, die Regierung sah ein, daß diese Bezeichnung, gerade weil sie wahr gewesen, eine Waffe gegen sie und ein Verdammungsurtheil in den Augen von ganz Europa geworden wäre. — Dies mußte verhindert werden. — Wir haben gesehen, wie man durch Anwendung der verächtlichsten Mittel der gesetzlichen Protestation den Stempel der entfesselten, vernichtenden, entsetzlichen Volksemeute aufdrücken wollte. Eine Proklamation des Kriegs-

Ministers, welche gegen Mittag erschien und überall bekanntgegeben wurde, ging ebenfalls in dieser Richtung vor. Man entblödete sich darin nicht, die grobe Lüge in die Welt zu schleudern, daß der Aufstand zum Zwecke habe, Paris zu plündern. An diese Unwahrheit anknüpfend, wurde ferner gesagt, daß Jeder, der mit den Waffen in der Hand gefangen genommen würde, sogleich solle erschossen werden. — —

Mittags lagerte bereits über Paris jene drückende, entsetzenschwangere Atmosphäre, welche dem Ausbruche der Volkswuth stets vorauszugehen pflegt. Die düstere Ruhe, die auf den meisten Straßen und Plätzen des linken Seine-Ufers und auf jenen in der Nähe der Tuilerien und Champs-Elysées herrschte, war eben so peinlich und grauenerregend, als die geschäftige, lärmende Thätigkeit, welche sich im Quartier du Temple, in der Vorstadt St. Antoine und auf den Boulevards geltend machte. — Allüberall in diesen Stadttheilen wurden Barrikaden gebaut; die größten erhoben sich bei Saint-Eustache, in den Rues Rambuteau und Beaubourg, in der Umgegend der Imprimerie Nationale und des Marché Saint-Martin.

Der Boulevard Beaumarchais und die meisten anderen Straßen-Mündungen gegen den Bastillen-Platz zu waren ebenfalls durch Barrikaden abgesperrt. Auf diesem Platze selbst aber, der dicht von Militär besetzt war, das durch die Rue Saint-Antoine mit dem Stadthause und den großen auf den Quais postirten Truppenmassen in Verbindung geblieben war, konnte sich das Volk nicht festsetzen. — Trauernd schaute die Göttin der Freiheit von der Höhe der Julisäule herab auf die Volksmassen, die heute nicht, wie sonst bei jeder Revolution, auf dem Bastillen-Platze sich um die ihnen heiligen Gräber der Juli- und Februar-Kämpfer schaaren konnten.

An dieser Stelle auch begann zuerst der fürchterliche Kampf, dessen Vorspiel nur diesen Morgen die Erstürmung der beiden Barrikaden gewesen war.

Um drei Uhr Nachmittags ungefähr donnerte der erste Kanonenschuß über den Bastillen-Platz und dröhnte grollend durch das erschütterte Paris.

, Dieser Schuß war für die Truppen des Prinz-Präsidenten das Zeichen zum allgemeinen Vorrücken gegen die Positionen der Aufständischen, zum Beginne einer jener entsetzlichsten Metzeleien, die die Blätter der Geschichte Frankreichs beflecken.

Sein Wiederhall verscheuchte von den Boulevards, von den Straßen und Plätzen die dort wogenden Menschenmassen, welche von Neugier und jener fieberhaft drängenden Lust, der Entwickelung des Dramas beizuwohnen, getrieben, die Verkehrsadern der Stadt, die noch nicht von den militärischen Operateuren durch Postenketten unterbunden waren, durchfluthet hatten.

Dieser Schuß war für die vereinigten Parteien des Widerstandes gegen den kaiserthron-lüsternen Napoleoniden — der, um die Gunst bettelnd, athmen zu dürfen im schönen Frankreich, ein heimathloser Abenteurer diesen Boden betreten und nun, nach Verlauf von drei Jahren, nicht eher sich begnügen zu wollen schien, bis er alle Macht und Gewalt des armen, geknechteten Landes in seiner Hand vereint hätte — das Signal, jetzt oder nie mit Blut und Leben einzustehen für die Aufrechthaltung der Gesetzmäßigkeit, des Rechtes und der Moralität.

Sein Wiederhall aber erweckte den Usurpator selbst aus dem dumpfen Hinbrüten, in welchem er seit dem Morgen dieses Tages befangen war, und machte einen fahlen Blitz aus seinen Augen leuchten. Seine dünnen Lippen umspielte ein entsetzliches, dämonisches Lächeln, da er sich jetzt, tiefaufathmend, als wäre eine Centnerlast seiner Brust entnommen, gegen Eugenie von Guzmann wandte, die mit ihrer Mutter ihm Gesellschaft leistete.

„Endlich, meine Damen, endlich beruhigt mich der langersehnte Schall! Oh, nun erst hab' ich gewonnen! — Der begonnene Kampf sichert mir den Sieg. Mag auch das Blut in Strömen fließen — das ist der Purpur, aus dem man Kaisermäntel macht!" — — —

Dem ersten Kanonenschusse folgte Salve auf Salve, Schuß auf Schuß. Ein heftiger Kampf entspann sich um die Julisäule und um die Barrikaden in der Nähe des Bastillen-Platzes. Die Vertheidiger fochten mit Begeisterung und Löwenmuth. Mit der Wuth der Hyäne die Angreifer, die blutlechzend, den Rücken durch immer neu nachrückende Genossen gedeckt sehend, und durch ihre Ueberzahl die Bürgschaft des Sieges vor Augen, schonungslos vordrangen, um ihrem erregten, blutdürstenden Fanatismus, den emporgestachelten Rachegefühlen Genüge zu thun.

Ungeachtet dieser Uebermacht schien einen Augenblick lang das Kampfglück sich auf die Seite der Barrikadenmänner zu wenden. Ihre wohlgezielten Flintensalven, der verheerende Kartätschenhagel aus einem leichten Geschütze, verbunden mit dem sichertreffenden Kreuzfeuer aus den Fenstern aller Stockwerke der naheliegenden Häuser, trieben mehr als einmal die immer auf's Neue anstürmenden Linienfoldaten zurück. — Wieder und wieder nahten sich die vor Wuth heulenden Schaaren, und wieder und wieder wurden sie mit blutigen Köpfen abgewiesen.

Da öffnete sich plötzlich ein Thorgang an der Seite einer der Barrikaden, und von einem jungen, blutbefleckten Manne geführt, dessen pulvergeschwärzte Züge uns nur schwer den Lieutenant Bernard erkennen lassen, drang mit gefälltem Bajonette, mit vorgestrecktem Flintenlaufe, mit gezücktem Degen eine

Schaar von Soldaten, von Blousenmännern und Bürgern gegen die zurück-
weichenden Linientruppen vor.

Einen Moment lang schwieg das Feuern. Erstaunen hemmte das der
Truppen, die Furcht, ihre eigenen Kameraden zu treffen, jenes der Vertheidiger der Barrikade.

Der laut aus tausend begeisterten Kehlen klingende Sang der Marseillaise übertönte den Tumult des Gefechtes und feuerte die kleine, tapfere
Schaar zum todesmuthigen Vordringen an.

Dann, wie auf ein gegebenes Signal, blitzte es zu gleicher Zeit von
rechts und links, aus jedem Fenster, von den Dächern, aus den Kellerlöchern,
und ein Regen wohlgezielter Kugeln schlug niederschmetternd in die Reihen
der Soldaten Napoleon's.

Bernard mit seiner Schaar drang, Alles niederwerfend, unaufhaltsam
vor. Der Massenkampf war in ein blutiges, entsetzliches Handgemenge aus-
geartet. Die Kämpfenden Aug' gegen Auge, Brust an Brust, wütheten der
kurze Degen, die Pistole, das Messer, die Faust. Diesem Einzelkampfe konnten
die Linientruppen nicht Stand halten. Schon begannen die zerrissenen, dezimir-
ten, auseinandergesprengten Kompagnien zu weichen. Ein dröhnendes Hurrah-
rufen schallte von der Barrikade, tönte von den Lippen der tollkühnen
Schaar. — Der Sieg neigt sich auf die Seite der Bürger und — — —

In diesem Augenblicke rasseln die Trommeln im Sturmmarsch neu
anrückender Kolonnen. General Herbillon naht mit frischen Bataillonen
vom Hôtel de Ville her. Zu gleicher Zeit ist eine andere Barrikade in der
Nähe genommen. Mit gefälltem Bajonnette dringen Herbillon's Schaaren
vor, zu neuem Muthe ihre Kameraden aufeuernd. Von allen Seiten wird
das muthige Häuflein Bernard's umschlossen und bedrängt. Die Braven
haben sich zu weit vorgewagt. Der Rückzug zur Barrikade ist ihnen ab-
geschnitten. Vor ihnen dräuen dicht geschlossen die Reihen der Bajonnette.
Jetzt öffnen sich dieselben an mehreren Stellen und zeigen dunkle, grünspan-
umzogene Kanonen-Mündungen.

Bei diesem plötzlich enthüllten Anblick der Tod und Vernichtung dro-
henden Rohre durchbebt kalter Schauer die Glieder der Verwegensten in
Bernard's Schaar, und das Blut stockt in seinem Laufe durch die Adern. —
Ein Moment noch — und die tapferen Kämpfer werden, von gehacktem
Blei, von Kartätschkugeln zerrissen, mit ihren Leibern das blutgetränkte
Pflaster decken.

Aber diesen Moment noch, der verfließen muß, bis sich die Plänkler,
die im Einzelgefechte von ihrer Truppe getrennten Soldaten, zu den Kolonnen Herbillon's zurückzuziehen vermögen, auf daß sie nicht selbst von den

Kugeln ihrer Kameraden fallen; diesen Moment benutzte Bernard, um mit seiner Schaar eine Flankenbewegung gegen eine schmale, dunkle Nebenstraße zu machen, deren Mündung so eben von den dort postirten Soldaten verlassen worden.

Ehe er diesen Schutz erreicht hatte, donnerten die Kanonen, und aus dem auflodernden Feuerstrom, bevor noch der weiße Rauch sich vor den Mündungen ballen konnte, sprühte der vernichtende Eisenhagel in die Reihen der Zurückziehenden und streckte so manchen tapfern Kämpen nieder zur letzten Ruhe, verstümmelte so manches Andern Glieder und brachte auf eiligen Fittigen Tod und Wunden auch in die entfernter stehende Schaar der Barrikaden-Vertheidiger.

Der Pulverrauch hatte sich noch nicht verzogen, die Kanonen waren noch nicht wieder geladen, als Bernard's Schaar, die Verwundeten mit sich nehmend, schon vom Kampfplatze verschwunden war. — In jene dunklen, gekrümmten und schmalen Straßen, die sich zwischen den Boulevards und den Quais im Quartier du Temple erstrecken, in jene für größere Militärmassen unzugänglichen, für die Vertheidigung aber ungemein günstig gelegenen Positionen hatte sich die tapfere, stark dezimirte Schaar zurückgezogen.

Nur Wenige derselben waren unverletzt, viele bluteten aus mehr als einer tiefen Wunde; alle waren von Staub, von Rauch und Pulver geschwärzt, von Blut besudelt. Bernard, der den linken Arm noch in einer Binde tragen mußte, hatte einen leichten Streifschuß an der Wange erhalten. — Nicht einen Augenblick wurde gezögert, sich in diesem Labyrinthe von Gassen und Gäßchen festzusetzen und dem Feinde den Eintritt in dieselben so viel als möglich zu erschweren. Das Pflaster wurde aufgerissen, Omnibusse und Fiacres ausgeschirrt und über die Breite der Straße gelegt, aus den Häusern Möbel und Matrazen geholt und über einander gethürmt; und ehe die verfolgenden Linientruppen noch zehn Schritt in dieser engen Gasse vorgedrungen waren, war Barrikade auf Barrikade vor ihnen aus dem Boden gewachsen, und aus den Fenstern der Häuser begrüßte sie ein gut unterhaltenes Kreuzfeuer.

Das Militär zog sich nach wenigen Schüssen zurück. Die kommandirenden Generale ließen dieses Gewirr von Gäßchen einstweilen unberührt liegen, und mit erneuerter Kraft wendeten sich die Truppenmassen gegen die größeren Barrikaden in den breiten Straßen.

Währenddeß war die Dämmerung hereingebrochen. Bald lagerte sich tiefe Dunkelheit über die nebelfeuchten Straßen, und unter deren Schutze erhoben sich neue Barrikaden in den Rues Transnonnaine, Grenetat, Beaubourg und Rosiers. Von allen Seiten strömten frische Kämpfer für das Recht und die Ordnung, neue Vertheidiger dieser Barrikaden herbei. Viele eben erst angekommen mit den verschiedenen Bahnzügen aus den Provinzen.

Aber auch stets neue Truppen rückten auf den Kampfplatz. — Erst ließ man noch eine Weile die Barrikadenmänner sich sammeln. Man wollte sie alle in Einem Quartier, in einem einzigen großen Haufen beisammen haben, um desto leichter mit ihnen fertig werden zu können und um eine desto größere Zahl von Opfern zu erreichen.

Nach einem unendlich grausamen System wurde dabei vorgegangen. Um den Kampf zu lokalisiren und nicht über ganz Paris auszubreiten, war von drei Seiten eine imposante Truppenmacht um die aufrührischen Quartiere gestellt, und zwar in so dichten und kompakten Massen, daß es eine vollständige Unmöglichkeit war, von jenen Seiten aus in die verpöhnten Straßen zu gelangen.

Wäre es der Regierung darum zu thun gewesen, den Kampf schnell zu beendigen, es wäre nichts leichter gewesen, als beim Beginn desselben diese Quartiere auch von der andern Seite vollkommen abzusperren, gegen die noch von Wenigen vertheidigten Barrikaden vorzudringen und mit sehr geringen Opfern an Blut und Leben dieselben zu nehmen.

Aber — wie wir bereits gezeigt haben — war dies eben durchaus nicht der Wille der Gewalthaber. Man ließ deshalb gegen die Vorstädte St. Martin, du Temple und St. Antoine die Verbindung offen, und auf diesen Wegen zogen die Aufständischen immer neue Massen Gleichgesinnter an sich. Diese Verbindungen, welche augenblicklich zu schließen die nöthigen Vorkehrungen getroffen waren, wollte man so lange geöffnet lassen, als noch Zuzüge in dem Hauptquartier der Revolution eintreffen mochten.

Der Stadttheil du Temple wurde demnach die große Mausfalle, aus welcher dann nach beendetem Kampfe Napoleon die erlegten Opfer nehmen und sie vor Europa ausbreiten konnte zum Beweise, daß es in seinem Hause wirklich — Mäuse gegeben habe, und daß er ohne Gift, blos auf mechanischem Wege, mit ihnen fertig geworden sei! —

Um indessen, während man die Aufständischen sich sammeln ließ, nicht unthätig zu bleiben und um den zum Handwerke nöthigen Lärm zu machen, erlaubte man den Truppen keine, unschuldige Privatvergnügungen.

Ohne einen Augenblick auszusetzen, fiel auf den Boulevards Schuß auf Schuß, obschon es dort keine Barrikade mehr gab, die zu erstürmen gewesen wäre, obschon Niemand da war, der sich den Truppen entgegengestellt hätte oder auch nur mit einem Pistolenschuß ihr Feuer erwidert hätte.

Wo sich ein Trupp Volkes, auch in der unschuldigsten und friedfertigsten Absicht zeigte, wurden auf denselben Kartätschenladungen abgefeuert und ohne den geringsten Grund, einzig aus der rohen Willkür der in Händen habenden Macht, schoß man in die Häuser ruhiger, angsterfüllter Bürger und schonte weder Alter, noch Geschlecht.

Jede Person, welche sich auf der Straße blicken ließ, oder welche man aus den Häusern herauszuzerren vermochte, gleichviel ob Greis oder Kind, Weib oder Mann, wer immer in die Hände der entwürdigten Soldateska gerieth, wurde auf die roheste Weise angehalten, gebunden, mißhandelt und Viele derselben, ohne das Geringste verbrochen zu haben, ohne Verhör und Verurtheilung sogleich erschossen.

Zweihundert und zwölf Personen, welche man im Laufe des Tages auf den Straßen in den verschiedensten Stadttheilen aufgegriffen hatte, führte man Abends nach dem Fort Vincennes. — Diese Unglücklichen, von denen nur der kleinste Theil sich an den Kämpfen betheiligt hatte, deren große Menge vollkommen unschuldig und auf Berufswegen, oder um Lebensmittel einzukaufen, auf den Straßen betroffen worden war; diese Unglücklichen wurden dort sogleich nach der Ankunft, ohne Prozeß, ohne alle Formalitäten, wie ein Haufe toller Hunde, niedergeschossen. Ein einziger Knabe von dreizehn Jahren, der das Mitleid des die Metzelei kommandirenden Generals zu erregen gewußt hatte, entkam dieser schändlichen, barbarischen Schlächterei.

Diesen und die folgenden Tage wurden Tausende und aber Tausende von Gefangenen nach der Präfektur und nach den Gefängnissen abgeführt, Menschen, denen es nie in den Sinn gekommen, gegen Napoleon oder sonst Jemand zu konspiriren, viel weniger an den Kämpfen Theil zu nehmen. — In die Häuser, in welchen man viele Personen vermuthen konnte, in die zahlreichen Hôtel garni's wurden von der Polizei ausgiebige Razzias unternommen, und ohne Unterschied Jeder verhaftet, dessen man habhaft werden konnte und der nur den geringsten Grund zum Verdachte gab. — Männer und Frauen, in Zügen von zwei- bis dreihundert Personen, von Soldaten und Stadtsergeanten umgeben, wurden unter den rohesten Beschimpfungen nach den verschiedenen Gefängnissen gebracht.

So ist es denn nicht zu wundern, daß in den folgenden Tagen die Zahl der Verhafteten die unglaubliche Höhe von dreißigtausend Menschen erreichte! Unter diesen sind die eigentlichen Barrikadenkämpfer, sowie alle stärker Kompromittirten nicht inbegriffen, denn diese wurden, auf die Art, wie wir bereits geschildert, sogleich niedergeschossen.

Diese unerhörte Zahl von Gefangenen war aber nothwendig, um die

That Louis Napoleon's vor aller Welt Augen im rothen Brillantfeuer leuchten zu lassen — — im rothen Glast des vergossenen Blutes, im Brillant-
funkeln von Millionen bitterer Thränen! — — Auf diese Art nur konnte
man dem In- und Auslande gegenüber mit der Unterdrückung eines mächtigen, gewaltigen Feindes glänzen, und die Gefahr der Gesellschaft und die
Rettung derselben in dem Napoleon erwünschten Lichte zeigen, den Ruhm
und das Verdienst dieser That für sich in Anspruch nehmen! —

Und in der That! — Ganz Europa erblickte nach dem Staatsstreiche
in Louis Napoleon den lorbeergekrönten Helden, der der Revolution die
Ferse auf den Nacken gesetzt und sie für immer und überall vernichtet
hatte!

Die unschuldig Verhafteten aber wurden nur zum geringen Theile
nach Verlauf einiger Zeit wieder freigegeben, um — dem Sicherheitsgesetze
in die Hände zu fallen. — Die Meisten wurden sogleich vor die in unaufhörlicher Thätigkeit befindlichen Kriegsgerichte gestellt und von diesen zu
Gefängnißstrafen oder zur Deportation nach Cayenne und Algier verurtheilt. — Wer vor das Kriegsgericht geladen wurde, konnte sich als verurtheilt betrachten; als verurtheilt auch jene, welchen diese Ehre nicht zu
Theil ward. — Denn um die überfüllten Gefängnisse zu leeren und in der
Ueberzeugung, daß bei der nun in's Leben getretenen napoleonischen Gerechtigkeitspflege eine Untersuchung oder keine ganz auf dasselbe herauskäme, bemühte man sich bei Vielen nicht lange mit dem leeren Schein, und Tausende wurden ohne jeglichen Urtheilsspruch, einzig und allein par ordre du —
Napoléon ihrem Vaterland, ihren Geschäften, ihren Familien entrissen und
von Gensd'armen nach Toulon zur Deportations-Kolonne für Algier oder
nach Brest zu jener für Cayenne gebracht.

Und all dieses namenlose Elend wurde über das schöne, glückliche
Frankreich verhängt von einem Einzelnen, um seinen Leidenschaften, seinem
Hasse gegen das Bestehende, seinen noch versteckten Rachegelüsten gegen die
ehemaligen Feinde seines Onkels und seinem ungezähmten Ehrgeize zu fröh-
nen! Dies Alles geschah in den ersten Tagen der Herrschaft — neu-
napoleonischer Gerechtigkeit! — — —

Als die Nacht des dritten Dezember weiter vorgerückt war und man
nun genug der Revolutionäre in den umstellten Quartieren vermuthen konnte,
wurden von drei Seiten ein kombinirter Angriff gegen dieselben unternommen.

Von der einen Seite rückte an der Spitze seiner Regimenter der General Levasseur vor; von der andern kam der Oberst Chapuis, von der
dritten endlich der Kommandant Bonlatigny, welcher der Barrikade der
Straße Beaubourg in den Rücken fiel.

Mit Löwenmuth vertheidigten sich die Bürger, denn diese zum größten Theile waren die Barrikadenkämpfer. Tief in die Nacht hinein dauerte der heldenmüthige Kampf. — Aber gegen die immer neuauffluthenden Linientruppen, gegen die immer kolossalere Dimensionen annehmende Uebermacht war der Widerstand — das sahen sie bald ein — vergeblich. Dessenungeachtet verkauften die wackeren Kämpfer jeden Fußbreit Boden nur gegen Blut und Leben, und Leichen thürmten sich vor den Mobilien zu zweiten Barrikaden, ehe es den Angreifern gelang, langsam und mit theuren Opfern dieselben zu ersteigen.

Die erste Barrikade, die von ihren Vertheidigern verlassen wurde, war die der Rue Beaubourg. Jene der Rue's Grenetat und Transnonnaine folgten, als deren Kämpfer zwischen zwei Feuer geriethen und sie aus einem Hinterhalte von einer weit überlegenen Anzahl mit der blanken Waffe angefallen wurden. Der Kampf war furchtbar, die Vertheidigung verzweifelt hartnäckig, der Sieg theuer erkauft. In Strömen floß das Blut, und die Meisten der wackeren Bürger fielen, noch im Todeskampfe ihr Recht vertheidigend und mit der letzten Kraft ihren Mord an den Söldlingen rächend.

Nur Wenige entkamen dem entsetzlichen Blutbade. Wer verwundet in die Hände der barbarischen Sieger fiel, wurde mit den Bajonnetten durchbohrt, mit den Gewehrkolben erschlagen. Mehr als hundert, welche, die Erfolglosigkeit ferneren Widerstandes einsehend, sich — die Waffen wegwerfend — zur Flucht gewendet, wurden gefangen genommen und sogleich ohne Verhör, ohne jede weitere Prozedur, an Ort und Stelle erschossen.

Die entsetzlichsten Scenen, die empörendsten Gräuelthaten, begangen an den Bürgern, an deren Weibern und Töchtern, an allen Jenen, welche bei den Barrikaden und in den in der Nähe befindlichen Häusern von den berauschten Soldaten ergriffen werden konnten, wurden von dem tiefen Dunkel jener denkwürdigen Nacht verdeckt vor dem mit tiefem Schauder sich abwendenden Auge der Humanität und der Gerechtigkeit.

Aber Klio hat sie mit ehernem Griffel, zur unauslöschlichen Schande, zum ewigen Fluche des im Blute sich satt trinkenden Napoleoniden, eingeschrieben auf die Tafeln der Geschichte neben die Ermordung des Prinzen von Enghien und die anderen verbrecherischen Thaten seines Vorfahren. —

Mit diesen Erfolgen der Truppen des Prinz-Präsidenten endete der erste Tag des Kampfes, ohne indeß zu einem entscheidenden Resultate geführt zu haben.

Noch war die Revolution nicht besiegt, deren Partei die Hoffnung nicht aufgab, sondern — leider vergeblich — auf die Unterstützung der unteren

Volksklassen noch immer rechnend, umfassende Vorkehrungen zu einem letzten, verzweifelten Kampfe traf. —

Noch war der Erfolg für Louis Napoleon nicht vollkommen gesichert,
der, im Palais Elysée am geöffneten Fenster sitzend, die halbe Nacht über,
bald dumpf brütend, bald leidenschaftlich aufgeregt, dem Kanonendonner
lauschte.

Er unterbrach sich in dieser Beschäftigung nur, um mittelst des Telegraphen mit dem Polizei-Präfekten und seinen anderen Vertrauten zu
korrespondiren und sich von diesen über die in Erfahrung gebrachten geheimen Umtriebe der feindlichen Parteien berichten zu lassen.

So erfuhr er gegen Mitternacht, daß die Volksrepräsentanten und
Bürger bei Tortoni sich in Betreff eines Operationsplanes für den folgenden Tag dahin geeinigt hätten, am Morgen desselben vom Boulevard des
Italiens bis zum Bastillenplatze einen allgemeinen, gleichzeitigen Angriff
gegen die Truppen zu unternehmen und so einerseits die gestern verlorenen
Positionen wieder zu nehmen, andererseits den Truppenkordon zu durch-
brechen und den Kampf in die Quartiere in der Nähe der Tuilerien und
der Quais zu tragen. Der Hauptzweck dieser beabsichtigten Massenbewegung
war aber augenscheinlich, die Truppen von dem Bastillenplatze und seiner
Umgebung zu verdrängen oder selbe von ihren Verbindungen abzuschneiden,
um dann unbelästigt eine Diversion gegen den Boulevard Mazas ausführen
zu können und aus dem dort befindlichen Gefängnisse Nouvelle-Force ihre
daselbst in Haft sitzenden Führer zu befreien.

Dieser Plan wäre unzweifelhaft gelungen, und die ausgezeichneten Generale an der Spitze der muthigen Bürger hätten leicht Napoleon's Absichten durchkreuzen können, — wäre dieser nicht durch sein trefflich organisirtes
Spionenheer, zu früh für den Triumph der guten Sache, von dem Unternehmen benachrichtigt worden.

Louis Napoleon traf sogleich seine Dispositionen. Eine halbe Stunde
nach Mitternacht standen vor dem Gefängnisse Mazas, von Gensd'armerie-
Eskorten umgeben, eine Anzahl Zellenwagen, in welche schleunigst die Generale Bedeau, Lamoricière, Changarnier, Cavaignac, Leflô, Oberst Charras,
Roger du Nord und Baze gebracht und ohne Verzug nach der Festung Ham
abgeführt wurden.

Dann, als die Führer seiner Feinde bereits weit von Paris entfernt,
der Kanonendonner verstummt, der Kampf für heute abgebrochen und alle
Vorkehrungen, die den Sieg für morgen sichern konnten, getroffen waren,
verließ Louis Napoleon sein Gemach im Palais Elysée und fuhr durch das
grabesähnliche, stumme und erstorbene Paris, in welchem eine fremde Bevölke-

rung von bewaffneten Bürgerschaaren, gleich Spukgestalten, ihr Wesen trieb, um lodernde Wachtfeuer lagerte oder bei geladenen Kanonen wachte, nach dem Hause des Grafen M...., um mit den dort seiner harrenden Genossen den Sieg des ersten Kampftages zu feiern. —

Der Morgen, der Vormittag des vierten Dezember vergingen unter beiderseitigen Vorbereitungen. — Die Truppen, unter dem Oberbefehl des General Magnan, hatten die von Louis Napoleon bezeichneten Positionen eingenommen und wurden noch einmal, zur letzten Anfeuerung, mit fabelhaften Mengen von Lebensmitteln, Wein und Branntwein betheilt, so daß vorauszusehen war, daß zur Stunde des festgesetzten Angriffs das ganze Heer des Prätendenten sich in einem betrunkenen Zustande toller Wuth befinden würde. Dieser Angriff war um zwei Uhr Nachmittags festgesetzt, bis zu welchem Zeitpunkte man der Partei des Widerstandes Frist gegeben hatte, sich zu sammeln, um so eine möglichst große Zahl von Opfern schlachten zu können.

Die Bürger hatten den gestern Abend gefaßten Plan, als sie erfahren, daß man ihnen zuvorgekommen und ihre gefangenen Freunde und Führer nach Ham gebracht habe, zum Theile abgeändert. Dafür aber hatte die Revolution größere Dimensionen angenommen und sich weiter ausgebreitet. In den Quartieren, welche gestern den Kampf sahen, mußte er zwar auch heute zu Ende geführt werden, und die dort befindlichen, von den Truppen eng umschlossenen Kameraden mußten von den Boulevards her, wie in der Nacht beschlossen worden, ausgiebig unterstützt werden. Man hoffte aber die Kraft der Truppen zu zersplittern, wenn man den Kampfplatz auch über die Boulevards hinaus gegen die Barrièren zu und auf das linke Seine-Ufer ausbreiten konnte. Und dies gelang auch. In jenen alten Stadttheilen auf dem linken Ufer, von der Cité an bis zu den äußeren Boulevards, welche bis jetzt sich an den Ereignissen gar nicht betheiligt hatten, in jenen dicht bevölkerten Arbeiter-Quartieren hatte vom frühen Morgen an der Geist der Empörung seine Flügel entfaltet. Von den Gobelins bis zum Odeon, vom Palais Luxembourg bis zum Jardin des Plantes gährte es in der Bevölkerung, die — wenn sie auch keinen rechten, entschiedenen Antheil nehmen mochte am Kampfe der Bourgeoisie — doch nicht ruhig bleiben konnte beim Donner der Kanonen, beim Knattern des Kleingewehrfeuers; und die, nur um ihre glühende Kampflust etwas zu kühlen, ihre nervöse Erregung etwas herabzustimmen, einstweilen anfing, ein kleinwenig das Pflaster aufzureißen, ein wenig johlend und die Marseillaise singend durch die Straßen zu ziehen und hie und da kleine Barrikaden zu erbauen. Nach und nach wuchs die Aufregung, durch ihre eigenen Ausbrüche gekräftigt und emporgehoben, wie sich manchmal der Appetit erst während des Essens einfindet und steigert. — Wo sich Soldaten und Stadtsergeanten zeigten, wurden sie mit grimmigem Geschrei, mit Drohungen, mit Hohn und Spott empfangen. Die Bürger, die bis jetzt unentschlossen in ihren Wohnungen verweilt, fanden sich bewaffnet auf den Straßen ein; ihnen schlossen sich Haufen von Blousenmännern, von Arbeitern an.

Man begnügte sich nun nicht mehr mit jenen bis jetzt erbauten, unbedeutenden Barrikaden. Das Palais und der Jardin du Luxembourg wurden mit Verhauen, mit meisterhaft ausgeführten Barrikaden, deren Bau von Zöglingen der nicht weit entfernt liegenden Polytechnischen Schule geleitet worden, umgeben. Dort sammelten sich die Kämpfer des linken Seine-Ufers.

Auf dem rechten Seine-Ufer, in den gewissermaßen belagerten Quartieren, auf den von Truppen in den Flanken bedrohten Boulevards und in den Faubourgs Montmartre, St. Martin, du Temple und St. Antoine erreichte nachgerade die Kampfbegier und das Verlangen, sich mit den Truppen zu messen, den höchsten Gipfel. Schon kam es zu einzelnen Exzessen, wenn sich kleinere Soldatentrupps in den vom Volke durchströmten Straßen blicken ließen. Offiziere, welche auf die Menge einsprengten und sie mit dem Säbel auseinander treiben wollten, wurden von dem erbitterten Volke von den Pferden gerissen, und jene, welche die scharfe Waffe brauchten, wüthend niedergemetzelt. — Allüberall erhoben sich neue Barrikaden in den Straßen Montmartre, du Temple, Rambuteau und vielen anderen; die stärksten an der Ecke der Straße Rochechouart und am Kreuzwege der Straßen du Temple und Rambuteau. An unzähligen anderen Orten wurde eben so eifrig an den Barrikaden gebaut und die Häuser in Vertheidigungszustand gesetzt. Von Minute zu Minute steigerte sich durch den Anblick des gestern vergossenen Blutes, der noch unbegrabenen Leichen und der immermehr überhand nehmenden herausfordernden Roheit der Soldaten die Erbitterung und die Kampfbegier in den Reihen der Bürger und des Volkes.

Auf der andern Seite hatte der Branntwein seine Wirkung gethan. Die kaum mehr ihrer Sinne mächtigen Soldaten waren zu blutgierigen, blinden und gänzlich willenlosen Werkzeugen in den Händen ihrer Führer geworden, die kein anderes Verlangen mehr kannten, als das, sich im Blute ihrer Widersacher zu baden.

So kam die zweite Stunde nach Mittag heran.

Gleich als fühle jede Seele das Nahen der Krisis, gleichwie vor dem Alles vernichtenden Hereinbrechen des Orkanes die Segel in völliger

Windstille an die Masten schlagen, und wie vor den ersten Stößen des Erdbebens eine schwüle Ruhe lagert: so herrschte die letzten Minuten vor zwei Uhr über Paris ein unsäglich düsteres, unheimliches, entsetzliches Stillschweigen, eine dumpfe, verderbenschwangere Ruhe. —

Die Normaluhr im Palais royal schwirrte in leisen Tönen — —

Die Glocken von St. Sulpice, von Notre-Dame und der Madeleinekirche antworteten mit gewaltigen Schlägen. — Eins — Zwei — — —

Ein Augenblick tiefer, grabesähnlicher Stille. Das Auge wagt nicht zu zucken — der Athem stockt — —

Da plötzlich ertönt ein wildes, entsetzliches Geheul — ähnlich dem Kriegsgeschrei der Cumanchees und Osagen — und übertäubt das Rasseln der Trommeln, das Rufen der Signalhörner. — Die Meute, die blutlechzende Soldateska, ist losgelassen und auf der Fährte ihrer Todfeinde, der Bürger. — Fast gleichzeitig mit ihrem markdurchschauernden Gebrülle schallt der Donner der Kanonen, das Knattern der Musketen, das Klirren der blanken Waffen.

Auf der ganzen Linie gleichzeitig entbrennt der Kampf. In demselben Augenblicke fällt der erste Schuß auf dem Boulevard Poissonnière, in der Rue du Temple und auf dem linken Seine-Ufer, in der Rue de la Harpe.

Von allen Seiten, gleichmäßig wüthend in den Reihen der Gegner, gleichermaßen gierig nach dem Blute der Brüder, dringen die Truppen unaufhaltsam, unwiderstehlich vor gegen die ihnen bezeichneten Punkte.

Die Divisionen Levasseur und Carrelet nehmen dieselben Positionen wieder ein, die sie den vorigen Tag inne hatten; die Division Renault begiebt sich auf's linke Seine-Ufer und occupirt das Palais Luxembourg.

Der Kampf war noch furchtbarer als der des vorigen Tages. Die Tapferkeit der Bürger, die wahrhaft heldenmüthige Aufopferung vieler derselben vermochte dem Andringen dieser entmenschten Horden auf die Dauer keinen Widerstand zu leisten.

Nicht mit Präcision, sondern mit dem sinnlosen, maschinenmäßigen Drängen nach einem gegebenen Ziele; nicht sowohl mit Muth und Geistesgegenwart, als vielmehr mit einer Art rasender Energie, die bei jedem neuen Widerstande vermehrt aufbrauste, drangen die Truppen, ohne auf ihre rechts und links fallenden Kameraden, ohne auf Tod und Wunden die mindeste Rücksicht zu nehmen, vorwärts. Eine Berserkerwuth schien jeden Einzelnen, schien die Gesammtheit der Truppen zu beseelen.

Edleren Motiven entsprungen und einem besseren Ziele zustrebend, wäre die Todesverachtung dieser Soldaten bewundernswerth gewesen.

Es ist indessen eine erwiesene Thatsache, daß unter den Branntwein,

mit welchem man die Truppen berauscht hatte, gewisse aufregende und sinn-
bethörende Mittel gemischt waren, Gifte, welche die thierische Wuth der
Elenden auf den höchsten Gipfel hoben und dieser alle anderen Gefühle
unterordneten.

Die Bürger vertheidigten die Barrikaden mit einer Kaltblütigkeit, mit
einem Muthe, die eines besseren Erfolges werth gewesen wären. Aber was
konnte ihnen dies Alles gegen eine stets wachsende Ueberzahl helfen, die
mehr und mehr von allen Seiten in die von ihnen besetzten Straßen, in
die Häuser, in den Rücken der Barrikaden drang.

Nach kurzem Kampfe war die Mehrzahl der Barrikaden zwischen zwei
Feuer gebracht. Die Kartätschen räumten in den Reihen der Bürger furchtbar auf. Wo einer verwundet fiel, wurde er durch Bajonnetstöße von den
Soldaten vollends getödtet. Die Truppen feuerten ununterbrochen; wenn
sie kein anderes Ziel hatten, schossen sie in die Fenster, gleichviel, ob
dort Feinde waren, oder nicht. Sie drangen in die Häuser bis in die
höchsten Stockwerke hinauf, demolirten, was ihnen im Wege stand, miß-
handelten die Männer, entehrten die Frauen und schleuderten endlich die
unglücklichen Opfer ihrer viehischen Begierden aus den Fenstern. — Auf
diese Art von Haus zu Haus eilend, oft die Verbindungsmauern zwischen
denselben durchbrechend, gelangten sie schnell in den Rücken der Barrikaden,
auf deren Vertheidiger sie aus den Fenstern derselben Wohnungen feuerten,
deren Insassen sie so eben auf das Schändlichste mißhandelt oder getödtet
hatten.

Nach heldenmüthiger, aber fruchtloser Vertheidigung wurden die meisten
Barrikaden mit Sturm genommen.

Wie am vorhergehenden Tage wurde, während an den Barrikaden gekämpft ward, auf allen Straßen und Plätzen ein heftiges und ununter-
brochenes Feuer gegen Vorübergehende oder Flüchtende unterhalten. Wo
sich ein größerer Trupp müßiger Zuschauer zusammenrottete, wurden Ca-
vallerie-Angriffe auf dieselben gemacht und Männer und Weiber schonungslos zusammengehauen.

Eine ungemein zahlreiche Menschenmenge hatte sich auf den Boulevards
Montmartre und Poissonnière versammelt. Dort, an der Mündung der
Rue Montmartre, wurde gegen Abend eine von Benoit d'Azy verfaßte
Proklamation vorgelesen, in welcher erklärt wurde, daß Louis Napoleon
Bonaparte seiner Präsidentenwürde entsetzt sei.

Kaum war dies geschehen, als von allen Seiten Truppenmassen an-
rückten und diese Straße sowie die angrenzenden Boulevards besetzten. Ein
mörderisches Kanonen- und Musketenfeuer wurde auf die von allen Seiten

bedrängte Menschenmenge, sowie auf die Gebäude gerichtet. Die Straße Lepelletier, das Atelier des Schneiders Dusantoy, die Räumlichkeiten, in welchen die Dekorationen und Requisiten der großen Oper untergebracht sind, die Büreaux des Journal „Evenement" und viele andere Häuser, auf welche, den Befehlen des General Canrobert gemäß, Kanonen gerichtet und Einwohner und Gebäude niedergeschmettert wurden, waren der Zerstörung durch Granaten und Vollkugeln überlassen. Die Zahl der Menschenleben, die auf diesen Punkten geopfert wurden, ist nie festgestellt worden. Entsetzliche Scenen der rohesten Bestialität fielen dort vor, und diesem niederträchtigen Morden waren nicht blos gänzlich unbetheiligte Zuschauer, sondern auch die unschuldigen Insassen der Häuser ausgesetzt.

Allerdings wehrten sich die so schändlich Ueberfallenen, und mehrere Stabs- und Oberoffiziere, viele Soldaten sanken unter den Kugeln der tapferen Bürger. Aber dies vermehrte nur die Wuth der trunkenen Prätorianer, von denen sich viele kaum mehr auf den Beinen erhalten konnten und welche nach gewonnenem Siege, das heißt nach beendeter Metzelei, sich im Bruderblute und unter den noch zuckenden Leichen gleich sinnlosen Thieren wälzten.

Eben so furchtbar ging es auf den Boulevards des Italiens, du Temple und Saint-Martin zu.

Bei hereinbrechender Nacht war an den meisten Orten der Kampf beendet. Die Verschanzungen des Jardin du Luxembourg, das ganze linke Seine-Ufer, die Boulevards und der größte Theil der Barrikaden im Quartier du Temple waren genommen und, nach gänzlicher Vernichtung des Feindes, von den Truppen besetzt.

Nur bei Saint-Eustache, in der Umgebung der Place des Victoires, in den Straßen Beaubourg und Transnonaine wurde noch mit äußerster Erbitterung furchtbar gekämpft. In der Rue des Poulies und St. Honoré wurden neue Barrikaden aufgeführt. Aber auch dort mußten endlich die muthigen Kämpfer der Uebermacht weichen, auch diese Barrikaden wurden genommen. —

Aber immer noch gab man den Widerstand nicht auf. Nur wenige Straßen waren noch, welche das Militär nicht besetzt hatte. — In diese zogen sich die wackeren Helden, die dem Blutbade auf den zuletzt genommenen Barrikaden entkommen waren, und versprengte Kämpfer aus anderen Theilen der Stadt zurück. Man errichtete neue Barrikaden, und um sieben Uhr Abends standen hinter den schnell aufgeworfenen Verschanzungen der Straßen Montorgueil, Saint-Sauveur, Petit-Carreau und Montmartre die letzten Schaaren der Vertheidiger des Rechtes und der Gesetzlichkeit.

Unter dieser Schaar von ermatteten, blutbefleckten, pulver= und staub=
geschwärzten Männern erblicken wir einige alte Bekannte.

Dort steht, sich erschöpft auf seine Flinte lehnend, die hohe, aber jetzt
gebeugte Gestalt des alten Herrn Dussuy, den matten, grammumflorten Blick
in peinlichem Nachsinnen auf den Boden heftend, der so bald das Blut
der letzten Patrioten schlürfen sollte. —

Durch eine Seitenstraße naht Lieutenant Bernard mit den wenigen
Uebriggebliebenen jener Schaar von Braven, welche er in den Kampf ge=
führt hatte und welche seit gestern Morgens nur auf wenige Stunden aus
dem Gefechte gekommen war.

Drei Viertheile dieser Helden hatten bereits mit ihrem Leben die Schuld
an das Vaterland bezahlt. Die Uebrigen waren mehr oder minder ver=
wundet. Unverletzt war Keiner. —

Bernard hatte außer dem Streifschuß in die Wange, dessen wir schon
erwähnten, noch einen Säbelhieb über die Stirn erhalten. Ein blutiges
Tuch deckte diese Wunde. Neben ihm schritt, den rechten Arm in der Binde,
die Muskete in der Linken haltend, jener alte Soldat mit den wetterge=
bräunten Zügen, welchen wir am Beginne unserer Erzählung als Schild=
wache am äußersten Wallgraben jenes Forts gesehen haben, welchem Ber=
nard, unaufgehalten von ihm, entflohen war. Dieser alte Republikaner
hatte Gelegenheit gefunden, sich während des Kampfes von seinem Corps
zu entfernen und seinem früheren Offiziere sich anzuschließen.

Dussuy und Bernard hatten sich während dieser zwei schrecklichen Tage
nur auf kurze Augenblicke gesehen. Keiner wußte von des Andern Schick=
sale und ob dieser noch am Leben, oder ihm schon vorangegangen sei in
das Reich der Schatten. — Nun trafen sie sich plötzlich hinter diesem letzten
Bollwerke der Freiheit, in einem Augenblicke, wo der Kampf schwieg, um
bald darauf zum letzten, entscheidenden Gefechte zu entbrennen.

Mit einem lauten Ausrufe der Freude eilten die beiden wie im Leben
so auch für den Tod Verbündeten auf einander zu und sanken sich in die
treuen Freundesarme.

Die Zeit, die ihnen vergönnt, war nur kurz; was sie sich zu sagen
hatten aber viel. Sie verloren daher keinen Augenblick, und sich auf eine
leere Tonne setzend, die zum Barrikadenbaue herbeigeschafft war, vertieften
sie sich in ein eifriges Gespräch.

Vater Dussuy hatte noch in derselben Nacht, in welcher er Adelen
zum letzten Male gesehen, seine Freunde und Verbündeten aufgesucht, um
ihnen jene unheimlichen Zeichen, die er entdeckt zu haben glaubte, mitzu=
theilen. In diesem Freundeskreise fand er bald seine düsteren Ahnungen

bestätigt. Von allen Seiten liefen ähnliche Berichte ein, und bald war kein Zweifel mehr möglich. Der Staatsstreich war bereits eine vollbrachte Thatsache. —

Duffny betheiligte sich nunmehr an allen Schritten, welche von der Partei des Widerstandes unternommen wurden. In eifriger Thätigkeit für die Sache des Vaterlandes verging ihm der erste Tag, ohne daß er Zeit gefunden hätte, seine geliebte Tochter durch seinen Besuch zu beruhigen.

Was Duffny am meisten auffiel, ihn am unangenehmsten berührte, war, daß Bernard sich nicht bei ihm einfand. — Er war zu sehr von dessen treuer Hingebung an die Sache der Legitimität überzeugt, als daß er an Verrath hätte denken können. — Aber es schien ihm unzweifelhaft, daß Bernard ein Mißgeschick getroffen habe, und er erwartete mit Ungeduld den Augenblick, wo er von Adelen vielleicht etwas Näheres über die Sache erfahren könnte.

Am Abende des zweiten Dezember endlich begab er sich in die Rue des Rosiers.

Die umliegenden Straßen waren von Soldaten besetzt. Nur mit Anwendung möglichster Vorsicht gelang es Duffny, unbemerkt an das Haus zu kommen. — Am frühen Morgen des nächsten Tages sollte in diesen Stadttheilen der Kampf beginnen. Unter solchen Verhältnissen war für Adele keine genügende Sicherheit in ihrer Wohnung. Duffny beschloß, seine Tochter heute noch mit sich zu nehmen und in ein ruhigeres Quartier zu übersiedeln.

Die Fenster von Adelens Zimmern sind unbeleuchtet. — Die Thür ihrer Wohnung verschlossen. — Duffny wird von einer furchtbaren Ahnung ergriffen. Kalter Angstschweiß steht auf seiner Stirn. Er läutet, er klopft, er lärmt — Alles vergeblich. Das Haus scheint ausgestorben. —

Wankenden Schrittes verläßt endlich Duffny die Schwelle, hinter welcher sein Glück, sein Leben, sein einziges Kind bis jetzt geathmet. — —

Sein einziges Kind? — Nicht doch! Diese Gestalt dort, die jetzt unter dem Schatten der Thorwölbung hervortritt, ist dies nicht die Gestalt seines Sohnes? —

In der That! Duffny bleibt beim Anblicke dieses Menschen wie erstarrt stehen, und seinen Lippen entwindet sich widerstrebend der Ausruf:

„Du hier, Emil? Beim Himmel! wie kommst Du in dieses Haus!"

Der junge Mensch, dessen eine Gesichtshälfte jetzt von einer schwarzen Binde verdeckt war, ist derselbe, welcher die Nacht vorher das schändliche Attentat auf Adelen unternommen hatte.

Mit einem frechen, höhnischen Lächeln tritt er seinem Stiefvater entgegen.

„Ah, Sie hier, Papa? Ha, wenn Sie überrascht sind, Ihren Sohn hier zu finden, geht es mir in Bezug auf Sie ebenso."

„Antworte, was suchst Du in diesem Hause?"

„Dieselbe Frage könnte ich an Sie stellen!"

„Bube!"

„Nur gelassen, cher papa! Sie dürfen's ja meinetwegen erfahren, daß ich ein hübsches Kind besuchen wollte, das da oben wohnt.'

„Unglücklicher! Adele — —"

Ah, c'est bien drôle! Sie kennen ihren Namen! ha, ha, ha, so ist es also wahr, was sich die böse Welt erzählt, so — — —"

„Halt ein, Elender! Dieses Mädchen, das Du lästern willst, wie Du mich beleidigst, dieses Mädchen — ist Deine Schwester!"

„So — meine Schwester! Hm, sie hat mir's wohl gesagt — —"

„Wie, Du hast mit ihr gesprochen?"

„Natürlich lieber Vater!"

„Wann? — —"

„Gestern — das heißt vielmehr im Laufe der vergangenen Nacht!"

Der unglückliche Vater schlug bei diesen Worten entsetzt die Hände vor sein Antlitz und stöhnte laut. —

Mit demselben schändlichen Lächeln, das während der ganzen Unterredung um seine Lippen lagerte, fuhr der Elende fort, indem er eine Cigarre aus seinem Etui nahm und Feuer zu machen suchte.

„Ja wohl, Papa! Vergangene Nacht; aber wir wurden bald gestört!"

Des alten Mannes Stöhnen vermehrte sich, und er mußte sich, um nicht umzusinken, gegen die Mauer lehnen.

Sein Stiefsohn begann wieder nach einer minutenlangen Pause.

„Ihre — Tochter, wie Sie Adelen zu nennen belieben, bekam in früher Morgenstunde noch anderen Besuch."

„Du verläumdest, Elender!"

„Du tout! — Die Herren, die sich einstellten, schienen gewisse höhere Aemter im Staatshaushalte zu bekleiden. — Sie trugen Uniform — — die Uniform der Polizei-Kommissäre!"

Wie von der Tarantel gestochen, fuhr Dussny in die Höhe.

„Was sagst Du! Polizei — — —"

„Ganz richtig, Papa! Polizeibeamte waren es, die mit dem schönen Kinde zu sprechen verlangten."

„Und — weiter!"

„Nun, das Nähere kann ich eigentlich nicht sagen, weil ich mich —

als höflicher Mann — um nicht zu stören, zeitlich aus der angenehmen Gesellschaft entfernte. Aber ich blieb — aus verwandtschaftlichen Rücksichten — in der Nähe und sah bald Adelen mit zweien der Herren in einen bereit stehenden Wagen steigen, der sie im Carrière entführte."

„O mein Gott! Wenn es wahr wäre! Entsetzlich!"

„Das Komische an der Sache ist, daß in dieser Nacht — ich weiß natürlich nicht, ob es in den andern ebenso ist — die Besuche bei Adelen kein Ende nehmen wollten. Ich sah einen Herrn — ich glaube er trug Lieutenantsuniform — der sich mit den an der Thür wachthaltenden Stadtsergeanten herumbalgte, weil diese ihm den Eintritt zu seiner — Geliebten, wie er sie ganz ungenirt nannte, verwehren wollten. — Ha, ha, ha; Sie, lieber Papa, und ich, und der Lieutenant — und uns Allen die gemeinsame Flamme von der Polizei entzogen! Ha, ha, ha! Nun wissen Sie, lieber Papa, was ich Ihnen sagen wollte. Ich wollte Sie nicht in Ungewißheit über Adelens Schicksal lassen, dazu bin ich zu zartfühlend. Deshalb folgte ich Ihnen von unserer Wohnung an, um Sie zur geeigneten Zeit davon zu verständigen. — A revoir, Papa!"

Nach diesen Worten entfernte sich der Elende mit eiligen Schritten.

Der alte Dussny blieb, unfähig einer Bewegung, eines Wortes, stumm und starr gleich einer Bildsäule, an dem Orte, wo er so Entsetzliches vernommen. — —

Den nächsten Morgen stand, einer der Ersten am Platze, ein alter, mit einem Doppelstutzen bewehrter Mann hinter der Barrikade in der Straße Saint-Marguerite.

Nur Wenige kannten ihn. Selbst seinen intimen Freunden wurde es schwer, in dem über Nacht um zehn Jahre Gealterten den Bürger Dussny wieder zu erkennen.

Er stand während der folgenden zwei Tage unausgesetzt im heftigsten Feuer, im blutigsten Handgemenge, stets an den Orten, wo die Gefahr am größten war.

Ihm liegt mehr als jedem Anderen am Siege. Nur wenn die jetzigen Gewalthaber unterliegen, kann es ihm gelingen, seine Tochter wieder zu erhalten. — Denn, daß unter dem Deckmantel dieser polizeilichen Verhaftung sich etwas Entsetzlicheres berge, daran zweifelte er keinen Augenblick. —

Gelingt es aber seinen Gegnern, den Sieg davon zu tragen, dann ist es besser für ihn, unter den Streichen oder von den Kugeln der Soldaten zu fallen, als länger noch ein Leben zu fristen, das jeden Reiz für ihn verloren hat. — — —

Bernard hatte der Erzählung seines alten, väterlichen Freundes still-
schweigend 'zugehört. Der Schmerz über Adelens Verlust, der aus jedem
Worte des alten Mannes tönte, hallte mit verdoppelter Macht wieder in
seiner eigenen Brust. —

Er berichtete nun dem alten Manne von seinen eigenen Begebnissen. —
Wir kennen dieselben bereits und brauchen nur noch hinzuzufügen, daß
Bernard allen Abmahnungen seines Freundes Lepaile zum Trotze darauf
bestand, an den beginnenden Kämpfen Theil zu nehmen. Seine Schulterwunde konnte ihn nicht davon abhalten. Ebensowenig das Wundfieber, das
am Morgen mit erneuter Heftigkeit zurückkehrte.

Lepaile selbst konnte keinen Theil am Kampfe nehmen, da er, sowie
seine Genossen, einen Schwur gethan hatte, sich diesmal nicht an der Revolution zu betheiligen. Wohl bewaffnet und mit den heißesten Segens-
wünschen der Freundschaft führte er endlich Bernard auf die Oberfläche der
Erde zurück, indem er ihm seine Unterwelt für alle Fälle zum Asyle anbot
und ihm die Orte und deren Kennzeichen genau mittheilte, welche als Eingang zu den Katakomben dienten. — —

Eine halbe Stunde mochte den Beiden im Gespräche verflossen sein,
während welcher nur fernes Waffengeräusch, untermischt mit einzelnen Schüssen,
zu dieser letzten Zufluchtsstätte der Freiheit drang. Ihre Genossen hatten
unterdessen mit rastlosem Eifer gearbeitet, die Barrikaden noch mehr zu be-
festigen und die Waffen in brauchbaren Zustand zu setzen. —

Jetzt tönte vom Boulevard Montmartre her der immer näher rückende,
taktmäßige Schritt gewaltiger Militärmassen.

Die Vertheidiger der Barrikaden eilten auf ihre Posten.

Im Dunkel der Nacht bewegte sich eine lange, schwarze Linie auf sie
zu. Nun hielt dieselbe auf ein gegebenes Signal. Ein Kommandoruf er-
schallte — und im weiten Bogen geworfene Leuchtkugeln erhellten mit Ta-
gesglanz den Schauplatz des ausbrechenden Kampfes.

In demselben Augenblicke rasselten die Trommeln, die Kolonne setzte
sich im Sturmmarsche in Bewegung und suchte mit gefälltem Bajonnette die
Barrikade zu erstürmen.

Es war das einundfünfzigste Regiment unter dem Befehle des Obersten
Lourmel, dem der Auftrag geworden, diese letzten, allein noch übrig gebliebenen Barrikaden zu nehmen.

Aber es war ein hartes Stück Arbeit. So hartnäckig war bis jetzt
noch keine Barrikade vertheidigt worden, wie diese. Solche Tapferkeit, solcher Heldenmuth hatte sich noch nicht gezeigt, wie hier.

Dreimal stürmte das Regiment, dreimal wurde es zurückgeworfen.

Nun richteten die Truppen ein fürchterliches Kartätschen- und Kleingewehrfeuer auf die Verschanzungen. Allein die Barrikade widerstand. Die Vertheidiger fochten mit äußerster Energie, mit unerschrockener Kaltblütigkeit,
mit heldenmüthiger Aufopferung. Die Reihen des einundfünfzigsten Regi-
ments wurden furchtbar dezimirt. Mann auf Mann fiel unter den wohlgezielten Schüssen der Bürger.

Bei dem Anblicke ihrer gefallenen Kameraden bemächtigte sich der
Soldaten, die sich einem so viel schwächeren Feinde gegenüber plötzlich im
Nachtheile sahen, eine namenlose Wuth. Sie verlangten unter scheuß-
lichem Geheule noch einmal zum Sturme geführt zu werden. — Dies geschah. —

In der vordersten Reihe der Vertheidiger standen Bernard und Dussny.
Ersterer hatte den Befehl übernommen, und seinen Anordnungen vor Allem
ist der heldenmüthige, so lange währende Widerstand zuzuschreiben.

Der letzte Kampf begann. Unaufhaltsam, unter betäubendem Geschrei
drangen die Truppen vor, mit dem Bajonnete Alles vor sich niederstoßend,
während sie durch ein gut unterhaltenes, wohlgezieltes Kleingewehrfeuer
aus den von ihren Kameraden während der Zeit besetzten Häusern unterstützt wurden.

Einer der ersten Schüsse streckte den alten Bürger Dussny an der Seite
Bernard's nieder. Die Kugel hatte seine Brust durchbohrt. Mit dem
leisen Rufe: „Gott schütze Adele!" sank er auf den blutbefleckten Teppich-
ballen, deren viele sie zum Baue der Barrikaden verwendet hatten, nieder. —
Bernard beugte sich zu ihm herab. Mit brechendem Auge drückte der Ster-
bende seines Freundes Hand, und kaum hörbar in dem entsetzlichen Getöse,
aber doch verständlich dem Herzen Bernard's verklang sein letztes Wort
„Adele" mit seinem letzten Athemzuge.

Der Freund drückte dem Gefallenen die Augen zu und wandte sich
dann, erschüttert von dem Verluste und erbittert gegen die gesetzlose Mör-
derbande, mit erneuter Energie zum Kampfe.

Aber es war bereits zu spät. Schon hatten die Soldaten die Barrikade erstiegen. Als Bernard sich aufrichten wollte, traf ihn ein mörde-
rischer Kolbenschlag gegen den Kopf. Ohne auch nur einen Laut ausstoßen
zu können, sank er von seinem Blute überströmt neben die Leiche seines
ihm vorangegangenen Freundes.

Ueber seinen Körper weg eilten die Soldaten den Fliehenden nach.
Manche derselben entkamen in der Dunkelheit der Nacht; aber ihrer sechszig
wurden gefangen genommen und sogleich niedergeschossen. Außer diesen
deckten vierzig Bürgerliche die Wahlstatt.

Dies war der letzte Kampf an jenem Tage. — Abends zehn Uhr hatten die Truppen in allen Stadttheilen gesiegt, und die „Revolution im Fracke" war beendet und überwunden. Louis Napoleon war von jetzt an Alleinherrscher aller Franzosen. —

Siebentes Kapitel.

Der Verräther.

Wir müssen in der Reihenfolge der Ereignisse einen Schritt zurück- gehen und, nachdem wir den vierten Dezember bis zum späten Abende in seinen großen Umrissen beschrieben haben, einige Scenen nachholen, die sich im Laufe desselben Tages ereigneten. — — —

Nach einer bis zum frühen Morgen im Sinnentaumel durchschwelgten Nacht erwachte Louis Napoleon gegen elf Uhr von einem kurzen Schlum- mer, zu dem er sich erst bei Tagesanbruch niedergelegt hatte.

Dringende Geschäfte erwarteten ihn bereits. Von den Polizeipräfekten, von seinen Spionen hatte er Berichte entgegenzunehmen, den Generalen seine letzten Befehle bekannt zu geben, seinen Vertrauten Beschlüsse mitzu- theilen und sich mit ihnen über weitere Schritte zu berathen. — Dies Alles nahm ihn dermaßen in Anspruch, daß er sich eines so unbedeutenden Ereignisses, wie sein Zusammentreffen mit Adelen unter den höchst wich- tigen Begebnissen jener Tage war, kaum mehr erinnerte und ebensowenig seines Versprechens, Gerechtigkeit zu üben. ·

Graf M...., der seit dessen Erwachen in der Nähe des Gebieters weilte, hatte durchaus keine Lust, Louis Napoleon jene Scene, in welcher er eine so erbärmliche Rolle gespielt, in's Gedächtniß zurückzurufen. Er trug sich mit der nicht unbegründeten Hoffnung, daß der „Retter der Ge- sellschaft" an diesem Tage der Entscheidung sich mit anderen, wichtigeren Dingen zu beschäftigen habe; und kannte diesen zu gut, um nicht zu wissen, daß — war nur erst einmal der Schleier von vierundzwanzig Stunden über das Bild auch des hübschesten Mädchens gesunken — der Anblick eines anderen leicht dieses verdrängen und Louis Napoleon nun und nimmermehr sich um Adelen bekümmern werde. Für den Grafen handelte es sich also nur darum, Napoleon die erste Zeit über nicht an den gestrigen Abend zurückdenken zu machen — dann hatte er gewonnen Spiel und konnte das arme, auf Gerechtigkeit hoffende Mädchen, unbesorgt vor dem Zorne des Gebieters, seinen Lüsten opfern.

Gerechtigkeit! Dieses Wort existirte für den Grafen nur — eben als leeres Wort, als hohle Phrase, gut genug, um als Aushängeschild und Köder zu nützen, oder um zudringliches, freches Pack damit abzuspeisen. Und er wußte, daß er in dieser Anschauungsweise mit derjenigen seines erhabenen Herrn vollkommen harmonire.

Ein Zwischenfall sollte jedoch des Grafen hoffnungsreiche Pläne vereiteln. —

Es war um die Zeit, als Napoleon die Geschäfte abgethan, das Frühstück eingenommen hatte und sich nun anschickte, einen kleinen Ritt durch die Stadt, das heißt, durch die bivouakirenden Truppenreihen zu machen.

Er hatte seine inneren Gemächer verlassen und schritt, von seinen Adjutanten gefolgt, durch die Corridore des Palais-Elysée.

Plötzlich hemmte ein Geräusch, das seine Aufmerksamkeit auf sich gezogen, seine Schritte.

Vor der verschlossenen Thür, die aus dem Corridor in das Foyer führte, hörte er die laute, heftige Stimme eines Mannes, der durchaus eingelassen und vor den Prinz-Präsidenten geführt zu werden verlangte.

Die Wachen vor der Thür und die Domestiken verweigerten ihm dies.

Unter andern Verhältnissen würde Louis Napoleon vielleicht dieses Wortwechsels nicht geachtet haben.

Heute war dies anders. Seine Nerven waren in Folge der nächtlichen Schwelgerei im höchsten Grade abgespannt. Seine Stimmung, die vorgestern und gestern beim Beginne des Kampfes ruhig und gefaßt geblieben, war heute niedergedrückt, unsicher, ängstlich.

Der Gedanke an ein beabsichtigtes Attentat blitzte, ohne daß er sich darüber recht klar wurde, durch seine bangende Seele, als er diese Stimme hörte; und mit fahler Blässe auf dem Gesichte, die Hand am Degengriffe, machte er unwillkürlich einige Schritte von der Thür zurück, ohne daß es ihm möglich gewesen wäre, seinen starren Blick von derselben loszureißen. —

Es giebt Stimmungen und Gefühle, welche urplötzlich, ohne eine nachweisbare Genesis, in eines Menschen Seele geboren werden, um im selben Momente, riesengroß anwachsend, alle anderen Gedanken zu besiegen, die Lehren der kalten Vernunft zu übertäuben, lang gehegte Prinzipien zu zerstören und so — die mühsam vorgehaltene Maske abreißend — den Mann in seiner wahren Gestalt zu zeigen.

Dies vielleicht blos auf Momente. Aber solche Momente genügen, um den wahren Charakter des Betroffenen kennen zu lernen.

Louis Napoleon, der Mann, der mit Menschenleben spielte und mit kaltem Hohne entsetzliche Thaten auszuführen befahl, der mit eiserner Stirn dem Verhängnisse und den heraufbeschworenen Gefahren der Vergeltung zu trotzen schien; derselbe Mann erbebte in innerster Seele beim bloßen Ge-danken an eine solche Gefahr, und die Angst, die sich seiner bemächtigt hatte, machte ihn auf Augenblicke verstummen.

Nur auf Augenblicke. Im nächsten Momente hatte er seine Fassung wiedergewonnen, und ein fahler Zornesblitz aus seinen Augen traf seine Begleiter, welche Zeugen seiner Schwäche gewesen. —

Denselben Nachmittag noch wurden diese Herren in den aktiven Dienst zur Armee nach Algier versetzt.

Louis Napoleon wandte sich an den nächsten der Adjutanten.

„Deffnen Sie die Thür, mein Herr! und sehen Sie nach der Ursache des Lärmes!"

Dies geschah.

Durch die geöffnete Thür erblickte man im Vorgemache einen elegant gekleideten jungen Mann, auf dessen Schulter eben einer der Palastoffiziere seine Rechte legte, um ihn zu verhaften.

Dieser junge Mann ist Emil Dussuy.

Louis Napoleon war auf die Thürschwelle getreten, und seine kalten Blicke durchbohrend auf die Gesichtszüge des Eindringlings richtend, fragte er mit leiser, klangloser, aber schneidender Stimme:

„Was will dieser Mann hier, und warum verhaften Sie denselben, Kapitän?"

Der Offizier wendete sich mit einer tiefen Verbeugung gegen Napoleon, während Dussuy unter dem Bann von dessen Blicke erbebte und nur mühsam seine Fassung bewahrte.

„Sire! Dieser Mann hier schlich sich durch Wachen und Dienerschaft bis in dieses Vorgemach. Hier angehalten, giebt er vor, eine Audienz bei Eurer kaiserlichen Hoheit erbitten zu wollen, da er etwas Wichtiges und Dringliches mitzutheilen habe. Das Verdächtige aber in seinem Benehmen veranlaßte mich, ihn einstweilen in Gewahrsam zu nehmen, bis ich Mon-seigneur über die Sache Bericht abgestattet hätte." —

„Seit wann dürfen die Bürger der französischen Republik ihrem Prä-sidenten nicht mehr ihre Anliegen vortragen?" entgegnete mit strengem Tone Napoleon, der es zu Zeiten, wenn es ohne Gefahr für ihn geschehen konnte, liebte, die Rolle des Republikaners zu spielen. „Sie haben zwar nicht den gewöhnlichen Weg erwählt, junger Mann, um eine Audienz zu erlangen; indessen mögen Sie immerhin diesen Nachmittag sich wieder hier einfinden. Ich werde Ihr Begehren anhören."

Napoleon wandte sich zum Gehen; Dussuy aber trat ihm in den Weg und rief:

„Sire! Nicht diesen Nachmittag, jetzt bitte ich Eure kaiserliche Hoheit, mich gnädigst anhören zu wollen! Was ich Monseigneur zu sagen habe, leidet keinen Aufschub und ist von höchster Wichtigkeit für die Geschicke Frankreichs und seines erhabenen Präsidenten."

Napoleon schaute forschend auf den Sprechenden, der sich bei den letzten Worten tief verneigte.

„Nun denn, so sprechen Sie, mein Herr!"

„Entschuldigen Sie meine Kühnheit, Sire! Aber ich muß Monseigneur im Interesse der Sache und in Ihrem eigenen bitten, mir eine geheime Audienz bewilligen zu wollen. Nur Ihnen allein, Sire! kann ich jene Mittheilungen machen."

Napoleon schaute unentschlossen vor sich nieder. Einer der Adjutanten näherte sich, um ihm unterthänige Vorstellungen über die Gefahr, der er sich aussetze, zu machen. Aber Napoleon wandte sich heftig von ihm ab. Gerade diese Einmischung vielleicht ließ ihn einen entgegengesetzten Entschluß fassen. Er wollte zeigen, daß er von seiner Umgebung nicht beeinflußt werde. Außerdem war die Gefahr, der er sich vielleicht aussetzte, nur gering. Der Panzer, den er stets unter seiner Kleidung trägt, sowie die übrigen Vorsichtsmaßregeln schützten ihn hinlänglich vor einem Dolchstich oder einer Kugel.

Er schritt wieder in den Corridor zurück, indem er Dussuy winkte, ihm zu folgen, seiner Begleitung aber, zurückzubleiben.

Hinter den Beiden schloß sich die Thür. Sie waren allein und unbelauscht.

„Ihr Name, mein Herr?"

Dussuy nannte sich.

„Nun sprechen Sie, Herr Dussuy, und beeilen Sie sich gefälligst, denn meine Zeit ist gemessen!"

„Ich schätze mich glücklich, Sire, in der Lage zu sein, Ihnen gewisse geheime und wichtige Papiere der legitimistischen Partei zur Disposition stellen zu können, Briefe des Grafen von Chambord, der Herren Talleyrand-Perigord, Choiseul und Anderer, welche über eine Verschwörung dieser Herren, ihre Verbindungen und Genossen in Paris und dem übrigen Frankreich, sowie über ihre weiteren Pläne die umfassendste Aufklärung zu geben vermögen."

„Ah, mein Herr! Glauben Sie, daß die Regierung nicht schon genügend von alledem unterrichtet ist! — Indessen werde ich Ihren guten
Willen zu schätzen wissen. Geben Sie mir immerhin die Papiere!"

„Entschuldigen Monseigneur, ich selbst bin nicht im Besitze derselben.
Aber ich kenne die Person, welche sie verwahrt, und werde sie Ihnen
nennen. Vorerst nur würde ich wagen, eine Bitte an Sie zu stellen."

„Lassen Sie hören!"

„Ich muß einiger Familienverhältnisse erwähnen. Mein Vater ist seit
lange todt. Das Vermögen meiner ebenfalls verstorbenen Mutter befindet
sich zum größeren Theile in den Händen meines Stiefvaters. Wie ich so
eben vernommen, hat dieser nun ein Testament zu meinem Nachtheile und
zu Gunsten einer Person gemacht, welche die erwähnten Schriftstücke besitzt.
Ich werde über dieses Verfahren einen Prozeß anstreben. So sehr indessen
auch das Recht auf meiner Seite sein mag, so ist doch der Fall nicht unmöglich, daß der Entscheid zu meinem Nachtheile ausfalle. — Da ich nun
Monseigneur von dem Sachverhalte unterrichtet habe, so wird es Ihrer
Gerechtigkeitsliebe ein Leichtes sein, durch ein Wort — — —"

„Ich verstehe! Sie sollen befriedigt werden." Napoleon notirte einige
Worte in sein Portefeuille. „Vorausgesetzt natürlich, daß wir durch Sie
jene Papiere erlangen und daß deren Inhalt wirklich von Wichtigkeit ist."

„Erlauben Sie, Sire! Ihnen meinen Dank für Ihre Gnade auszudrücken."

„Sie sehen, mein Herr, daß wir Ihre Anhänglichkeit an unsere Person zu würdigen wissen," sagte Napoleon mit einem spöttischen Lächeln.
„Sie begreifen, daß es leicht wäre, diese Papiere nunmehr auch ohne Ihr
weiteres Dazuthun durch Ihren Stiefvater selbst erlangen zu können."

Duffny entfärbte sich.

„Napoleon fuhr fort: „Beruhigen Sie sich, junger Mann. Ich werde
mein Versprechen halten. Erfüllen Sie nun auch das Ihre und nennen
Sie die Person, von welcher sie sprachen."

„Die Papiere sind im Besitze eines Mädchens, Sire! Dieses Mädchen
befindet sich zwar, so viel ich weiß, seit einigen Tagen in den Händen Ihrer
Polizei, aber — —"

„Wie, mein Herr!" fuhr Napoleon auf, über dessen Züge ein düsterer
Schatten zog. „Wenn dieses Mädchen ohnedies in den Händen der Gerechtigkeit ist, hätten wir Ihrer nicht bedurft, um deren Geheimnisse zu
entdecken. Wie heißt das Mädchen?"

„Adele Duchatelet!"

Ueberrascht blickte Napoleon auf. „Adele Duchatelet! — Jenes selbe

Märchen, welches — — Ah, gut! Ich werde mich von der Wahrheit Ihrer Angaben überzeugen. — Sie bleiben einstweilen hier und werden meine Rückkunft erwarten!"

Emil Dussny wollte noch etwas bemerken; aber Napoleon unterbrach ihn, indem er seinen Adjutanten rief, dem er Dussny mit dem Befehle übergab, diesem bis zu seiner Wiederkehr Gesellschaft zu leisten und ihn nicht aus den Augen zu lassen.

Dann verließ Napoleon den Corridor, und im Hofraume des Palastes seinen feurigen Vollbluthengst besteigend, sprengte er durch die salutirenden Wachen des Palais-Elysée in die Rue St. Honoré. —

Als Adele in jener entsetzlichen Nacht, von zwei Domestiken geleitet, den Speisesaal des Grafen M...., in welchem das Gelage seinen Fortgang nahm, verlassen hatte und in die zu ihrem Gefängnisse bestimmten Gemächer zurückgekehrt war, schloß sie sich in diesen ein und versuchte den geheimen Eingang, dessen Stelle sie nun genau kannte, mit Möbeln und Geräthschaften zu verbarrikadiren.

Obwohl ihr das Wort Louis Napoleon's für ihre Sicherheit bürgte, glaubte sie doch auch ihrerseits das Möglichste dafür thun zu müssen. Die Aufregung des Abends, der Kummer, der an ihr zehrte, die Enthaltung von jeglicher Nahrung seit vierundzwanzig Stunden hatten sie auf's Aeußerste entkräftet. Dessenungeachtet beruhigte sie sich nicht eher, als bis sie durch Tische und Schränke, die sie mit Anwendung ihrer letzten Kräfte vor die Thür rückte, dieselbe genügend verrammelt hatte.

Dann erst legte sie sich zu der so nothwendigen Ruhe nieder, nachdem sie vorher noch in einem inbrünstigen Gebete ihre Sicherheit und diejenige ihrer Freunde Gott empfohlen hatte.

Spät am Morgen erst erwachte sie aus einem erquickenden Schlummer.

Als sie sich ankleidete, entfiel der Tasche ihres Kleides ein kleines Packet.

Adele hatte augenscheinlich längst vergessen, daß sie ein solches bei sich trage; denn ihre Mienen drückten Ueberraschung und Bestürzung aus.

Sie hielt es, unschlüssig was sie damit machen solle, einige Zeit in der Hand. Es war ein Packet Briefe in einem großen, wohlversiegelten Converte, dessen Adresse an Lieutenant Bernard lautete.

Den letzten Abend, als ihr Vater bei ihr war, hatte er diese Papiere mitgebracht, um sie Bernard zu übergeben, der sie einer früheren Verabredung gemäß zu besorgen hatte. — An demselben Tage hatte er auch — wie wir bereits wissen — eine große Summe baaren Geldes und mehrere wichtige Dokumente bei Adelen hinterlegt. — Zu diesem Schritte drängte ihn die aus den politischen Verhältnissen hervorgehende wachsende Besorgniß für seine Sicherheit, und die Gewißheit, daß — im Falle er ein Opfer seiner politischen Meinung würde — diese Gelder sowie die Papiere in die Hände seiner Feinde fallen würden, zu denen er leider auch seinen eigenen Sohn rechnen mußte. Dieser hatte, allen Lastern fröhnend, sein mütterliches Erb- theil längst vergeudet und war seit dieser Zeit stets bedacht, seinem Vater, mit dem er von jeher auf gespanntem Fuße lebte, durch die niederträch- tigsten Machinationen immer neue Summen zu erpressen, um sie mit seinen Genossen zu verprassen. —

Da Bernard an jenem Abende nicht zu Adelen kam, ließ eine sich steigernde Unruhe, ein tief erbangendes Gefühl ihren Vater den Entschluß fassen, dieses Briefpacket Adelen zur Behändigung an Bernard anzuvertrauen, da er es bei ihr sicherer, als bei sich selbst wähnte. — Als er es Adelen übergab, machte er sie auf die Wichtigkeit dieser Schriftstücke aufmerksam und auf die Gefahr, die für ihn, für Bernard und seine Freunde daraus erwachsen würde, wenn dieselben in unbefugte Hände gelangten. —

Nun erst erinnerte sich Adele an diese Schriftstücke, auf welche sie im Drange der Ereignisse gänzlich vergessen hatte, und an ihres Vaters Worte, die sie mit Schrecken erfüllten, als sie daran dachte, wie leicht diese Papiere von ihren Feinden hätten entdeckt werden können und wie sie auf solche Weise ihren Vater und ihren Bräutigam in's Verderben gestürzt hätte.

Was war zu thun, damit dieser entsetzliche Fall nicht noch jetzt ein- trete! — Unmöglich konnte Adele hoffen, die Papiere so bald ihrer Be- stimmung zuführen zu können. Andererseits aber, selbst wenn sich Napo- leon's Worte bewahrheiten und er Gerechtigkeit an ihr üben würde, wie leicht konnten durch einen unglücklichen Zufall diese Schriftstücke entdeckt werden! —

Sie überlegte lange und kam endlich zu dem Entschlusse, um jeder Gefahr vorzubeugen, sie zu vernichten. Sie glaubte mit der Ausführung dieses Vorhabens keinen Augenblick mehr zögern zu dürfen. — Dort im Kamine flackerte die helle Gluth.

Sie erhob die Hand mit den Papieren, um diese in die Flamme zu werfen.

Allein, ehe sie dieselben von sich schleuderte, hielt sie plötzlich inne.

Ein anderer Gedanke tauchte in ihr auf. — Diese Briefe enthielten ohne Zweifel Nachrichten von höchster Wichtigkeit. Es waren vielleicht

Befehle, die ausgeführt werden mußten, um die Partei der Legitimisten vor Unheil zu bewahren. Wie leicht konnte sie durch die Zerstörung derselben Verderben über Bernard und die Seinen bringen! —

Sie beschloß, diese Schriften wenigstens vorher zu lesen, damit sie — wenn sie überhaupt Bernard wiedersähe — diesen mündlich von deren Inhalte unterrichten könne. Einen Augenblick noch bebte sie vor der Verletzung des Briefgeheimnisses zurück. — Aber in diesem Falle blieb ihr keine andere Wahl. Ihr Zartgefühl mußte sich dem Gebote der Nothwendigkeit fügen.

Sie erbrach die Siegel des Couverts.

Es waren fünf Schreiben, die daraus hervorfielen.

Adele vertiefte sich, vor dem Kamine sitzend, in die Lektüre derselben, indem sie die Briefe auf einem kleinen Tischchen vor sich ausgebreitet hatte.

So oft sie eines der Schreiben gelesen und sich mit dessen Inhalte vollkommen vertraut gemacht hatte, schleuderte sie dasselbe in die Flamme.

Von den fünf Schreiben, Briefe des Grafen von Chambord an Berryer u. s. w., war nach Verlauf einer halben Stunde nur noch eines übrig. Dieses indessen war das größte und umfangreichste. Es war in ein eigenes Couvert versiegelt. Die Aufschrift desselben war von ihres Vaters Hand.

In dem Augenblicke, als sie auch dieses erbrechen wollte, öffnete sich sachte und geräuschlos die Thür des Gemaches.

Adele war zu sehr mit sich selbst beschäftigt, als daß sie diesen Umstand sogleich bemerkt hätte.

Unter der Thür erschien Louis Napoleon. Allein, ohne Begleitung, trat er in das Zimmer, dessen weicher Fußteppich seine Schritte unhörbar machte.

Hinter ihm schloß sich die Thür.

Ein Lächeln lag auf seinen Zügen, als er die reizende Gestalt des sich unbelauscht wähnenden Mädchens erblickte. Dieses Lächeln vermehrte sich, als er das erbrochene Couvert auf dem Tische, das umfangreiche Aktenstück in Adelens Händen sah.

Ehe Adele einen Blick in dieses hatte werfen können, machte jenes sonderbare Gefühl, das uns so oft unbewußt beschleicht, wenn — ohne daß wir es wissen — Jemand, in unserem Rücken stehend, uns betrachtet, daß Adele sich nach dieser Seite wandte.

Ein Schrei der Ueberraschung und der Verlegenheit entfuhr ihren Lippen, und — wie wenn sie bei einem Verbrechen ertappt worden wäre —

bebte ihre Gestalt, zitterten ihre Hände, die sich vergeblich bemühten, das verhängnißvolle Papier zu beseitigen oder zu verbergen.

Der lauernde und stechende Blick des Prinzen, sein halb boshaftes halb wollüstiges Lächeln erschreckten und verwirrten Adele, und sie stand, unter dem Einflusse dieses dämonischen Blickes erbebend, mechanisch auf, um dem Manne, in dessen Händen ihr Geschick und das ihrer Angehörigen ruhte, eine tiefe Verbeugung zu machen.

Louis Napoleon erwiderte höflich ihren Gruß.

„Sie werden mich entschuldigen, Madame, wenn ich Sie gestört habe. Allein ich komme, um das Versprechen, daß ich Ihnen gestern gegeben, zu erfüllen. Sie fordern von mir Gerechtigkeit. Diese soll Ihnen, wie jedem anderen meiner Unterthanen, unverkürzt werden. Da ich indessen die Sache nicht vollkommen kenne, in welcher ich ein Urtheil fällen soll, so ersuche ich Sie, mir Ihr Anliegen vorzutragen"

Während dieser Worte hatte Adele ihre Fassung wieder gewonnen. Sie hatte das Papier auf den Boden und darüber ihr Sacktuch fallen lassen, und indem sie wie zufällig eine Bewegung nach rückwärts machte, streifte sie beides mit dem Kleide unter den Tisch.

Napoleon hatte seine Blicke auf ihr Antlitz gerichtet und konnte dieses Manöver kaum gesehen haben.

Adele bat nun den Prinzen, sich zu setzen, und nachdem sie ihm für seine Güte gedankt, erzählte sie demselben — so viel ihr nothwendig schien — die Ereignisse, welche sie in des Grafen Gewalt gebracht hatten.

Napoleon hörte ihr ruhig, regungslos zu.

Als sie geendet, wendete er sich mit freundlicher Stimme an die vor ihm Stehende.

„Was Sie mir hier sagen, stimmt in der Hauptsache allerdings mit der Wahrheit, wie ich diese kenne, überein, Madame! — Allein Sie täuschen sich doch vielleicht in einem Punkte. — Madame, ich spreche offen, wenn ich Ihnen sage, daß ich es begreiflich finde, wenn in eines Mannes Herzen der Wunsch erwacht, ein so reizendes, liebenswürdiges Wesen, wie Sie sind, zu besitzen. Wenn ich gerecht sein soll — und dies verlangen Sie doch von mir — kann ich diesen Wunsch nicht verdammen. — Mehr noch, mein schönes Kind! ich theile diesen Wunsch, ich — — —"

Adele war bei diesen ihr so unerwarteten Worten befremdet zurückgetreten. Ihre Züge spiegelten so unverhohlen die Regungen ihres Innern, die Furcht und den Abscheu wieder, daß Louis Napoleon, der, seiner ungestümen, lüsternen Natur nachgebend, angefangen hatte, aus seiner Rolle zu fallen, sich zwang, wieder etwas einzulenken.

„Nun wohl!" fuhr Napoleon nach einer kurzen Pause fort, während welcher seine Blicke glühend über Adelens Gestalt flogen, „ich sage, Sie täuschen sich in einem Punkte, Madame! Dieser Punkt ist, daß Sie dem Grafen Ihre — Verhaftung schuldgeben."

„Sire! Wem sonst soll ich dieses Verbrechen gegen die Freiheit und Unantastbarkeit einer Bürgerin der französischen Republik zur Last legen?"

Napoleon lachte laut auf.

„Der französischen Republik, Madame?"

Dann trat er an ein Fenster, dessen Flügel er öffnete.

„Hören Sie nichts, Madame?"

„Nichts, Sire!" — antwortete Adele, befremdet über diese plötzliche Ab-weichung des Gespräches und das Ziel dieser Frage nicht begreifend. „Mon-seigneur müßten nur die Glocke der Madeleine-Kirche meinen, welche die zweite Nachmittagsstunde schlägt."

„Sie täuschen sich, Madame! Die Uhr schlägt die letzte Stunde der Republik! Und hören Sie nun! — Das ist ihr Grabgesang und das die Ehrensalven, die ihr nachgeschickt werden in's Grab!"

Adele lauschte zitternd dem wilden Geheule, das aus der Ferne tönte. Sie zuckte heftig zusammen, als jetzt ein dröhnender Schuß gegen die Fen-ster donnerte, daß die Scheiben klirrten. — Nun folgte Salve auf Salve, Schuß auf Schuß.

Adele verdeckte schaudernd ihr Gesicht mit den Händen. In ihrem Geiste tauchten entsetzliche Bilder auf. Sie begriff, obwohl sie die Ereig-nisse der letzten Tage nicht kannte, jetzt vollkommen den frechen Spott Napoleon's.

„Nun denn, Madame! — Sie sehen ein, daß die Zeit vorüber ist, wo man mit dem Erwähnen der Republik Jemand einschüchtern konnte. Der Popanz existirt fürder nicht mehr; wenigstens nicht für mich, der ich jetzt mit unumschränkter Macht, Ihr Gebieter, vor Ihnen stehe!"

„Und wenn dies der Fall ist, Sire! so haben Sie doppelt die Pflicht, Gerechtigkeit zu üben."

„Gewiß! Ich will auch gerecht sein; gerecht zuerst gegen mich selbst. — Ich sagte, daß Sie den Grafen falsch anklagen. — Wäre denn der Fall undenkbar, daß ich selbst der Mann sei, der Ihrer begehrt, schöne Adele, und der geschworen hat, Sie um jeden Preis zu besitzen!"

Adele schrie laut auf und wich einige Schritte von Napoleon zurück.

Dieser machte eine Bewegung, ihr nachzueilen. Sein Gesicht glühte, und seine Augen schienen Adelens Gestalt verschlingen zu wollen. — Un-geachtet seiner Anregung aber reichte ein einziger Blick, den er zufällig auf des noch auf dem Tische liegende Couvert warf, hin, um ihm abermals die Herrschaft über seine Sinne zu erringen.

Warum sollte er Gewalt anwenden, da er überzeugt ist, daß sich das Mädchen später willig wird fügen müssen!

Da er aber einmal das drängende Blut beschwichtigt hatte, ward er augenblicklich Herr seiner kalten Vernunft; und diese ließ ihm in Adelens unverhohlenem Abscheu einen verletzenden Stachel seines Stolzes empfinden. Ein bitterer und hämischer Zug lagerte sich um seine Lippen, als er mit langsamer, tonloser Stimme fortfuhr.

„Ah, Madame! Sie entsetzen sich vor einem bloßen Phantom, vor einer bloßen Möglichkeit, deren ich erwähnte. — Das Wahre an der Sache ist, daß der Grund Ihrer Verhaftung und Gefangenhaltung in einer schweren Anklage besteht, die gegen Sie erhoben worden."

„Und wessen klagt man mich an, Sire?" rief Adele.

„Sie sind — entschuldigen Sie, Madame, die harten Worte — Sie sind als Rebellin, als gefährliche Intriguantin und Theilnehmerin von gegen unsere Person und Regierung gerichteten Konspirationen angezeigt worden."

„Wie, Monseigneur! Dessen wagt man **mich** zu beschuldigen! Diese Anklage ist Lüge, mindestens Irrthum!"

„Nein, Madame, es ist kein Irrthum. Auf bloßen Verdacht hin, würde man die Ruhe einer Dame nicht gestört haben."

„Und man glaubt einer solchen, ich wiederhole es, lügenhaften Anklage, welche aller und jeglicher Beweise ermangelt?"

„Man hat Beweise gegen Sie, welche alles Läugnen unnütz machen."

„Beweise, Sire?"

„So ist es. Ihr Name ist Adele Duchatelet?"

„Ja, Monseigneur!"

„Sie werden — Sie haben — einen älteren Freund, einen Beschützer. So ist es doch?"

Eine flammende Röthe zog über Adelens Gesicht. Ihre Augen schossen einen Zornesblitz auf den Prinzen.

„Sire! Vor Beleidigungen sollte mich mein Geschlecht, sollte Ihr Rang mich schützen!"

„Man nannte mir den Namen eines reichen Bürgers — Dussny glaube ich — —"

„Mein Gott! Welches Mißverständniß!" Adele suchte sich zu fassen. „Sire, dieser Mann ist mein Vater."

„Ihr Vater, Madame! Um so schlimmer für Sie. Herr Dussny ist der Verschwörung gegen unsere Person angeklagt und überwiesen; in diesem

Augenblicke schon wird er verhaftet sein. Erlassen Sie mir das Peinliche, Ihnen das Loos, das ihn erwartet, zu nennen."

„Oh, mein Gott!" Adele konnte sich kaum mehr aufrecht erhalten.

Napoleon fuhr fort.

„Man sagte mir ferner von einem gewissen Lieutenant Bernard, von einem Verräther an seiner Fahne, von einem Proscribirten, der seinem Schicksale nicht entgehen wird. Auch dieser soll in sehr vertrauten Beziehungen zu Madame stehen."

Adele entgegnete nichts. Aber Todtenblässe überdeckte ihre Wangen, und sie mußte sich am Tische halten, um nicht umzusinken.

„Fassen Sie sich, Madame, und tragen Sie das Unabänderliche. Diese beiden Männer verdienen Ihre Theilnahme nicht. Es sind Verbrecher, die auf dem Blutgerüst sterben werden!"

Ein entsetzlicher Schrei entfuhr Adelens Lippen. Sie warf sich vor Louis Napoleon auf die Kniee.

„Gnade, Sire! Um der ewigen Barmherzigkeit willen, Gnade!"

„Madame, es thut mir leid, daß ich Ihnen in dieser Beziehung keine Hoffnung machen kann. Hätten diese Männer blos mich beleidigt, ich würde ihnen verzeihen und Gnade für Recht ergehen lassen — um Ihretwillen Madame. — Allein sie haben die Gesetze des Landes verletzt, sie haben gegen das Vaterland conspirirt, gegen dessen ausgesprochenen Willen sie abermals ihren Götzen auf den Thron Frankreichs setzen wollen. — Das bedrohte, das gefährdete Vaterland erlaubt mir nicht, hier nach meinen Gefühlen zu handeln."

Die Worte Napoleon's drangen gleich Dolchstichen durch Adelens Seele. Ihre Augen blieben zwar trocken; aber die thränenlosen schauten stier und glanzlos aus den geröteten Höhlen. Ein krampfhaftes Zucken durchbebte den ganzen Körper.

Ihr Vater und Bernard in der Gewalt ihrer Feinde, angeklagt als Verschwörer! Dieser Gedanke allein brannte in ihrem Gehirn, erfüllte mit Entsetzen ihre Seele. Denn diese Anklage bedeutet unter den jetzigen Verhältnissen Tod oder ewiges Gefängniß. — Sie konnte diesen Gedanken nicht verfolgen, ohne jener Briefe zu gedenken, welche sie so eben vernichtet und welche kompromittirende Beweise gegen ihre Lieben enthalten hatten. Der eine dieser Briefe aber, vielleicht der gefährlichste, lag noch dort unter dem Tische. Jeden Augenblick konnte er von Napoleon entdeckt werden. Die Angst gesellte sich zu ihrem Schmerze. Heiße Thränen rieselten nun über ihre Wangen.

Napoleon war nach den letzten Worten auf sie zugetreten und hatte die noch immer regungslos vor ihm Knieende aufgehoben und in einem Fauteuil niedergelassen.

„Madame, Ihr Schmerz zerreißt mir die Seele! — Aber der oberste Beamte des Staates kann der Gerechtigkeit nicht hemmend in die Arme greifen. Sie selbst haben diese Gerechtigkeit angerufen."

Er blieb vor ihr stehen und betrachtete das schöne, in ihrem Schmerze doppelt schöne Mädchen mit starren Blicken, die allmählich ein düsteres Feuer belebte. Seine Züge veränderten sich während dieses Anschauens so vieler Reize und in der bezaubernden Atmosphäre der Unschuld. — Ein gewisses Zucken um die Mundwinkel, die erweiterten Nasenflügel und die sich vergrößernden Augen gaben Zeugniß von den Bewegungen, die — hervorgerufen von den Einwirkungen der Sinnlichkeit — sein Inneres durchtobten.

Er neigte sich zu Adelen. Er erfaßte ihre Hand und suchte ihr in's Auge zu schauen. Dies gelang ihm nur halb. Aber der Blick, den Adele durch den doppelten Schleier der Wimpern und der Thränen auf ihren Augen haften und brennen fühlte, hatte etwas so wunderbar Mächtiges, daß das junge Mädchen, erbebend und schaudernd in tiefster Seele, ihres Widerstrebens ungeachtet, ihre Blicke auf die seinen richten mußte, ohne sie so schnell wieder loskommen zu können.

Mit leiser Stimme fuhr Napoleon fort.

„Sie baten um Gnade, schönes Mädchen! Wenn ich sagte, daß ich als Lenker des Staates Gerechtigkeit üben muß, so schließt dies nicht aus, daß ich als Mensch Gnade gewähren kann. Und — es kommt blos auf Sie an, ob Sie die menschlich süßen Gefühle, die in diesem Augenblicke meinen Busen durchströmen, festhalten, ob Sie mein Herz, das sich sehnt, an dem Ihren zu schlagen, verstehen wollen. — Erwidern Sie diese Gefühle — und, ich schwöre Ihnen, jenen beiden Männern, an deren Schicksal Sie so viel Antheil nehmen, soll kein Haar gekrümmt werden!"

Adele war, anfänglich in bangem Erstaunen, dann im höchsten Grade entsetzt, in tiefster Seele verwundet, seinen Worten gefolgt. Als er geendet, sprang sie mit einer Bewegung des Abscheues empor.

Louis Napoleon aber zog die Widerstrebende an sich.

„Meine schöne Adele, der erste und mächtigste Mann dieses weiten Reiches bietet Ihnen seine Liebe an, fleht um die Ihre! — Wollen Sie ein Glück zurückweisen, das zu erringen Tausende froh wären? Lassen Sie sich gestehen, daß ich gestern schon von Ihren Reizen tief ergriffen wurde. Ihre Schönheit entwaffnet die Gerechtigkeit. Seien Sie mein, Adele, und — — —"

„Ja, Sire! Gerechtigkeit, nichts als Gerechtigkeit! — Mißbrauchen Sie die Gewalt nicht, die Sie besitzen. Wenden Sie dieselbe an, die Menschen glücklich zu machen — und ewig wird dieses Herz Sie segnen und in Liebe und Bewunderung Ihrer gedenken!"

„Seien Sie mein, Adele, und es soll Ihrem Willen gefolgt werden!"

„Sire! Ihr Antrag verletzt mich tief — aber ich will nicht länger daran denken, ich will für Sie beten und ihnen ewig dankbar sein: nur entlassen Sie mich, und retten Sie meinen Vater — retten Sie Bernard!" —

„Madame, Sie kennen meinen Entschluß! Wenn Sie einwilligen —"

„Nie, Sire! Nie!"

„Dann soll das Gesetz seinen freien Lauf haben! Ihr Vater ist in meiner Gewalt."

„Gerechtigkeit, Sire, Gerechtigkeit!"

„Dieses ewige Rufen nach Gerechtigkeit! — Mädchen, Sie wissen nicht, was Sie thun. Sie laden das Unheil selbst über Ihr Haupt, wie über das Ihrer Angehörigen."

„Weil ich nicht ehrlos mich dem Willen eines — Tyrannen unterwerfe! Gott wird mich schützen!"

Dieses Wort kaum ausgesprochen, hatte wie mit einem Zauberschlage die Haltung und die Geberden Napoleon's verwandelt. Statt der leidenschaftlichen, gierigen Hast zeigte er nun urplötzlich wieder seine gewohnte, eisige Ruhe. Er trat einen Schritt von Adelen zurück. Die Arme übereinandergeschlagen, sah er sie mit den fahlen Augen starr an.

„Madame, Sie vergessen, mit wem Sie sprechen. Sie haben auch vergessen, daß ein Mann, der sich soweit vergeben, um die Liebe eines Mädchens zu flehen, die Verweigerung derselben nie verzeihen wird. — Wer hinderte mich, Sie dennoch zu meinem Willen zu haben! Habe ich nicht die Gewalt, Sie zu zwingen? Aber ich verschmähe dieses Mittel. — Sie weisen meine Vorschläge zurück; möge sich Ihr Geschick erfüllen!"

Adele war ruhig vor ihm stehen geblieben.

„Sire, thun Sie, was Sie vor dem ewigen Richter zu verantworten vermögen! — Mein Vater, mein Bräutigam mögen in Ihrer Gewalt sein — allein es giebt noch Gesetze, und diese Gesetze werden sie freisprechen. Ohne Beweise —"

„Die Beweise sind vorhanden."

Ein häßlicher Zug des Hohnes spielte um Napoleon's Lippen.

„Welche, Sire?"

„Diese hier, Madame!"

Bei diesen Worten hatte sich Napoleon mit einer schnellen Wendung zwischen Adele und den Tisch gestellt, unter welchem jener Brief lag, und hatte denselben mit einer gewandten Bewegung erfaßt und hervorgezogen.

Adele stieß einen lauten Schrei aus.

„Hier sind die Beweise, Madame!"

„Um des Himmels willen, Sire, diese Papiere — —"

„Diese Papiere enthalten das Todesurtheil Ihrer Angehörigen!"

Adele schluchzte laut.

Louis Napoleon schlug die Papiere auseinander, und mit einem triumphirenden und höhnischen Lächeln flogen seine Blicke darüber hin.

Adele war in Verzweiflung.

Sire, geben Sie mir diese Schrift zurück! — Tasten Sie nicht Privatkorrespondenzen an, die — — —"

Napoleon's Lippen entfuhr ein Ausruf des Erstaunens. Ein Zug bitterer Enttäuschung flog über sein Antlitz.

Dann brach er in ein heiseres Lachen aus.

„Sie wollen diese Papiere zurück, Madame? Nun denn, Sie sehen, ich bin großmüthig, hier nehmen Sie dieselben! — Man hat mich getäuscht. Der Schändliche soll dies theuer bezahlen. — Das ändert aber nichts an Ihrer Sache. Ich will Ihnen bis morgen um diese Stunde Zeit zum Ueberlegen lassen. Entweder werden Sie sich dann meinem Willen fügen, oder Ihr Vater und Ihr — Bräutigam werden Ihnen, Madame, ihr Schicksal zu danken haben."

Nach diesen kalt, höhnisch und langsam gesprochenen Worten entfernte sich Louis Napoleon, ohne sich noch einmal nach dem wankenden, in unsäglichen Schmerz versunkenen Mädchen umzusehen.

Hinter ihm schloß sich die Thür. Man hörte den Schlüssel sich im Schlosse drehen. Adele war allein. —

Nach einer langen Pause, in welcher sie sich ihrem stummen Schmerze überließ, erhob sie gefaßter ihr Antlitz. Ihre Augen fielen auf das Papier, das Louis Napoleon wieder auf den Tisch gelegt hatte.

Sie nahm es in die Hand, begierig, den Inhalt desselben kennen zu lernen.

Es war die Abschrift des Testamentes ihres Vaters, worin er sie zur Universalerbin ernannte. Dabei lag seine Einwilligung zu ihrer Verbindung mit Bernard und endlich ein Brief, worin er für den Fall seines plötzlichen Ablebens Bernard zum Testamentsvollstrecker ernannte und ihm mit rührenden Worten die Sorge für Adelen an das Herz legte.

Bei Lesung dieser liebevollen Zeilen löste sich Adelens Schmerz in einen lindernden Thränenstrom. Sie drückte diese Papiere an ihr Herz und sank laut weinend in den Armstuhl zurück. —

————

Als Louis Napoleon spät am Nachmittage desselben Tages in's Palais-Elysée zurückgekehrt war, war das Erste, was er vornahm, daß er jenen Offizier vor sich rufen ließ, dem er die Bewachung Emil Dussny's anvertraut hatte.

Nach einer kurzen Unterredung verließ ihn dieser wieder; und eine Viertelstunde später wurde Herr Emil, gefesselt und von Gensd'armen eskortirt, seiner Klagen und Unschuldsbetheuerungen ungeachtet, in einen verschlossenen Wagen gebracht, der ihn einem ihm unbekannten Ziele zuführte.

Wir werden später Gelegenheit haben, seine Bekanntschaft zu erneuern.

In seinem Arbeitskabinete erwarteten Louis Napoleon sein Vertrauter Mocquart und einige seiner neuen Minister, unter ihnen Graf Morny und der General Leroy de Saint-Arnaud.

Der Prinz-Präsident hatte sie zu einer Berathung befohlen. Im Verlaufe dieser sehr eifrig geführten Unterredung, der das Donnern der Geschütze aus der Ferne als Accompagnement diente, wandte sich Louis Napoleon an den Polizei-Präfekten.

„Mein lieber Maupas, haben Sie meine Befehle befolgt? Das heißt, wie viele unserer Feinde und der Feinde der Gesellschaft sind verhaftet?"

Um die Lippen des also Angeredeten spielte ein leises, spöttisches Lächeln.

„Sire, die Männer, welche in wahnsinniger Verblendung den Bestrebungen Ew. Maj — — Monseignenrs entgegen zu treten wagen, haben sich zum größeren Theile meiner Fürsorge entzogen. Mit Ausnahme jener Verhaftungen in der Nacht des ersten Dezember ist es mir nicht gelungen, viele derselben ergreifen zu können. — Es ist Sache der Herren Generale, mit diesen fertig zu werden, da sie sich fast ohne Ausnahme hinter den Barrikaden befinden."

„Befanden — wollen Sie sagen; denn ich nehme an, daß der Kampf zum größten Theile schon beendet ist," sagte Napoleon mit scharfer Betonung.

„So ist es, Monseigneur!" antwortete Saint-Arnaud auf diese an ihn gerichtete Frage. „Auch haben meine Soldaten der Polizei alle weiteren

Bemühungen mit der Mehrzahl jener Barrikadenhelden erspart, die lebend in ihre Hände fielen. — Wir haben sie auf gut soldatisch ohne weitere Ceremonien niedergeschossen."

„Das ist ganz gut," entgegnete Louis Napoleon, „aber bei alledem ist es nothwendig, daß man Gefangene habe; denn wenn man eine große Schlacht gewonnen, fragt die Welt nach den Siegestrophäen, und aus der Anzahl dieser schließt sie auf die Macht des gegenübergestandenen Feindes. — Und dann ist so viel Gesindel in Paris; Sie verstehen, was ich unter Gesindel meine: Leute, die — wenn sie noch nicht zu den Unzufriedenen gehören, doch die Keime dazu in sich tragen. Die Arbeiter sind es nicht, die unserer Regierung gefährlich werden, wenn wir ihnen auch immerwährend Beachtung schenken müssen; aber jene Klasse ist es, die unter früheren Regierungen florirte, und die nicht die Geschicklichkeit und den Muth besitzt, mit der Vergangenheit zu brechen; und jene Sorte von Phantasten der Zukunft, die für ein geträumtes Utopien alle Anerbietungen persönlichen Vortheiles von sich weisen. — Wir müssen also in doppelter Beziehung eine namhafte Anzahl Gefangener aufbringen: einmal als Schauspiel für die Welt, und dann als Bürgschaft für unsere eigene Sicherheit."

„Monseigneur, ich habe Ihren Willen errathen," sagte der Polizei-Präfekt Maupas, „und Sie werden mit meiner Thätigkeit zufrieden sein, wenn Sie erfahren, daß seit drei Tagen bereits über sechstausend Personen verhaftet worden sind. Binnen kurzer Zeit werden wir deren die sechsfache Zahl in den Gefängnissen haben."

„Ah gut! Aber Sie sagten so eben, daß Sie nicht viele Verhaftungen hätten vornehmen können."

„Entschuldigen, Sire, wenn ich mich nicht deutlich ausgedrückt habe. Meine Bemerkung bezog sich auf wirklich Kompromittirte; deren sind allerdings wenige unter den Gefangenen. — Aber Leute, die möglicherweise in der Zukunft noch gefährlich werden könnten; Leute, die durch ihre Bildung und zugleich schlechte und ungenügende Existenzmittel Verdacht erregen, habe ich in Menge verhaften lassen. — Heute Nacht werde ich den Hôtel-garnis und ähnlichen Häusern Besuch abstatten."

„Ganz gut, mein Lieber! Ich sehe, daß Sie mich verstanden haben."

„Aber Sire!" wagte der Justizminister Rouher einzuwenden, „was werden wir mit all diesen Verhafteten anfangen? Die Präfektur, die Conciergerie, la Force, la Roquette und Sainte-Pélagie werden diese große Masse Gefangener kaum fassen können; und dann — man kann sie doch nicht immer daselbst lassen, und regelmäßige Gerichtsverhandlungen würden zu lange Zeit in Anspruch nehmen."

„Allerdings, mein Herr! — Aber zu welchem Zwecke haben wir denn den Belagerungszustand und die Kriegsgerichte! — Freilich, als Justiz-Minister werden Sie mit dieser etwas summarischen Gerechtigkeitspflege nicht vollkommen einverstanden sein. Allein, wie die Sachen nun einmal stehen, thut Schnelle vor Allem noth; und was Ihren Einwand, daß die Ge-fängnisse nicht ausreichen werden, betrifft, so wird man, um dem abzuhelfen, die unschuldig Verhafteten bald wieder freilassen. Das heißt, man wird sie einstweilen unter Polizei-Aufsicht stellen, da nicht anzunehmen ist, daß gänz-lich Unschuldige überhaupt verhaftet wurden. — Mit dem übrigen Theile werden die Kriegsgerichte bald fertig werden."

„Und was soll ferner mit den Verurtheilten geschehen?" fragte Rouher wieder. „Ich erlaube mir zu bemerken, daß — so sehr ich auch von der Nothwendigkeit dieser Massenverhaftungen überzeugt sein mag — ich doch vor den Folgen derselben erschrecke. — Gefangene sind allerdings nicht zu fürchten; allein dies blos so lange, als sie eben — Gefangene sind. Und man kann diese Leute doch nicht auf Lebenszeit verurtheilen!"

Louis Napoleon lachte spöttisch vor sich hin.

„Man wird sie nur auf fünf bis zehn Jahre verurtheilen. Allein, Sie sehen schwarz, mein Freund! Haben Sie denn vergessen, daß wir die Straf-Kolonien besitzen?"

„Aber auch von dort werden die Deportirten einst zurückkehren, und der Haß und die Rachegedanken, welche sie während ihrer Strafzeit in sich einsaugen, werden sich über ihre Freunde, über ihre Angehörigen aus-breiten."

„Daß von Cayenne deren nicht zu viele wiederkehren, soll die Sorge der dortigen Behörden sein. — Meine Herren! Frankreich bedarf einer dauernden Beruhigung. Es ist Pflicht der Leiter des Staates, diese dem Lande zu verschaffen; um diese Pflicht zu erfüllen, darf man vor keinem Mittel zurückschrecken. Nun denn! Die Masse des Volkes sehnt sich nach Ruhe; die wenigen, stets unzufriedenen Geister, welche die ewige, nimmer rastende Gefahr für jede Regierung bilden, müssen gewaltsam zur Ruhe ge-bracht werden. — Welche Ruhe aber ist dauernder, als jene des Todes? — Allein, selbst wenn dieses letzte Mittel der Brutalität nicht zu grausam wäre, so würde aus einer solchen, vor des Landes und Europas Augen ge-streuten Blutsaat Unheil für uns emporsprießen. — Gehen wir beiden Ge-fahren, jener, welche die lebenden Unzufriedenen, und jener, welche die auf dem Blutgerüste gestorbenen für uns bieten, aus dem Wege. — Wahren wir uns den Anschein der Milde, während wir in der That die Wirkun-gen äußerster Strenge erzwecken! — Mit einem Worte: Lassen Sie uns,

statt Henker und Scharfrichter zu bezahlen, die Hitze, den Hunger, das Elend
und das gelbe Fieber in unsere Dienste nehmen; lassen Sie, statt unsere
Hände mit Blut zu beflecken, das möglicherweise zum Himmel um Rache
rufen könnte, diesen Himmel selbst die grauenvolle Arbeit übernehmen: deportiren wir unsere Gefangenen nach Cayenne und helfen wir der Natur
in ihrem Vernichtungswerke ein klein wenig nach! — Indem wir dies
thun, hüllen wir unsere eigentliche Zwecke vor den Augen der Welt in den
Deckmantel der Humanität und der Civilisation, entgehen dem Vorwurfe
unnöthiger Grausamkeit und entledigen uns dessenungeachtet unserer Feinde
auf die sicherste und wenigst auffallende Weise. — Um dies thun zu können,
ist es nothwendig, daß ein darauf bezügliches Gesetz erscheine. Graf Morny
wird deshalb so gefällig sein, ein solches, bereits von uns gefertigtes Dekret
vorzulesen. — Sie werden daraus ersehen, meine Herren, daß ich darin
zwei Handhaben für unsere Zwecke angebracht habe. Die eine, harmlos
genug aussehende, ist die Stellung unter Polizei-Aufsicht. Um dazu verurtheilt zu werden, bedarf es keines großen Vergehens. Im Verlaufe einer
kurzen Zeit kann die Unzufriedenen von ganz Frankreich dieses Schicksal erreichen, welches — da es nicht besonders grausam ist — keinen großen
Lärm in der Welt verursachen wird. Aus diesem ersten Stadium ergiebt
sich dann das zweite, die Deportation, je nach Belieben von selbst. Sie
werden ferner daraus ersehen, daß ich bei Fassung dieses Gesetzes nicht nur
die Gegenwart, sondern auch die Zukunft beachtete, und daß es unserer Regierung mittels desselben möglich sein wird, alle Verdächtigen, auch jene
aus früheren Regierungsperioden, alle, die aus irgend einem Grunde unter
unseren Vorgängern, jetzt, oder in Zukunft unter Polizei-Aufsicht gestellt
worden sind oder noch gestellt werden, ohne weitere Förmlichkeiten nach
Cayenne oder Algier zu deportiren." —

Graf Morny erhob sich nun und las unter allgemeinem tiefen Schweigen nachfolgendes Dekret vor:

„Im Namen des französischen Volkes."

„Der Präsident der Republik

„hat auf Veranlassung des Ministers des Innern, in Erwägung, daß
„Frankreich der Ordnung, der Arbeit und der Sicherheit bedarf; daß die
„Gesellschaft seit einer Reihe von Jahren durch anarchische Umtriebe, wie
„durch Aufstandsversuche der Anhänger geheimer Gesellschaften und der
„Sträflinge, die stets bereit sind, zum Umsturze der Ordnung ihre Hülfe
„zu leisten, in ihren Tiefen beunruhigt und erschüttert wird;

„in Erwägung, daß diese Menschenklasse durch ihren fortdauernden
„Widerstand gegen alle Gesetze nicht nur die öffentliche Ruhe, Arbeit und

„Ordnung in Frage stellt, sondern auch ungerechte Angriffe und beklagens-
„werthe Verläumdungen gegen die ordnungsliebende Arbeiterbevölkerung von
„Paris und Lyon veranlaßt;

„in Erwägung, daß die bisherigen Gesetze nicht mehr genügen und so-
„mit einiger Berichtigungen bedürfen; mit Rücksicht sowohl auf die Pflich-
„ten der Humanität, wie auf die Anforderungen der allgemeinen Sicherheit,
„beschlossen zu verordnen, wie folgt:

„Art. 1. Sobald ein Individuum, welches unter Polizei-Aufsicht ge-
„stellt ist, des Vergehens des Friedensbruches überführt wird, kann es im
„Interesse der allgemeinen Sicherheit in eine Strafkolonie, nach Cayenne
„oder Algerien transportirt werden. Die Dauer der Strafzeit wird sich
„von mindestens fünf Jahren bis auf höchstens zehn Jahre erstrecken.

„Art. 2. Dieselbe Maßregel kann gegen Individuen angewendet wer-
„den, welche der Betheiligung bei einer geheimen Gesellschaft überführt
„werden.

„Art. 3. Die Regierung hat das Recht, den Ort zu bestimmen, an
„welchem sich der Verurtheilte nach erstandener Strafe unter Aufsicht der
„Polizei aufhalten soll.

„Die Verwaltungsbehörde wird die Formalitäten bestimmen, welche
„geeignet sind, den ununterbrochenen Aufenthalt des Verurtheilten an dem
„ihm bezeichneten Orte nachzuweisen.

„Art. 4. Der Aufenthalt in Paris und derjenige innerhalb des Burg-
„friedens dieser Stadt ist allen unter Aufsicht der hohen Polizeibehörde
„gestellten Individuen untersagt.

„Art. 5. Die in vorstehendem Artikel bezeichneten Individuen sind
„gehalten, Paris und seinen Burgfrieden binnen zehn Tagen, von der
„Veröffentlichung dieses Dekretes an gerechnet, zu verlassen, wenn sie nicht
„von der Verwaltungsbehörde eine Aufenthaltsbewilligung erhalten haben;
„jenen, welche es verlangen, wird ein Reisevorweis eingehändigt werden, der
„Richtung und Dauer ihrer Reise nach ihrem Geburtsorte oder nach dem
„ihnen bezeichneten Aufenthaltsorte regeln wird.

„Art. 6. Im Falle der Uebertretung der in Art. 4. und 5. vorge-
„schriebenen Anordnungen gegenwärtigen Dekretes können die Zuwiderhan-
„delnden im Interesse der allgemeinen Sicherheit in eine Strafkolonie nach
„Cayenne oder Algerien gebracht werden.

„Art. 7. Die kraft gegenwärtigen Dekretes transportirten Individuen
„sind der Arbeit für die Strafanstalt unterworfen; sie sind ihrer bürger-
„lichen und politischen Rechte entäußert und der militärischen Gerichtsbar-
„keit unterstellt; die Militärgesetze werden gegen sie in Anwendung gebracht.

„Im Falle einer Entweichung aus der Anstalt werden jedoch die Sträflinge
„zu einer Gefängnißstrafe verurtheilt, welche die Zeit nicht überschreiten darf,
„welche sie ohnedies noch als Strafzeit zu erstehen hätten. Sie sind wäh-
„rend der Dauer dieser Gefängnißstrafe der militärischen Disciplin und
„Subordination gegenüber ihren Vorgesetzten vom Civil- oder Militärstande
„unterworfen.

„Art. 8. Die Organisation dieser Strafkolonien wird durch Anord-
„nungen der Exekutivgewalt festgesetzt werden.

„Art. 9. Die Minister des Innern und des Krieges sind, jeder in
„seinem Verwaltungszweige, beauftragt, gegenwärtiges Dekret in Vollzug
„zu bringen." —

Morny schwieg nun, indem er das verhängnißvolle Papier, welches so
viel Leiden über Frankreichs Bürger bringen, so viele Thränen hervorrufen
sollte, vor Louis Napoleon ausbreitete.

Ein leises Murmeln der Zufriedenheit, untermischt mit einigen lebhaf-
teren und lauteren Aeußerungen des Beifalls, lief nach beendeter Vorlesung
um die Tafelrunde.

Napoleon nahm eine Feder, um das Dekret endgültig durch seine Unter-
schrift zu sanktioniren. Ehe er die Feder jedoch ansetzte, wendete er sich an
die Versammelten.

„Ich fordere die Herren auf, Ihre Meinungen über dieses Aktenstück
frei und unumwunden zu äußern."

Der Justizminister stand sogleich auf, indem er einen fragenden Blick
auf die Gesichter seiner Genossen warf, welche alle die unbedingteste Uebereinstimmung und Billigung ausdrückten.

„Sire! Ich schätze mich glücklich, daß es mir vergönnt ist, die Ansicht
meiner Herren Kollegen und die meinige, welche in einer tiefen Bewunderung Ihrer Weisheit besteht, die sich abermals in diesem Dekrete doku-
mentirt, auszudrücken. Der Ministerrath ist vollkommen mit diesem Gesetze einverstanden. Indessen, Sire, möge mir die Bemerkung erlaubt sein,
daß zur Veröffentlichung dieses Gesetzes kaum noch der rechte Augenblick
gekommen sein dürfte."

„Sie haben vollkommen Recht, mein Herr!" entgegnete Napoleon.
„Es ist auch nicht unsere Absicht, dieses Dekret vor Beendigung des Kampfes
und ehe einigermaßen wieder die Ruhe zurückgekehrt ist, zu veröffentlichen.
In einigen Tagen — heute haben wir den vierten, bis zum siebenten oder
achten Dezember ungefähr — soll es bekannt gegeben werden. Sind Sie
damit einverstanden?"

Nachdem die Minister dies bejaht, fügte Morny noch folgende Worte unter das Dekret:

„Gegeben zu Paris im Elyséo national nach Zuziehung des Ministerrathes am 8. Dezember 1851."

„Der Minister des Innern: -

A. de Morny."

Todtenstille herrschte im weiten Gemache, als nun Louis Napoleon die Feder ergriff und seinen Namen unterzeichnete. — Man hörte nichts, als jenes eigenthümliche, krächzende und kreischende Geräusch, welches die langsamen Züge der kratzenden Feder auf dem Papiere hervorbrachten. Aus der Ferne tönte das Getöse des Kampfes, Schüsse und Waffengeklirr.

Was aber gelten die Waffenerfolge dieser Tage, was all das vergossene Blut gegen diesen einzigen Federstrich, der Tausende und aber Tausende dem sicheren und entsetzlichsten Tode weiht! —

Nach Berathung einiger untergeordneter Fragen wurde der Ministerrath entlassen.

Am 8. Dezember 1851 bereits wurde jenes Dekret veröffentlicht.

Achtes Kapitel.

Die zerstörte Barrikade.

Die Nacht war sternenhell. Ueber den unabsehbaren Häuserreihen, aufwärts am linken Ufer der Seine, dämmerte ein lichter Schein auf, der allmählich heller und heller wurde. Dieses, die am Horizonte lagernden Dunstmassen rothfärbende Licht rührt vom Monde her, der jetzt groß und glühend, eine volle Scheibe, hinter der Kuppel des Pantheons heraufsteigt. —

Es war empfindlich kalt. Ein scharfer, eisiger Wind blies in einzelnen, heftigen Stößen über die Stadt. Mit Ausnahme seines Brausens und Stöhnens und des durch ihn hervorgerufenen Klirrens und Klapperns in den Schornsteinen und Wetterfahnen; mit Ausnahme des hie und da in den leeren Straßen sich vernehmlich machenden Pferdegetrabes großer Reiterpatrouillen lagerte eine tiefe, unheimliche Ruhe über der ungeheuren Stadt. — Und doch war es erst zehn Uhr Abends.

Paris glich in diesem Augenblicke einem unermeßlichen, gewaltigen Friedhofe. Die im Mondlichte zu gewissen Gruppen sich absondernden

Häusermassen, die aus dem Schatten emporragenden Paläste, Kuppeln und Thürme erscheinen als die stolzen Monumente über dem weitgedehnten, niederen Gräbermeere. Und — würde man dieser Meditation noch länger nachhängen — die Erde unter diesen Gräbern erschiene roth gefärbt vom Blute der Aristokraten, und unter den Monumenten lägen Hekatomben von Bürgerleichen; der Wurm nagte an dem Gefallenen und züngelte auf nach dem Bestehenden; und über diesem Friedhofe, dem für ewig der Friede fehlen wird, triebe in dichten Schwaden giftige, ansteckende Moderluft. — —

Jenes Palais in der Nähe der Champs Elysées, das dem Grafen M.... gehörte, hebt sich finster und starr, durch Nichts in seinem Innern herrschendes Leben verrathend, aus dem dunklen Gartenraume, der es von allen Seiten umgiebt.

Kein Laut läßt sich hören. — Oede und verlassen, ausgestorben scheint das Haus und seine Umgebung. —

Der Mond ist nun vollends heraufgestiegen am dunklen Himmelszelte, und sein Licht fällt durch die entlaubten Bäume, deren Schatten an die Mauern malend, auf die Gartenfronte des Palais.

Sein Strahl spiegelt sich in den Scheiben eines Fensters, das so eben geöffnet worden.

Dieses Fenster liegt im ersten Stockwerke. Es scheint, der Lage nach, zu jenen Gemächern zu gehören, welche Adele Duchatelet seit drei Tagen bewohnt.

Von der Brüstung desselben löst sich ein schmaler, lichter Gegenstand, der, einen langen Streifen bildend, herniederschwankt. Einige Augenblicke vom Nachtwinde hin und her gezerrt, sinkt er jetzt in die Tiefe und erreicht den Boden.

Eine Gestalt wird in der dunklen Fensteröffnung sichtbar.

Diese Gestalt schwingt sich auf die Brüstung. Jetzt faßt sie jenen hellen und langen Streifen — es sind zerrissene und an einander geknüpfte Betttücher — und läßt sich an dieser improvisirten Leiter aus dem Fenster herab, vorsichtig die Füße auf jene großen Knoten setzend, welche von Raum zu Raum darin angebracht sind.

Nun hat der Flüchtling den Kiesweg des Gartens erreicht. Er hält dort einen Augenblick an, um von der vielleicht ungewohnten Anstrengung sich zu erholen.

Lauschend und spähend, mit seinen Blicken nach allen Richtungen hin die Gebüsche und Baumgruppen durchforschend, blieb er regungslos stehen. Dann, da er sich überzeugt zu haben schien, daß er allein und unbeobachtet sei, streckte er sich an dem Leinenbande, so weit er es mit seiner Hand

erreichen konnte, in die Höhe und schnitt es dort mit einem scharfen Instrumente ab.

Dieses vielleicht drei Ellen lange Stück mit sich nehmend, eilte er
mit raschen, flüchtigen, doch unhörbaren Schritten durch den Garten, jenen
Theil desselben wählend, welcher nicht vom Monde beleuchtet und am meisten
von Laubengängen und Gebüschen bedeckt war.

Bald hatte die flüchtige Gestalt das Eisengitter erreicht, das den Garten von der Straße absperrt.

Dieses Gitter ist ungefähr acht Fuß hoch. Die schön verzierten Stäbe
desselben nahe aneinander. Die beiden Gitterpforten, sowie der große Thorweg sind wohl verschlossen.

Der Flüchtling, dessen Gestalt jetzt voll vom Mondeslichte übergossen
wird, überlegt einen Moment, wie die weitere Flucht am besten zu bewerk-
stelligen sei.

Von den Gesichtszügen des jungen Mannes läßt sich in diesem Augenblicke wenig erkennen, da der größte Theil seines Gesichtes unter dem Schatten
der breiten Hutkrämpe verborgen liegt. Die kleine, zierliche Gestalt selbst
aber scheint große Jugend zu verrathen. Der Kleidung nach gehört der
Flüchtling dem Arbeiterstande an. — Die blaue Blouse zeigt eine ungemein
zarte Taille. Unter dem breitkrämpigen, niederen grauen Hute fallen reiche,
schwarze Locken auf die schmalen Schultern. Der kleine Fuß, sowie die
feine Hand, diese Abzeichen des Aristokratismus, kontrastiren sonderbar mit
der groben Tracht der niederen Volksklassen.

In dem Augenblicke, als sich der junge Mann auf den Boden beugt,
um einen Stein zu suchen, den er in das Ende jenes Leinenstreifens knüpfen
könne, um ihn mittels dessen über das Gitter zu werfen, ertönt vom Hause
her ein drohendes Knurren, dem allsogleich ein lautes, wüthendes Bellen folgt.

Dieses Bellen rührt von einer großen, englischen Dogge her, die zur
Nachtzeit frei im Garten herumstreift, um diesen sowie das Haus zu be-
wachen.

Der Hund war bis jetzt auf der anderen Seite des Gebäudes gewesen
und hatte somit den Flüchtling weder sehen noch hören können.

Doch jetzt kam die wild kläffende Bestie in tollen, mächtigen Sätzen
heran.

Der junge Mann erbebte beim ersten Laut, der ihm die drohende Gefahr verkündete.

Aber seine Geistesgegenwart und ruhige Besonnenheit verlor sich keinen
Augenblick.

Ohne sich durch die mit entsetzlicher Eile sich nähernde Gefahr im Geringsten irre machen zu lassen, hatte er ein großes Ziegelstück, das dort
am Boden lag, erfaßt und in das Ende des Bandes fest verknüpft. Ein
sicherer Wurf brachte den das Leinenstück nach sich ziehenden Stein auf die
äußere Seite des Gitters, durch welches er, als der junge Mann nun den
Leinenstreifen fest anzog, nicht mehr zurückzuschlüpfen vermochte, sondern
durch zwei Spitzen der Gitterstäbe auf der Höhe der obersten Querstange
gehalten und festgeklemmt, dem zwischen denselben herabhängenden Bande
zum sicheren Halte diente.

Kein Augenblick war mehr zu verlieren. Schon war die bellende Bestie
keine zehn Schritt mehr von dem Flüchtling entfernt.

Durch die Angst beflügelt, klomm der junge Mann an dem Bande
empor. In dem Momente, als der Hund vor dem Gitter anlangte und
sich zähnefletschend und heulend vor Wuth an demselben in die Höhe richtete,
hatte der junge Wagehals seine Arme und den oberen Theil seines Körpers
bereits in die Höhe besagter Querstange gebracht und bemühte sich, die
Beine nach sich ziehend, mit den Knien in den schmalen Zwischenräumen
der Stäbe Halt zu gewinnen.

Dies gelang ihm auch alsbald, obwohl der Rachen des wüthenden, in
die Höhe springenden Thieres mehr als einmal nach seinen Füßen schnappte
und bereits mit den scharfen Zähnen ein Stück seiner weiten Beinkleider
erfaßt und abgerissen hatte.

Die Stellung des Flüchtlings auf dem zwei Finger breiten Eisenstabe,
zwischen den scharfen Spitzen des Gitters, war eine verzweifelte und so unsicher, daß er nur mit äußerster Anstrengung das Gleichgewicht zu erhalten
vermochte.

Es war nicht daran zu denken, den Leinenstreifen, wie er es anfänglich
beabsichtigt hatte, nach sich zu ziehen und mit dessen Hülfe auf der andern
Seite herabzusteigen. Dies um so weniger, als der Hund, in Ermangelung
eines anderen Gegenstandes, diesen Streifen mit den Zähnen erfaßt hatte
und wüthend daran zerrte.

Vom Hause her wurden Stimmen und Schritte hörbar.

Ohne Zweifel Domestiken, die durch das Bellen des Hundes aufmerksam gemacht, zur Verfolgung des Flüchtlings herbeieilten.

Es blieb diesem keine Zeit mehr zum Ueberlegen, keine Wahl in Betreff der Mittel, herabzugelangen.

Krampfhaft die zarten Finger um die Eisenspitzen klammernd, wirft
der muthige Junge seine Füße, seinen Leib mit Aufgebot aller Kräfte in
einem gewaltigen Schwunge auf die andere Seite des Gitters und — indem

er nun, schnell die Hände öffnend, den Haltpunkt aufgiebt — läßt er sich auf den Erdboden herabfallen.

Aber ein Schrei des Schmerzes tönt von seinen Lippen. Seine Hände sinken blutend nieder. Die Haut der inneren Fläche derselben war in Streifen abgerissen und. hing zum größten Theile noch an den Eisenspitzen, welche er so fest umspannt gehalten und von welchen er dann plötzlich, ehe seine Lebenswärme sich dem kalten Eisen hätte mittheilen können, die Hände weggerissen hatte.

Der Hund schien beim Anblicke des Blutes rasend zu werden, und wenig fehlte, daß er nicht mit einem gewaltigen Satze das Gitter übersprungen hätte.

Bei dem Sturze war der breite, das Antlitz beschattende Hut dem Haupte des Beklagenswerthen entfallen. — Das volle Licht des Mondes fällt nun auf seine Gesichtszüge, in welchen wir jene — Adelens erkennen.

Einen Augenblick blieb sie erschöpft und vom Schmerze betäubt in halb liegender Stellung, wie sie eben der Fall zu Boden brachte, auf dem Steinpflaster kauern.

Der Hund hörte nicht auf, in entsetzlicher Weise zu bellen und zu heulen, indem er Kopf und Tatzen zwischen den Gitterstäben durchzustrecken und damit nach seinem entflohenen Opfer zu langen suchte.

Die Gestalten von mehreren Personen wurden zwischen den entlaubten Baumstämmen sichtbar, und ihre Stimmen schlugen mahnend und sie aus ihrer Betäubung aufrüttelnd an das Ohr der Verfolgten.

Adele erkannte die Gefahr, in der sie sich befand. — Allein, in einem ihr völlig unbekannten Stadttheile, in welchem sie nicht wissen konnte, nach welcher Seite sie die Schritte richten müsse, um ihren Feinden zu entgehen; wurde ihre Situation dadurch noch gefährlicher, daß des Mondes Licht scharf auf sie und ihre Umgebung fiel und deutlich ihre Gestalt den Verfolgern zeigte.

Aber der Muth verließ sie nicht. — Jene Macht, die sie so sichtbarlich bis jetzt geführt und geleitet, wird sie wohl auch ferner beschützen; und mit jenem gläubigen Vertrauen edler weiblicher Seelen stellte sie ihre Hoffnung auf Gott, ohne jedoch etwas zu versäumen, was ihre eigene Kraft zur Rettung beitragen konnte.

Sie erhob sich eilig von der Erde, und ohne einen Augenblick zu verlieren, lief sie, so schnell ihre zarten Füße sie zu tragen vermochten, über die vom Monde beleuchtete Breite der Straße in den Schatten der gegenüberliegenden Häuser. An diesen fort eilte sie, ohne auf Weg und Richtung

Acht zu haben, ohne des kalten Windes, noch der brennenden Schmerzen ihrer blutenden Hände zu achten, nur von dem Gedanken beseelt, ihren Verfolgern zu entgehen.

Sie hörte hinter sich das Bellen des Hundes, das Oeffnen der Gitterpforte, die Schritte und das Rufen der Verfolgenden. Diese wußten anfänglich ohne Zweifel nicht, nach welcher Richtung sie entflohen sei; so schloß Adele wenigstens aus den einzelnen Worten, welche der Nachtwind zu ihrem Ohre brachte. Sie lief unaufhaltsam vorwärts.

Jetzt sah sie große, ausgebreitete Baummassen vor sich. Sie erreichte deren dichten Schatten. — Sie war in den Elyseeischen Feldern.

Aber hinter ihr drein die Verfolger, welche jetzt — wie Adele zu ihrem namenlosen Schrecken gewahr wurde — den Hund, der die Spur Adelens keinen Augenblick verloren haben konnte, herbeigeholt und auf ihre Fährte gehetzt hatten.

Wie konnte die Unglückliche somit auf Rettung hoffen! In wenigen Augenblicken mußte sie das grimmige Thier erreicht haben! —

Sie hatte, von der Avenue Gabriel kommend, jene Seitenalleen der Elyseeischen Felder betreten, welche von Kaffeehäusern, Restaurants und Schaubuden umgeben sind. Gerade vor ihr spiegelte sich der Mond in den Glasdachungen des Franconischen Cirkus.

Adele war auf's Aeußerste erschöpft. Kaum vermochte sie mit Aufgebot aller Kräfte ihren Lauf fortzusetzen. Vergeblich sah sie sich nach Hülfe um. Leer und öde waren die sonst so belebten Promenaden; kein Mensch ließ sich sehen oder hören. Und wenn sie auch Jemandem begegnet wäre, hätte sie auf dessen Hülfe hoffen dürfen?

In dieser Nacht, und in mancher der folgenden noch, waren die Straßen von Paris nur von Soldaten und Polizeisergeanten, von den Gehülfen und Dienern eben jenes Mannes belebt, dem zu entfliehen sie ihr Leben auf's Spiel setzte. —

Der Hund war ihr auf den Fersen. In mächtigen Sätzen, ein dumpfes, heulendes Bellen ausstoßend, nahte er sich mit entsetzlicher Eile. — Jetzt war er kaum noch zehn Schritt von ihr entfernt; jetzt mußte er sie erreichen; jetzt — — — —

Adele hatte nicht die Kraft mehr, weiter zu eilen. Aber sie hatte den Muth, ihr Schicksal gefaßt zu erwarten. Sie war stehen geblieben und hatte aus der Tasche ihrer Blouse ein scharfes, funkelndes Dolchmesser genommen. Sie erhob die Hand mit der Klinge —

Wollte sie mit dem kräftigen Thiere kämpfen? — Wollte sie die Klinge gegen den eigenen Busen richten und lieber ihrem Leben ein Ende machen, als sich abermals den Händen der brutalen Verführer überliefern? —

Aus dem innigen, langen Blicke, den sie zum Himmel sendete, glauben wir das Letztere schließen zu dürfen.

Das wüthende Thier hatte sie erreicht. Die Klinge senkte sich. Mit leuchtenden Augen sprang die wilde Bestie auf sie zu — — —

In diesem Momente hörte Adele zu ihrer Seite ein scharfes, kurzes Bellen; ein dunkler Körper schleuderte sich in mächtigem Sprunge ihrem Verfolger entgegen, und ehe Adele Zeit gehabt hatte, sich von ihrer Bestürzung zu erholen, sah sie die große englische Dogge im Kampfe mit einem anderen Hunde, während ein zweiter, dem eben gekommenen ähnlich, herbeieilte.

Ein wildes Ringen, ein Bellen, Schnauben und Heulen erhob sich auf dem Kampfplatze.

Adele benutzte diesen Augenblick und eilte, so schnell sie dies nach der entsetzlichen Aufregung der letzten Minuten vermochte, mit einem frommen Dankeslächeln auf den Lippen, weiter. —

Sie hörte hinter sich den Lärm vieler streitender Stimmen. Die Verfolger waren auf dem Platze angekommen, wo sie ihren Hund im Kampfe mit zwei großen und starken Bulldoggen sahen, die sich in die Ohren und die Brust der heulenden Dogge verbissen hatten und mit aller Gewalt nicht davon losgemacht werden konnten.

Zu dieser fluchenden und scheltenden Gruppe hatte sich alsbald ein Mensch gesellt, der ebensowohl wegen seines phantastischen Kostümes, als wegen seiner Gestalt die Aufmerksamkeit der Diener des M....'schen Palais auf sich zog.

Es war ein Zwerg von kaum drei Fuß Höhe mit einem ungemein häßlichen, aber nichts weniger als geistlosen Antlitze.

Dieser Bursche nahte sich mit eigenthümlichen, bald schmeichelnden, bald drohenden Zurufen den beiden Bulldoggen, welche er alsbald mittels eines ihm sehr geläufigen Manövers dahin brachte, von ihrem Feinde abzulassen, der sich blutend und winselnd, mit eingezogenem Schweife und emporgesträubtem Haare unter die Füße seiner Herren zurückzog.

Diese wendeten sich zornig und drohend gegen die kleine Person, die sich lachend und scherzend mit den Bulldoggen zu schaffen machte.

Es ergab sich, daß der Zwerg zu dem Dienstpersonale des Franconischen Cirkus gehöre. Er hatte die eben dortselbst sich oftmals als gewaltige Springer produzirenden beiden Bulldoggen unter seiner besonderen Aufsicht und Pflege. — Durch einen Zufall war diesen Abend die Thür ihres Gewahrsams offen geblieben, und die Thiere, ihrem Instinkte und dem herausfordernden Bellen der Dogge folgend, hatten sich diesen Umstand zu Nutze gemacht und auf eigene Faust sich in einen Kampf mit dem fremden Hunde eingelassen.

Mit diesen Erklärungen wollten sich die Diener, welche den verwundeten und blutenden Hund durch kein Mittel mehr zu einer Wiederaufnahme der Spur der Entflohenen bringen konnten, und die nach einigen mißlungenen Versuchen somit eine weitere Verfolgung derselben aufzugeben gezwungen waren, durchaus nicht zufrieden geben. Es kam zu einem heftigen, weithin tönenden Wortwechsel, der indessen gar bald durch das Erscheinen einer Militairpatrouille beendet ward, welche ohne viel Federlesens zu machen und ohne auf die Explikationen der Wüthenden zu hören, Alle insgesammt arretirte und auf die nächste Wachtstube brachte. —

Das Ende des Streites hatte Adele nicht mehr mit angehört. Sie hatte ihren Weg durch die dunklen Alleen fortgesetzt, immer in der Angst, daß sie auf's Neue die Verfolger hinter sich vernehmen werde.

Aber dies unterblieb zu ihrer großen Beruhigung. Sie dankte im Herzen inbrünstig Gott dafür. Dessenungeachtet wußte sie nur zu wohl, daß sie noch manche Gefahr werde zu bestehen haben, ehe sie ihre Wohnung, die sie zu erreichen suchte, werde betreten können.

Als sie den Ausgang der Elyseischen Felder gegen den Concordien-Platz zu erreicht hatte, sah sie diesen von großen, um gewaltige Feuer lagernden Truppenmassen dicht besetzt, und die Quais hinauf, sowie in den Straßen auf der andern Seite, gegen die Boulevards zu, blitzten Waffen, wohin ihre Augen trafen.

Der direkte Weg war ihr sonach abgesperrt. Sie mußte versuchen, auf Umwegen ihr Ziel zu erreichen. Auf gewaltigen, stundenlangen Umwegen, die sie — leicht bekleidet, ohne sich Rast gönnen zu dürfen — in der eisigen Nachtluft zurückzulegen hatte. Sie erduldete indessen Schmerzen, Kälte und Müdigkeit gerne — war sie doch frei, hatte sie doch die Hoffnung, ihren Vater, ihren Bräutigam wiederzusehen! —

Und diese Hoffnung auch war es gewesen, welche sie zu dem tollkühnen Fluchtversuche veranlaßt hatte. — —

Als Louis Napoleon Adelen verlassen hatte, war sie in einem Zustande stummer Verzweiflung, der sie zu jedem freien Gedanken, zu jeder Ueberlegung unfähig machte, zurückgeblieben.

Erst nach geraumer Zeit konnte sie sich soweit sammeln, um ihre Lage ganz zu fassen.

Sie mußte sich gestehen, daß nicht nur für sie keine Hoffnung mehr sei, indem jene Scenen brutaler Gewalt, wie sie Graf M.... schon einmal gegen sie unternommen, sich wiederholen würden; sondern daß auch ihr geliebter Vater und Bernard unmöglich der Verwirklichung jener Drohungen Napoleon's würden entgehen können.

Sie mußte diese, wie sich selbst, für verloren geben. Denn das eine und einzige Mittel zur Rettung ihrer Lieben, das ihr Louis Napoleon vorgeschlagen hatte, wies sie jetzt und für immer mit Entrüstung zurück; und sie war gewiß, daß sie darin im Sinne ihrer Angehörigen handle.

Aber wenn sie schon ihre Tugend nicht um den Preis der zwei ihr theuersten Leben opfern wollte; so war es nur um so mehr ihr Trachten, diese auch gegen die Angriffe, welche ihr von Seiten ihres Wirthes drohten, sicher zu stellen.

Im ersten Augenblicke sah sie dazu nur ein Mittel; ein Mittel, das sie unter allen andern Umständen mit Abscheu von sich gewiesen hätte, das allein aber ihr jetzt Rettung vor der Schande versprach. — Sie wollte lieber mit eigener Hand ihrem Leben ein Ende machen, als durch Entehrung und Schmach es fristen.

Dieser Gedanke, der sie anfangs mit Grausen erfüllte, machte sich bald in ihrer Seele heimisch und gab ihr eine gewisse Beruhigung. — Rein und unbefleckt will sie ihre Lieben wiedersehen, oder diesen voran eilen in bessere Welten. —

Nachdem sie sich mit diesem Gedanken vertraut gemacht und diesen Entschluß gefaßt hatte, dachte sie an die Mittel, ihn auszuführen.

Es giebt der Wege so viele, die aus dem Leben führen; und dessenungeachtet konnte Adele keinen entdecken, der ihr nicht versperrt gewesen wäre. —

Gift und Dolch waren die beiden in ihrer Lage allein anwendbaren Mittel. Das erstere war ohne Zweifel nicht zu erlangen; aber Adele ging daran, das zweite zu suchen.

In den mit tausend Gegenständen ausgestatteten Gemächern, welche sie bewohnte, sollte sich da — wenn auch nicht ein Dolch — doch wenigstens nicht irgend ein Ding finden, das sich als Waffe gebrauchen ließe? —

Sie durchstöberte Schränke und Kästen. Die meisten derselben waren leer; andere enthielten Wäsche und weibliche Kleidungsstücke; in einer kleinen Chatouille befanden sich Bänder und werthlose Schmucksachen. Unter diesen fiel Adelen ein kleiner, zierlich gearbeiteter, silberner Schlüssel in die Hände.

Sie erinnerte sich, daß ihr früher schon in der Tapete des Schlafgemaches eine Oeffnung wie die eines kleinen Schlosses aufgefallen war. Die

Form dieses Schlüssels nun schien ihr zu dieser zu passen. Sie probirte. Nach kurzer Bemühung zeigte sich ihre Voraussetzung richtig. Diese Oeffnung war in der That die eines verborgenen Schlosses. Der kleine Schlüssel sperrte dasselbe auf. Eine Thür öffnete sich, hinter welcher in einem schmalen Wandkasten eine Anzahl Kleidungsstücke hingen; Männer- und Frauenkleider, von allen Farben und jedem Schnitte. Es schien eine Maskengarderobe zu sein. —

Beim Anblicke dieses Fundes blitzte ein neuer Gedanke durch Adelens Seele. —

Hier boten sich ihr Mittel zu jeder Verkleidung. Vielleicht konnte sie mit Hülfe einer solchen ihrem Gefängnisse entkommen! Vielleicht konnte sie ihren Vater oder Bernard auffinden und diese vor der drohenden Gefahr warnen, im schlimmsten Falle dieselbe mit ihnen theilen! —

Ihr Entschluß war alsogleich gefaßt. Seine Ausführung folgte ihm auf dem Fuße.

Sie riß die Kleider aus dem Schranke. Die meisten waren wahre Theaterkostüme, mit Flitterwerk aufgepußt, so daß sie dieselben zu ihrem Zwecke nicht gebrauchen konnte. Aber einige waren darunter, welche ihr anwendbar schienen. Sie wählte einen Arbeiteranzug, Blouse, weite Beinkleider, breitkrämpigen Hut. Dieser war zwar auch ein Maskenanzug, wie der feine, leichte Stoff und die zierliche Arbeit zeigten; aber er erfüllte vollkommen seinen Zweck. Zu ihrer Ueberraschung und Freude fand sich, daß derselbe, wie alle anderen Kostüme, für eine Dame von ihrer Größe bestimmt gewesen sein mußte. Er paßte ihr wie angegossen.

Nachdem sie diesen Anzug bereit gelegt und noch überdies ein scharfes Dolchmesser, welches sie in einem Matrosenkostüme gefunden, zu sich gesteckt hatte, verschloß sie den Wandschrank wieder, ihre Metamorphose auf die späteren Abendstunden verschiebend, da ihr jetzt ein Fluchtversuch noch unausführbar schien.

Nach dem Diner, von dem sie heute zum erstenmale seit ihrer Anwesenheit in diesem Hause vollkommen gesättigt aufstand, weil sie wohl bedachte, daß sie zur Ausführung ihres Vorhabens der Kräfte bedürfe, überließ sie sich ihren nichts weniger als frohen Gedanken, bis sie die überhand nehmende Dunkelheit und Ruhe erinnerten, an's Werk zu gehen.

Vor Allem suchte sie nun eine Leiter, ein Tau, eine Schnur, mit Hülfe deren sie sich aus dem Fenster herabzulassen vermöchte. Denn dies war der Weg, den sie zur Flucht gewählt hatte.

Da sie zu diesem Zwecke sonst nichts Dienliches fand, riß sie die Leinentücher aus dem Bette, zertheilte sie in lange Streifen, die sie aneinander knüpfte, und bereitete sich auf diese Art ein zu dem beabsichtigten Gebrauche genügendes Fluchtmittel.

Nachdem sie sich sodann in die Männerkleider geworfen und den Dolch zu sich gesteckt hatte, sank sie auf die Kniee, um Gott in innigem Flehen zu ihrem Schutze anzurufen.

Dann öffnete sie muthig und getrost das Fenster, befestigte daran den Leinenstreifen und begann, sich an diesem hinunterzulassen.

Das Uebrige wissen wir bereits. Wir haben Adelens Flucht bis zu dem Augenblicke verfolgt, wo sie beim Anblicke der ihr den Weg versperrenden Truppen ihre Schritte wendete, um durch die Vorstädte St. Honoré, Chauſſée d'Antin und Montmartre die Vorstädte Poiſſonnière zu erreichen. —

Sie hatte diesen Weg in immerwährender Furcht vor einem Zuſammentreffen mit Soldaten oder Polizeipatrouillen zurückgelegt. Einigemale war sie auch wirklich solchen begegnet, aber es war ihrer Geistesgegenwart gelungen, sich vor deren Blicken zu verbergen. Mehr und mehr näherte sich ihr Weg jenen Straßen, auf welchen während der letzten Tage so blutige Kämpfe stattgefunden hatten; und je mehr sie gegen diese vorrückte, desto größer wurden die Gefahren, welche sich ihr entgegenstellten.

Mit tiefem Grauen betrat Adele jene blutgetränkten Stadttheile. Sie war zwar über die Ereignisse der letzten Tage noch nicht völlig im Klaren. Allein die Abschiedsworte ihres Vaters, jene Louis Napoleon's, das Schießen und Kampfgetümmel, das sie während der letzten Tage gehört hatte, endlich das, was sie auf ihrem jetzigen Wege gesehen, all dies reichte hin, sie so ziemlich vollständig mit dem eben Stattgefundenen bekannt zu machen. —

Auf den Boulevards und in gar vielen Straßen lagerten die Soldaten um riesige Wachtfeuer. An den Ecken und Kreuzungen derselben waren Kanonen aufgefahren, und die Bedienungsmannschaft stand mit brennender Lunte daneben. In den kürzesten Zwischenräumen folgten sich Infanterie- und Kavallerie-Patrouillen, welche die Stadt durchstreiften.

Dieses ganze kriegerische Bild sah Adele indessen nur von ferne. Jene Stadttheile, welche sie bis jetzt durchschritten, waren fast gänzlich von Truppen entblößt. Der Faubourg Poiſſonnière, den sie nun betrat, war noch in den Händen der Aufständigen.

Mitternacht war bereits vorüber, als sie in der Rue Lamartine anlangte. An der Ecke der Rue Rochechouart, in welche sie eben einbiegen wollte, hielt sie erstaunt ihre Schritte an.

Ein eigenthümliches Bild zeigte sich ihren Blicken.

Im fahlen Lichte des Mondes und beim rothen Scheine einiger weniger Fackeln gewahrte sie ein geschäftiges Treiben, ein hin und her fluthendes Gedränge großer Menschenmassen, dessen Zweck und Ursache sie nicht alsogleich enträthseln konnte. Im Hintergrunde jener Straße, gegen die Barrière zu, erhob sich eine hohe, dunkle, die Straße absperrende Wand. Um diese war das größte Gedränge; aber auch weiter nach vorne zu eilten dunkle Gestalten hin und her, und die über deren Häuptern blitzenden Waffen gaben dem Bilde einen wilden und kriegerischen Charakter.

Die ihrem Geschlechte eigene Scheu hielt Adele zurück, sich unter diese Männerschaaren zu mengen, unter welchen sie nur hie und da das lichtere Kleid eines Weibes gewahren konnte.

Indessen sollte sie nicht lange hier unthätig stehen bleiben, und ihre Ungewißheit sollte ein Ende nehmen.

Ein Trupp von Blousenmännern, theilweise mit zerfetzten Kleidern und beschmutzten Gesichtern, kam, mit Holz und Steinen zum Baue der Barrikade beladen, in ihre Nähe. Sie hielten, ihre Last ablegend, einen Augenblick an, um eine kurze Rast zu halten. Einige sprachen leise miteinander. Die Meisten brüteten im dumpfen, finsteren Schweigen.

Adele hatte sich ängstlich in den Schatten des Hauses gedrückt. Gerade vor ihr ließen sich zwei dieser Männer nieder. Sie führten ihr Gespräch mit unterdrückter Stimme; dessenungeachtet war es Adelen vernehmlich.

„Wie ich sage, 's ist ein vergeblich Bemühen, diese Barrikade noch zu bauen. Damit halten wir unsern Untergang nicht mehr auf!" sagte der Eine.

„Glaub's selbst! Aber wir werden wenigstens mit Ehren fallen und uns nicht wie Hunde niederschießen lassen," meinte der Andere, dessen martialischer Ton wohl zu den Soldatenkleidern stimmte, die er trug. „Ja, wir werden fallen für unsere Ueberzeugung und in der Vertheidigung der Republik. Vive la république!"

„Sei's drum! Vorerst aber wollen wir noch manchen jener verrätherischen Hunde in's Gras beißen machen. Blut für Blut! Wenigstens wollen wir nicht ungerächt sterben!"

„Ja, ich habe noch Rache zu nehmen; nicht für mich allein, auch für meinen braven Lieutenant! Wie eine Bestie haben sie ihn todtgeschlagen, an meiner Seite, ohne daß ich es hindern konnte. Aber Rache, Rache für Lieutenant Bernard!"

Adele hatte mit immer größerer, ängstlicher Spannung diesen Reden zugehört. Bei den letzten Worten sank sie mit einem lauten Schrei zusammen.

Die Barrikadenmänner sprangen erschreckt von diesem herzzerreißenden Ton in die Höhe.

„Halt da! Wen haben wir hier? Hervor mit dem Burschen an's Licht!"

„Ein Spion! Einer vom zehnten Dezember-Club! Nieder mit ihm!"

Die wilden Gestalten hatten Adele emporgerissen und in den Licht-kreis einer Fackel gebracht, wo sie die zitternde, halb ohnmächtige Gestalt betrachteten.

Ihr Verstecktsein im Schatten des Hauses hatte sie in den Augen der wilden Schaar verdächtig gemacht. Ihr Zittern, ihr sichtbares Entsetzen, das ihr die eben gehörten Worte verursachten, diente nicht dazu, den Ver-dacht zu mindern.

„An die Laterne! Vorwärts! ça ira, ça ira!"

„Halt da! — Ruhe, Bürger! Ich dächte, Ihr könntet der Republik auf andere Art besser dienen, als indem Ihr ohne Verhör und Urtheil diesen Burschen Eurer Rache opfert. Für diese werdet Ihr, ehe der Morgen graut, würdigere Gegenstände finden. — Seht nur den armen Teufel an, wie er zittert — fürwahr! der hat nicht sehr das Aussehen, als ob er uns schädlich werden könnte!"

Diese Worte wurden von dem alten Soldaten ausgerufen, dessen Ge-spräche eben vorher Adelen so sehr erschreckt hatten. Es ist derselbe, den wir zuletzt auf der Barrikade der Straße Montmartre an der Seite Ber-nard's gesehen haben.

Ein finster aussehender Mann in elegantem Anzuge, aber die rothe Jakobinermütze auf den schwarzen Locken, entgegnete diesem:

„Bürger Soldat, man versteckt sich nicht, wenn man nicht einen Grund dazu hat. Dieser junge Fant wollte uns belauschen. Und warum spricht er denn nicht, um sich selbst zu vertheidigen!"

„Ah bah! Ihr seht doch, Bürger, daß der Bursche ganz außer Fassung ist. Indessen, wie dem auch sein mag, er ist einer der Unsern, seine Blouse — —"

„Einer der Unsern? Wahrhaftig! Seht Euch einmal seine Hände an, Bürger!"

„In der That, verdammt zarte und weiße Händchen! — Beim Hen-ker! — ich glaube gar — ohne Zweifel! — 's ist ein Frauenzimmer!"

Diese letzteren Worte machten einen großen Eindruck auf die Adelen umgebende Menge. Die Nächststehenden fanden, einmal auf diesen Gedanken gebracht, mit einem raschen Blicke des alten Soldaten Ausruf bestätigt.

Mit der den Franzosen eigenen zuvorkommenden Artigkeit gegen das weibliche Geschlecht beeilte man sich nun, Adelen auf einem in der Nähe liegenden Wolljacke Platz nehmen zu lassen. Die Menge wich artig einige Schritte von ihr zurück, ohne sie indessen einen Augenblick aus den Augen zu lassen.

Es wäre schwer zu ergründen, was in den letzten Momenten, seit sie durch seines Waffengefährten Mund von Bernard's Tode gehört hatte, in Adelens Seele vorgegangen war. Jedenfalls ist gewiß, daß sie von dem, was äußerlich mit ihr geschehen, wenig wußte. Aber jetzt schien sie aus einem Taumel zu erwachen. Sie fuhr mit der feinen Hand über die bleiche Stirn. Dann richtete sie die von einem unheimlichen Feuer glühenden, starren Augen mit einem fragenden Ausdrucke auf ihre Umgebung. Sie blieben auf dem ihr gegenüber stehenden, alten Soldaten haften.

„Wer war es, der zuerst von Lieutenant Bernard gesprochen?" fragte sie mit fester, aber klangloser, gepreßter Stimme.

„Ich, Bürgerin!" entgegnete der alte Soldat, indem er erstaunt, aber dessenungeachtet die Beziehungen zwischen Adelen und seinem Lieutenant errathend, achtungsvoll einen Schritt näher trat.

„Ah, Sie sind von seinem Regimente, wie ich sehe."

„So ist es, Bürgerin."

„Und — Sie haben ihn auch während der letzten Tage nicht verlassen?"

„Nein, ich war bei ihm bis — — —"

„Bis zu seinem Tode, Bürger?" sagte Adele mit entsetzlich ruhiger Stimme.

Der alte Soldat antwortete nicht, sondern senkte nur mit einer Miene tiefer Trauer das Antlitz.

Adele stand auf. Ruhig, leidenschaftlos, ohne eine Bewegung in dem blassen, marmorgleichen Angesichte schritt sie auf den alten Soldaten zu. Sie legte ihre Hand auf seine Schulter.

„Und wo ist Horacens Leiche?"

Der Alte erbebte beim Klange dieser, wie aus dem Grabe kommenden, hohlen Stimme:

„Sie liegt da, wo er gefallen, auf der Barrikade der Straße Montmartre. — Aber wer seid Ihr, daß Ihr solchen Antheil an meinem ehemaligen Lieutenant nehmt?"

Die heroische Ruhe Adelens schien bei diesen Worten weichen zu wollen. Ihre Züge zuckten in namenlos schmerzlicher Erregung. Kalter Schweiß perlte auf ihrer Stirn, und ihre Stimme bebte, als sie nun erwiderte:

„Wer ich bin, Bürger? — — Oh, mein Gott! Habt Ihr nie die Blume gesehen, die verwelken muß, weil ihr der belebende Strahl der Sonne nimmer scheint; habt Ihr nie die Schlingpflanze geschaut, die der Stütze beraubt, elend verdorrt — — nun denn: ich bin diese Blume, ich bin diese Liane, ich bin ein Mädchen, dem man das Glück ihres Lebens genommen, ich bin die Braut, der man den Bräutigam getödtet hat!" —

Adele verdeckte sich das Gesicht mit den Händen und schluchzte laut. In ehrerbietigem Schweigen standen diese rauhen Männer um sie. Keiner wagte es, die Stille zu unterbrechen.

Der Mond beleuchtete eine Scene ernster und wahrer Trauer am Fuße eines eben der Freiheit errichteten Opferaltares, der in wenigen Stunden bereits mit dem Blute der Erbauer überschwemmt werden sollte.

Nach einigen Minuten, während welcher sich Adele ihrem Schmerze überlassen hatte, erhob sie wieder ruhiger und gefaßter ihr Antlitz.

„Bürger! Ihr waret seine Freunde, die Freunde eines Mannes, der für Eure Sache sein Leben geopfert — seid auch die Freunde seiner hinterlassenen Braut! — Auch ich gehöre zu den Euren; denn auch ich litt für die gemeinsame Sache. — Seht diese Männerkleidung, in welche ich mich hüllen mußte! Nur mit deren Hülfe konnte ich der ruchlosen Gewalt der Schändlichen entfliehen, die mich von Bernard's Seite gerissen; derselben, die ihn und Hunderte Gleichgesinnter dem Despotismus und der Niederträchtigkeit geopfert haben. — Ich habe ein Recht an Euren Beistand, und ich rufe ihn an. Wollt Ihr mir Eure Hülfe gewähren?"

„Wir wollen!" riefen fünfzig Stimmen zu gleicher Zeit.

„Nun denn! Es handelt sich darum, den Feinden wenigstens — die Leiche meines Bräutigams zu entreißen. Wollt Ihr mir dazu behülflich sein?"

Statt aller Antwort schaarten sich die Männer, ihre Waffen ergreifend, um den alten Soldaten, der sie in einen langen Zug ordnete.

Adele ergriff einen an der Mauer lehnenden Stutzen und eilte an die Spitze der Schaar.

„Was wollt Ihr hier, Bürgerin?" rief der alte Soldat. „Euer Platz kann nicht in unseren Reihen sein, denn wir gehen dem Kampfe, vielleicht dem Tode entgegen. Jene Straßen, in welchen die Barrikaden standen, sind von den Truppen besetzt."

„Und glaubt Ihr, Bürger, daß die Braut eines Braven nicht den Muth habe zu kämpfen, wenn es sich darum handelt, das Theuerste, was sie auf dieser Erde noch besitzt, den Tyrannen zu entreißen? Ich scheue den Kampf nicht und nicht den Tod, um mein Ziel zu erreichen! — Aber noch

Eins, Bürger," mit diesen Worten wendete sich Adele an den alten Soldaten, „ich fürchte, daß mich ein doppelter entsetzlicher Verlust betroffen. —
Auch mein Vater war — ich bin es überzeugt — unter den Euren. Er
war es — aber wo ist er nun? Ich kann seiner nicht ansichtig werden.
Ihr seht, ich bin stark und gefaßt; ich kann auch das Schrecklichste ertra-
gen — aber nur Gewißheit, Gewißheit! — Sagt mir von seinem Schicksale, wenn Ihr es wißt! Er ist ein großer, alter, weißhaariger Mann —
er muß an Bernard's Seite gefochten haben —"

„Ein Solcher stand allerdings neben ihm auf der Barrikade."

„Oh, mein Himmel! gieb mir Kraft, das Entsetzliche zu tragen!"
flüsterte Adele vor sich hin, indem sie ihre Thränen zurückzuhalten und den
sie fast zu Boden drückenden Schmerz zu bewältigen versuchte. Nach einem
Augenblicke des Schweigens wandte sie sich wieder an den Soldaten.

„Und was — was ist aus ihm geworden?"

„Ich weiß es nicht, Bürgerin. Im Getümmel des Kampfes verlor ich
ihn aus den Augen."

Auch keiner der anderen Männer, die zum Theile mit auf der Barrikade der Straße Montmartre gekämpft hatten, vermochte Auskunft zu
geben.

„Vorwärts denn! — Was mich auch erwarte, mein Weg ist mir vorgezeichnet! —"

Mit diesen Worten schulterte Adele ihren Stutzen und eilte vorwärts.

Die kleine Schaar setzte sich in Bewegung. Voran gingen der alte,
verwundete Soldat, seine Muskete im linken Arme haltend, da ihm der
rechte durchschossen war, und an seiner Seite ein junger, blasser Blousen-
mann — Adele.

Lautlos, jedes Geräusch vermeidend, schritten sie durch die todesruhigen
Straßen. Der Mond hatte sich hinter dichtem schneebergenden Gewölke
versteckt, das allmählich den Himmel überzogen hatte. Dichte Finsterniß
umgab sie.

Als sie den Boulevard Montmartre erreichten, sahen sie zu ihrem Erstaunen, daß derselbe von Truppen entblößt sei. Sie bogen in die **Rue
Notre-Dame des Victoires** ein, an deren Ecke mit der Rue Montmartre die
Barrikade gestanden. — Auch hier begegneten ihnen keine Truppen. Nur
an der entgegengesetzten Seite der Börse, gegen die Straße Vivienne zu,
konnten sie im Lichte der Wachtfeuer die Gestalten der um dieselben lagernden Soldaten erkennen. Aber diese schienen zu schlafen. Der im Unmaße
genossene Branntwein, die Sicherheit, die ihnen der Sieg verliehen, hat-

ten selbst die ausgestellten Wachtposten dem Schlafe in die Arme geführt.

Es war in der That ein tollkühnes, fast wahnwitziges Unternehmen,
mit einer so kleinen Schaar mitten in die Höhle des Löwen, in das Lager
einer ganzen, siegestrunkenen Armee zu dringen. Keiner der Theilnehmer
dieser Expedition hatte sich auch der Illusion hingegeben, ihren Zweck erreichen zu können. — Sie waren mit offenen, die Gefahr vollkommen er-
kennenden Augen dem sicheren Tode entgegengegangen. Aber was lag ihnen
am Leben! Eine Stunde früher oder später, hier an der bereits eroberten,
oder dort an der eben gebauten Barrikade den Tod finden — das ist der
ganze Unterschied! Denn die Hoffnung, schließlich doch noch den Sieg zu
gewinnen, war den Meisten ferne. Sie wollten blos noch als tapfere Republikaner den Heldentod sterben. —

Um so größer war ihr Erstaunen, so ungehindert und ungefährdet das
Ziel ihres Streifzuges erreichen zu können.

Der Umstand, daß die besagten Straßen von Truppen geräumt waren,
rührte aber davon her, daß die Befehlshaber derselben, unterrichtet von dem
abermaligen Bau einer Barrikade an der Barrière Rochechouart, den Bürgern Zeit und Gelegenheit geben wollten, ihre letzten Kräfte während der
Nacht dort und in der Umgegend zu sammeln, um ihnen sodann bei grauen-
dem Morgen ein letztes, die noch übrig gebliebenen, versprengten und neu-
hinzugekommenen Aufständischen, vernichtendes Gefecht zu liefern.

Deshalb hatten sich die Truppen von den Boulevards Montmartre,
Poissonnière und den angrenzenden Straßen zurückgezogen, und als die
von Adelen geführte Schaar an der Barrikade der Straße Montmartre ankam, fanden sie auf derselben nicht einmal einen Wachtposten vor, der ihnen
deren Betreten verwehrt hätte.

Den Ankommenden bot sich ein entsetzlicher Anblick dar.

Schutt und Trümmer, zerbrochene Kisten und Wagen, umhergestreute
Ballen und Geräthe bedeckten den glatten, gefrornen Boden. Hier und da
brach die leichte Eiskruste durch, und die Füße standen dann in einer Blut-
pfütze. Zwischen den Trümmern lagen, oft zu dreien und vieren übereinander geschichtet, gräßlich verstümmelte Leichen. Die Barrikade, als solche
selbst, war fast gänzlich verschwunden. Nur in der Mitte der Straße erhob
sie sich noch zu ihrer vollen Höhe. Dort lagen auch die größten Leichenhaufen.

Adele war, allen voran, auf die Barrikade zugeflogen. Ihr schwarzes Haar hatte sich im eiligen Laufe gelöst und wallte unter dem Hute hervor um ihre Schultern. Ihre Augen suchten mit ängstlicher, verzweifelter

Haſt unter den Leichen. Sie beugte ſich hier und dort nieder, räumte mit
den zarten, verwundeten Händen Steine und Gerölle fort, die ihr den Anblick der Todten verbargen, und klomm über Leichen und Schutthaufen hinweg immer höher an den Verſchanzungen empor, deren Gefüge noch zuſam-
menhielt und auf deren höchſter Spitze die von der Stange geſchoſſene rothe
Fahne, zwiſchen Steintrümmer geklemmt, vom Sturme entfaltet, weit
hinauswehte in die dunkle Nacht.

In dieſem Augenblicke zerriſſen die Wolken, und der Mond ergoß
zwiſchen den fliehenden Nebelſchatten hindurch ſein weißes Licht auf die
grauenvolle Scene.

Adele hatte die Höhe der Barrikade erreicht. Ihr nach waren der alte
Soldat und mehrere ſeiner Gefährten gedrungen. Lautlos, im geſpenſtiſchen
Treiben, wühlten ſie unter den Leichen.

Plötzlich entfuhr ein gellender Schrei Adelens Lippen.

Sie ſank leblos unter die Leichen.

Der alte Soldat war zu ihr hingeſprungen. Er fand ſie auf dem
Körper eines alten Mannes hingeſtreckt, deſſen Bruſt von einer Kugel durchbohrt war, um deſſen Lippen aber noch im Tode ein verklärendes Lächeln
ſchwebte.

Weiß er, daß ſeine ſo innig geliebte Tochter neben ihm ruht? —

So eben hatten einige Männer auch den Körper Bernard's zwiſchen
den Trümmern hervorgezogen. Er war von der rothen Fahne überdeckt geweſen, welcher er zwar im Leben nicht gefolgt war, die ſich aber im Tode
ſchützend über ihn gebreitet. Seine Locken hingen wirr und von Blut
zuſammengeklebt über das bleiche Antlitz. Noch hielt ſeine Fauſt den Degen
umklammert, den er ſo tapfer geführt.

Auf die Anordnungen des alten Soldaten hin, der ſich bemühte, Adele
in's Leben zurückzurufen, wurde aus herumliegenden Geräthen eine Tragbahre zuſammengefügt und darauf die beiden Leichen gelegt. Ueber dieſe
breitete man die rothe Fahne.

Dann verließ die Schaar, lautlos und gemeſſenen Schrittes, wie ſie
gekommen, den Gräuelort.

Voran ſchritten jene vier Männer, welche die Tragbahre mit den
Leichen des alten Duſſuy und ſeines Schwiegerſohnes Horace Bernard trugen.
Die rothe, blutgetränkte Fahne flatterte mit leiſem Flüſtertone im heran-
brauſenden Sturme.

Dieſen folgte der alte Soldat, auf deſſen Zügen es wie fernes Wetter-
leuchten zuckte und der ſich vergeblich bemühte, eine Thräne, die die wettergebräunten Wangen herabrieſelte, zurückzuhalten.

Dann kamen zwei Männer, welche die noch immer bewußtlose Adele trugen.

Ihnen folgte die übrige Schaar.

Der gellende Schrei, welchen Adele bei dem Anblicke von ihres Vaters Leiche ausgestoßen, hatte eine Patrouille herbeigelockt, welche in dem Augenblicke auf der Barrikade erschien, als der gespenstische Leichenzug nach dem Boulevard Montmartre einbog.

Der alte Soldat hatte ein solches Erscheinen wohl gefürchtet und deshalb den Aufbruch seiner Schaar soviel als möglich beschleunigt.

Die Patrouille verfolgte dieselbe jedoch — wahrscheinlich einem, für diese Nacht allgemein geltenden Befehle gehorchend — nicht. Aber sie sandte ihnen ein Dutzend Kugeln nach, deren eine Adelens Brust durchbohrte.

Ein leiser Seufzer drängte sich über ihre blassen Lippen, ein heißer Blutstrom sickerte aus der Wunde und überströmte den schneeigweißen Busen, ihre von der Ohnmacht geschlossenen Augen öffneten sich einen Augenblick, um strahlend und groß einen letzten Blick auf die schöne Erde zu werfen und sich dann zu schließen — für ewig. —

Ein einziger Schrei der Entrüstung, des Zornes und der Wuth ertönte aus der Schaar der tapferen Republikaner; aber dieser Schrei faßte in sich alle Flüche, die die unterdrückte Menschheit auf das Haupt der Tyrannen zu schleudern vermag.

Eilig setzten sie mit ihren, nun auf die Zahl von drei angewachsenen Leichen den Weg, gegen die Straße Rochechouart zu, fort.

Als sie in dieselbe einbogen, schloß sich ihnen ein Mann an, der dem Zuge schon seit langer Zeit in einiger Entfernung gefolgt war.

Es war eine riesige Gestalt; eine Jakobinermütze bedeckte sein Haupt. Seine Rechte umfaßte den Griff einer schweren Streitaxt.

Die finsteren Männer waren über sein Erscheinen nicht erstaunt. Viele derselben schienen ihn zu kennen. Diese begegneten ihm mit zuvorkommender Achtung.

Endlich hielt der Zug an. Beim Scheine einiger Pechfackeln, die man entzündet hatte, enthüllte man den Inhalt der Bahre. Zu den Leichen des Vaters und des Bräutigams legte man diejenige der Tochter und Braut.

Die Drei, die sich im Leben so innig umschlossen, waren es nun auch im Tode.

Alle Drei gefallen als Opfer des Despotismus und der Tyrannei.

Alle Drei Blutzeugen neunapoleonischer Gerechtigkeit!

www.ingramcontent.com/pod-product-compliance
Lightning Source LLC
Chambersburg PA
CBHW030536040726
47497CB00008B/2476